올 스탯
슬레이어

올 스탯 슬레이어 6

비츄 장편소설

초판 1쇄 찍은 날 § 2015년 12월 11일
초판 1쇄 펴낸 날 § 2015년 12월 18일

지은이 § 비츄
펴낸이 § 서경석

편집책임 § 김현미

펴낸곳 § 도서출판 청어람
등록번호 § 제387-1999-000006호
등록일자 § 1999. 5. 31
어람번호 § 제1-2311호

주소 § 경기도 부천시 원미구 부일로 483번길 40 서경B/D 3F (우) 14640
전화 § 032-656-4452 팩스 § 032-656-4453
http://www.chungeoram.com
E-mail § chungeorambook@daum.net

ⓒ 비츄, 2015

ISBN 979-11-04-90555-1 04810
ISBN 979-11-04-90378-6 (세트)

올 스탯 슬레이어 ⑥

FUSION FANTASTIC STORY

비츄 장편소설

도서출판 청람

CONTENTS

올 스탯
슬레이어

CHAPTER 1

던전 클리어 보상으로 블루스톤 100개를 받았다. 현석이 50개, 명훈이 30개, 연수가 5개, 욱현이 15개를 받았다.

물리력을 행사하는 메이지. 그것도 화염계 메이지답게 공헌도에 있어서 높은 판정을 받았다.

객관적인 강함 자체는 연수가 욱현보다 훨씬 강할 것이 분명한데 판정은 이렇게 됐다. 나무를 불태우고 벌레 몬스터들을 유효 적절히 처리한 것이 큰 영향을 끼친 듯했다.

정작 당사자인 욱현은 떨떠름했다. 블루스톤이 15개면 평생 놀고먹을 수 있는 돈이 되는 건 둘째 치고서 이 던전이 그렇게 어려운 던전이 맞나 싶었다. 떨떠름함을 넘어서서 좀 황당하다고 느꼈다.

'아니, 발길질 몇 번 하고 공격 몇 번 쳐 낸 게 다인데 뭐가 이렇게 엄청난 난이도의 던전이래, 자꾸? 완전 쉬워 보였는데.'

욱현은 능력과는 별개로 아직 초짜다. 명훈과 연수의 반응은 도무지 이해가 되지 않았다.

한편, 보스몹 레이드와는 별개로 PRE─하드 던전을 깬 것에 대해 또 업적이 부과됐다. 어려운 업적이었다.

명훈이 말했다.

"솔직히 이게 몬스터 웨이브 빨리 없애는 것보다 훨씬 어려운 거 같은데 왜 업적 등급이 더 낮냐? 마지막에 개 키클롭스도 장난 아니었잖아. 그렇게 강한 놈은 처음이었어."

욱현은 다시 한 번 혼란스러워졌다. 그의 입장에선 장난이었다. 그래 봐야 주먹질과 발길질 합쳐서 7번밖에 안 하지 않았던가. 현석이 대답했다.

"적용되는 모드가 달라서겠지. 웨이브는 끽해야 노멀 모드 수준이고 이건 PRE─하드 모드니까."

명훈도 고개를 끄덕였다.

"하기야… 초딩 1학년 문제랑 고딩 1학년 문제가 같을 리는 없지."

똑같이 100점을 맞았다고 해도 초등학교 1학년 문제를 풀어 100점을 맞은 것과 고등학교 1학년 문제를 풀어 100점을 맞는 건 엄연히 다른 법이다.

현석은 이번 던전에서 얻은 블루스톤의 물량을 풀지 않기로 했다. 이미 성형과도 얘기가 됐다. 성형 역시 블루스톤은 구입하지 않기로 했다.

블루스톤은 지금 딱히 쓰일 곳이 별로 없다. 있다고 한다면 자이언트 터틀 슬레잉에서 쓸 수 있는데 사실상 자이언트 터틀 같은 개체가 나타날 확률은 거의 0프로나 다름없다. 물론 나타나기는 하지만 확률상으로는 거의 0에 수렴한다. 하지만 그 확률 때문에 블루스톤을 푸는 건 아무래도 좋지 못하다. 현석에게 위협이 될 수 있는 블루 M—arm이 만들어질 염려가 있기 때문이다.

성형이 말했다.

"현석이 널 위협할 수 있는 수단은 최대한 없는 게 좋아. 중국 때 사건이 또 반복되지 말라는 법은 없으니까."

지나치게 신중한 감도 있기는 했지만 신중해서 나쁠 건 없었다. 현석은 블루스톤을 인벤토리에 고이 모셔놓기로 했다. 다른 슬레이어들 역시 블루스톤은 반출하지 않기로 했다.

민서는 신이 났다. 현석에게 좋은 일이 생기면 민서가 더 좋아한다.

민서가 목소리에 애교를 한가득 담았다.

"오빠, 오빠, 오빠."

"응."

민서는 기분이 무척 좋은 듯 실실 웃으면서 현석의 옆에 섰다. 똘망똘망한, 기대감으로 가득 찬 눈빛으로 현석을 올려다봤다. 기분이 좋으면 오빠를 꼭 세 번 부른다. 기분이 아주 많이 좋으면 '오빠'를 짧게 끊어서 세 번 부른다. 오늘이 바로 그랬다.

　"오.빠 오.빠 오.빠는 이번에 엄청 좋은 보상 얻었다면서?"

　"너 벌써 오빠한테 5번째 묻는 거야."

　민서는 현석의 한쪽 팔을 붙잡고 어깨를 살랑살랑 흔들면서 '아이잉—' 소리를 냈다.

　"그래도 또 듣고 싶어. 응? 응? 응?"

　요즘 들어 애교가 부쩍 늘었다. 원래 애교가 없던 건 아니지만 예티 사건 이후로 애교가 더 많아졌다.

　민서의 말대로 현석은 이번에 특이한 보상을 얻었다.

　SS랭크 레이드로 인정받으면서 얻게 된 '칭호 스탯 +1'이라는 보상이었다. 이건 정말 엄청난 보상이다. 현재 현석이 가지고 있는 칭호만 해도 이미 거의 사기 급이다. 그중 대표적인 사기를 꼽아보자면 두 개 정도를 꼽을 수 있겠다.

　—불가능을 개척하는 자 +2: 불가능한 업적 10회 달성.(보너스 스탯: 잔여 스탯의 300%)

　—장사 +7: 힘 스탯 800 최초 진입으로 인한 칭호(보너스 스탯: 960)

여기에 +1이다. +1만큼이 추가되면 그 증가 폭이 기하급수적으로 높아진다.

현재 장사 칭호는 +7이지만 나머지 날쌘돌이, 현인, 돌쇠의 경우는 +4이고 +4의 보너스 스탯은 192다. 장사 칭호와 나머지 칭호의 효과가 무려 800 가까이 차이가 난다. +1일 때에 보너스 스탯이 6밖에 안 붙었다는 것을 생각해 보면 엄청난 증가 폭이라고 할 수 있겠다. 참고로 +1일 때에 +6스탯이었고 +2일 때 +24스탯이었다.

'불가능을 개척하는 자의 최초 보너스 스탯은 100%. +1 옵션이 붙었을 때 200%였었지.'

정확한 공식이 있는지는 모르겠지만 +3~+7 구간 사이에 가파른 증가 폭이 있다는 건 대충 알겠다. 현재 불가능을 개척하는 자 칭호가 +2 상태이니 +3으로 올리면 추가 스탯이 얼마나 붙을지 가늠이 잘 안 된다.

'지금 당장은 장사 스탯 칭호 효과를 업그레이드 하는 게 좋겠지만……'

그러나 미래를 본다면 불가능을 개척하는 자의 칭호를 업그레이드하는 게 더 좋다. 물론 지금은 아니다. 잔여 스탯을 최대한 많이 남겨 놓은 다음에 칭호를 적용시켜야만 했다.

'일단 성급하게 올리지 말고 기다리자.'

민서는 싱글벙글 웃었다. 현석이 칭호 스탯을 얻게 된 게 굉장히 기분이 좋은가 보다.

"오.빠? 오.빠? 오.빠?"

듣다 못한 정욱현이 버럭 소리를 질렀다.

"야! 너! 유민서! 이 가시나야!"

엄청난 근육질의 원래부터 목소리가 큰 정욱현이 소리를 버럭 지르자 민서도 찔끔 놀랐다.

"그거 내놔."

"네?"

"아! 그거."

"어떤… 거요?"

정욱현은 언제나 박력이 넘친다. 그냥 말을 해도 그렇게 느껴진다. 그가 박력 넘치게 얘기했다.

"그 오빠 소리 내놔. 나도 오늘부터 오빠 할 거다."

정욱현은 오빠 소리가 듣고 싶어졌다.

*   *   *

현석과 민서는 길드 하우스로 향했다.

길드 하우스에는 인하 길드원들을 위한 다양한 편의 시설이 구비되어 있고, 또 숙식을 위한 주거 공간도 마련되어 있다. 거실에는 120인치 고화질 TV가 놓여 있고 최고급 물소 가죽으로 만든 6인용 소파도 있다. 이건 성형이 개인적으로 선물해 준 물건이다. 어쨌든 그 소파에 세영이 앉아 있었다.

현석은 눈을 비볐다.

'세영이라고……?'

민서도 눈을 비볐다. 너무 놀라 입을 뻐끔거리기까지 했다.

"세영… 언니……?"

현석과 민서가 놀라서 아무 말도 못하고 있는데 누군가 말을 걸었다.

"현석이 왔니? 민서도 왔구나."

민서가 눈을 동그랗게 떴다.

"아빠?"

현석과 민서는 잠시 잠깐 패닉 상태에 빠졌다. 인하 길드 하우스. 그곳 거실에 아버지인 유세권이 앉아 있고 맞은편에는 홍세영이 앉아 있었다. 홍세영은 본래 잘 안 웃는다. 웃어도 아주 잠깐 피식 웃고 만다. 그런데 이게 도대체 무슨 일이란 말인가. 생각하지도 못했던 일이 벌어졌다.

그녀가 세권 앞에서 생글생글 웃고 있는 게 아닌가. 평소와는 달리 다리를 꼬지도 않았다. 단아한 몸가짐과 예쁜 미소까지 갖췄다. 살벌하고 도도하던 평소의 홍세영은 여기 없었다. 누가 봐도 청순하고 아름다운 현모양처 스타일의 여자 하나가 앉아 있었다. 충격은 거기서 끝나지 않았다.

"현석 씨, 오셨어요?"

평소의 싸늘한 목소리가 아니었다.

'너 싫어'를 남발하던 홍세영은 사라졌다. 그리고 갑자기 존댓말을 썼다. 더 어이없는 건 그 자리에서 일어나 다소곳하게 손을 모으고 또 다소곳한 태도로 허리를 숙이고 있다는 것. 단순히 놀라운 광경이 아니었다. 놀라움을 넘어서서 이건 차라리 기적이었다.

'무, 무슨 일이 벌어지고 있는 거냐.'

키클롭스를 마주했을 때보다 더 당황했다. 여자를 잘 안다고 자부하는 현석마저도 이 광경을 믿기 힘들 정도였다. 세영의 완벽한 변신 때문에 인하 길드원들이 전부 놀랐다. 하지만 세영은 그들이 놀라든 말든 여전히 다소곳하게 서서 예쁘게 웃고 있었다. 하얗고 가지런한 치아가 눈에 들어왔다. 세영이 저렇게 예쁘게 웃을 수 있다는 것을 다들 처음 알았다.

"앉으세요. 현석 씨가 좋아하는 아메리카노 한 잔 가져올게요. 아버님께서 오래 기다리셨어요."

충격에 충격이 이어졌다. 충격의 연속이었다. 현석의 아버지는 홍세영에게 속았다. 그는 홍세영을 적극적으로 지지했다.

"그 아가씨가 몸가짐도 다소곳하고 웃는 것도 예쁘고 참 착한 것 같아."

그에 반해 현석의 어머니는 강평화를 적극적으로 지지했다.

"아니지. 평화라는 아가씨가 훨씬 엄마 스타일이야."

지금 홍세영이나 강평화가 현석과 교제를 하고 있는 것도 아니지만, 어쨌든 현석의 부모는 각자의 입장을 표명했다. 지금 세계를 들었다 놨다 할 수 있는 슬레이어인 현석은 부모 앞에서 쩔쩔매고 있었다. 키클롭스보다 이 두 사람이 더 무서웠다. 묘한 기대가 담긴 눈으로 자신을 보는 부모님의 눈빛을 맞상대할 담력이 좀 부족해졌다.

어머니가 말했다.

"이제 너도 슬슬 결혼을 생각해야 하지 않겠니?"

아버지도 말했다.

"내 친구들은 이제 손주도 보고 있더라."

원래는 선 자리를 만들어주려고 했는데 강평화와 홍세영을 본 뒤 현석의 부모는 마음을 싹 바꿨단다. 그 두 여자가 굉장히 마음에 드신단다. 어머니가 또 말했다.

"사내자식이 언제까지 그렇게 맹하니 있을 거야? 이제 여자도 좀 만나고 연애도 좀 하고 결혼도 해야지."

세계는 현석을 살신성인의 슈퍼 히어로라고 착각하고 있는데, 그의 부모는 현석이 여자 손 한 번 제대로 못 잡아본 숙맥이라고 착각했다. 현석에 대해 잘 아는 종원이 '아닙니다! 저놈완전 색마였어요!'라고 외치고 싶은 걸 겨우 참았다.

"그런데 이 집은 정말 좋네. 헬스장도 있고 수영장도 있고."

"유니온 측에서 마련해 줬어요."

"한국 유니온이 그렇게 대단하다며?"

대단하긴 대단하다. 그런데 그 대단한 한국 유니온을 여기까지 올 수 있도록 만들어 준 게 현석이다. 현석은 좋은 생각이 하나 떠올랐다. 슬레이어 전용 카드가 있다고 했다. 법인 카드와 비슷하다고 대충 둘러대며 부모님께 선물했다. 사고 싶은 거 마음대로 다 사면 된다고 말했다.

어차피 원래 씀씀이가 크지 않은 분들이라 드려봐야 별로 쓰지도 않겠지만 그래도 일단 드렸다. 월 300만 원 정도 용돈을 드리고 있는데 사실 현석의 부모는 그것도 많이 남겨서 저축하고 있는 중이었다. 나중에 현석과 민서에게 물려준다고 말이다. 세권이 또 잔소리했다. 어린 시절부터 귀에 딱지가 앉도록 들은 말이었다.

"현석아, 슬레이어 됐다고 너무 자만하지 말고 있을 때 아끼고 겸손하게 살아야 하는 거. 알지? 주위도 둘러보면서 살아야 하고. 그리고 또 몸조심하고. 괜한 혈기로 센 놈한테 달려들지 말고."

이유는 알 수 없으나 '센 놈한테 달려들지 말고'라고 말하면서 저만치 앞쪽에서 설거지를 하고 있는 욱현의 등을 쳐다봤다.

"네."

어릴 땐 듣기 싫고 귀찮은 말이었는데 30살이 넘은 지금 들어보니 말 하나하나에 아들을 향한 걱정과 애정이 듬뿍 담겨 있다는 걸 이제 조금은 알겠다. 세권이 장난스레 말했다.

"아무리 네가 길드장이어도 저런 덩치한테는 함부로 덤비지 말고. 척보니 장사네 장사."

장사가 아니라 메이지다. 마법을 사용하는, 나름대로 지능형 슬레이어다. 그 사실을 알고 있는 현석이 피식 웃었다.

"예."

"손주도 얼른 좀 안겨주고."

세권이 귓속말했다.

"세영이란 아가씨가 마음에 든다. 얌전하고 착하고 다소곳하고. 얼마나 예쁘냐. 어휴 저런 아가씨가 사내들 싸움에 끼어서 칼을 쓴다니 난 믿어지지가 않는구나."

*　　　*　　　*

세영은 하종원으로부터 굉장히 놀림을 받았다. 하종원은 파티 시스템이 활성화됐다는 걸 믿고 열심히 까불었다. 아무리 공격해 봐야 공격이 안 들어오기 때문에 거리낌이 없었다. 현재 하드 모드인 현석이 파티의 파티장인데 파티 시스템의 경우, 현석의 재가가 있을 때에만 활성화되거나 종료된다. 보통은 활성 상태이니 세영이 아무리 종원을 때려도 공격이 안 통한다.

그리고 티격태격하기는 해도 종&영 콤비는 굉장히 유명하고 강력한 콤비였다.

"와… 종영 콤비 말로만 들었는데, 진짜 장난 아니네."

"트윈헤드 트롤을 저렇게 쉽게 잡는 사람들은 처음 봤어."

"홍세영은 생긴 건 저런데… 몬스터 잡는 건 어째 저래 살벌하냐……."

세권에게 다소곳하며 얌전하다 극찬받았던 세영은 트윈헤드 트롤을 무 썰듯 썰어버렸다. 만약 물리력이 적용됐다면 트롤은 토막 나서 죽었을지도 모를 일이다.

슬슬 PRE—하드 모드에 접어드는 슬레이어들이 늘어났다. 전체적인 슬레잉 수준도 조금씩 높아졌고 100스탯을 초과한 슬레이어들도 등장하기 시작했다. 필드 내에서도 파티 시스템이 활성화됐으며 메이지 계열 클래스로 전직하는 슬레이어들도 나타났다.

불, 바람, 물, 흙, 크게 4가지 속성으로 나눌 수 있는 슬레이어들이 나타나게 되면서 전위와 후위의 개념이 좀 더 명확하게 구분됐다. 이제 명칭이 완전히 자리 잡혔다.

근접 전투 슬레이어를 근접 딜러, 원거리 전투 슬레이어를 원거리 딜러, 방어형 슬레이어를 디펜더, 회복 슬레이어는 힐러, 보조 슬레이어—버퍼, 디버퍼, 일반 보조 슬레이어를 통칭한다—는 헬퍼라고 불리게 됐다. 이는 세계 기구 M—20에 의해 공론화됐으며 슬레이어의 클래스를 부르는 정식 명칭으로 자리 잡게 됐다.

M—arm이 발달하면서 근접 딜러의 숫자가 점점 줄어들었고 그와 반비례하여 근접 딜러의 몸값은 높아졌다. 슬레잉에 있어서 근접 딜러는 무조건 있어야 했다.

M—arm을 통한 슬레잉은 아이템이 드롭되지 않는다. 결국 슬레잉도 하나의 돈벌이 수단이었는데 돈벌이가 안 되면 할 필요가 없다. 근접 딜러는 당연히 가장 위험한 클래스다. 실제로

사망자가 가장 많이 발생하는 직군이기도 했다.

그런데 이들에게 희소식이 알려졌다. 몬스터스톤을 활용하여 H/P와 M/P를 회복시키는 회복 포션이 개발됐다. 회복 포션을 개발한 기업 역시 ㈜소리였다. 회복 포션은 불티나게 팔렸다. 슬레잉계에 혁신을 불러일으켰다.

현석이 말했다.

"아이러니한 건 사망자가 더 많이 발생하게 됐다는 거지."

연수도 고개를 끄덕였다.

"통증이 없다는 건 장점이자 단점이니까."

포션의 경우는 여벌의 목숨이라고 할 수 있다. 그런데 그걸 과신한 나머지 자신의 H/P를 제대로 신경 쓰지 못해 자기도 모르게 죽는 경우들도 생겨났다.

한편, 포션의 개발로 더욱 힘을 얻게 된 ㈜소리는 점점 더 덩치를 키워서 글록사를 인수하기에 이르렀다. 그리고 현석은 글록사의 대표이사 자리에 앉게 됐다.

성형이 대외적으로, 그럴듯한 직함을 하나 가지고 있는 게 좋을 거라면서 자리를 줬다. 사실 하는 일은 없었다. 다만 지분이 굉장히 많았을 뿐.

예전 그린스톤의 가격—10억—과 실 구매 가격—1억 5천—의 차익을 지분으로 계산했다. 나중에 현석의 요청으로 원시세로 다시 계산했는데 그래도 12조 이상의 차익이 발생했었다. 또 옐로우스톤 역시 일단 3억으로 계산해서 지분으로 쳤다.

처음엔 그렇게 했다가 나중엔 5억으로 올려서 계산했다. 현석은 1억이든 2억이든 3억이든 어차피 별로 신경 쓰지 않았다. 어쨌든 그 돈은 현석의 허락하에 글록사를 인수하는데 쓰였다. 현석은 신경도 안 쓰고 있었는데 졸지에 글로벌 대기업 글록사의 대표이사가 됐다.

종원이 어이없다는 듯 혀를 찼다.

"와~ 누군 가만히 있어도 글로벌 대기업 대표이사가 되네."

정욱현이 옆에서 말했다. 언제나 그렇듯 박력 넘쳤다.

"그럼 네가 플래티넘 슬레이어 하든가."

"아니. 그게 됐으면 벌써 했……."

종원은 말꼬리를 흐렸다. '아차. 내가 지금 말대꾸를 했나?' 그런 느낌이 들었다. 사실 욱현이 '너 말대꾸하냐?'라고 말한 적은 단 한 번도 없다. 애초에 그렇게 깐깐한 성격도 아니다. 다만 종원이 혼자 저 근육과 기세에 위축됐을 뿐이다.

슬레이어로서의 능력은 둘째 치고, 사람마다 기세라는 게 있는데 종원은 욱현 앞에서 영 힘을 못 썼다. 욱현이 고개를 갸웃했다.

"왜 말을 하다 말아?"

'당신 근육이 무서워서요.'

종원은 차마 그렇게 말하지 못하고 허허 웃고 말았다. 지금 종원이 말을 제대로 못하고 있는 이유를 당사자인 욱현 빼고는 전부 다 알고 있었다. 그래서 그런지 다들 쿡쿡대고 웃었다.

인하 길드 하우스는 오늘도 평화로웠다. 그러나 한국 유니온은 그리 평화롭지 못했다.

성형이 무덤덤한 표정으로 말했다.

"주시하고 있기는 했지만, 결국 일이 이렇게 흘러가는군."

"예. PRE—하드를 기점으로 하여 많은 것이 변화하고 있습니다."

"신 슬레이어 집단. 그리고 오성 유니온이라……."

PRE—하드 모드에 접어들면서 필드 혹은 시스템뿐만 아니라 인간 사회에도 이런저런 변화들이 생기기 시작했다.

"…죽일까요?"

"아니, 일이 너무 커져. 일단은 지켜본다."

변화는 이제 막 시작되었을 뿐이었다.

CHAPTER 2

필드에 변화의 바람이 불어닥쳤다. 최초로 변화가 시작된 곳은 바로 한국이었다.

〈필드 보스 몬스터. 레이드 시스템 첫 등장!〉
〈보스 몬스터 레이드 시스템. 과연 무엇인가!〉

인하 길드는 이미 PRE—하드 던전에서 경험해 봤다. 그때 이후로 PRE—하드 던전은 일부러 들어가지 않고 있다. 명훈이 발견만 해놨다. 지금까지 발견해 낸 PRE—하드 던전은 2개였다. 어쨌든 그곳에서 레이드 시스템을 처음으로 경험해 봤다. 파티를 이루고 있더라도 철저하게 공헌도로 보상을 나누는 시스템이었다. 그 당시 현석이 들었던 알림음들은 다음과 같았다.

[공헌도 100퍼센트에 따른 추가 보상 등급의 판정 중입니다.]
[보상 등급 요소를 분석합니다.]

로부터 시작한 알림음은 상당히 많은 요소들을 일일이 언급했다.

[최초의 키클롭스 슬레잉.]
[최초의 보스 몬스터 슬레잉.]
[최초의 PRE-하드 던전 클리어.]
[공헌도 100에 따른 참여인원 1명.]
[보스 몬스터 슬레잉 소요 시간: 1분 18초.]
[키클롭스의 공격 횟수: 12회.]
[슬레이어의 공격 횟수: 7회.]
[전체 타격횟수에 대한 유효 타격 횟수: 7회]
[전체 방어횟수에 대한 유효 방어 횟수: 12회]
[공격 성공률 100퍼센트 인정.]
[방어 성공률 100퍼센트 인정.]

이러한 과정을 거쳐서 결국 레이드 등급이 결정되었었다.

[레이드 등급 'SS'로 인정됩니다.]

마지막에 들려온 것은 레이드 등급 판정이었는데 현석의 경우는 'SS'를 받았다. 그에 따라 칭호 효과를 업그레이드 시킬 수 있는 +1 스탯을 얻을 수 있었다. 필드에서도 이와 비슷했다.

다만 필드에는 약간 다른 점이 있었다. 최근 한국 내 최대 규모의 슬레이어 전용 커뮤니티로 급부상한―한국 유니온의 간부 중 한 명이 만든 사이트라는 소문이 있다―'한슬'에는 파티를 구하는 길드들이 굉장히 많아졌다.

―위치는 경기도요.

―저희 평균 스탯 80입니다. 근딜 2명, 디펜더 4명, 원딜 2명, 힐러 1명, 헬퍼 2명입니다. 2시간 내로 도착 가능합니다.

―오~ 좋은 구성이네요. 더 있나요? 40팟이고 자리는 6개 남았습니다.

필드의 보스 몬스터 레이드는 인원 제한이라는 새로운 룰이 적용됐다. 보스 몬스터는 보스 몬스터의 영역이 있는데, 그 영역 내에서 슬레잉을 하려면 일정 숫자를 맞춰야만 했다. 보통은 40인 파티, 혹은 80인 파티를 이루어야 했는데 40팟 혹은 80팟이라고 줄여서 불렀다.

성형이 말했다.

"문제는… 공헌도에 따라 보상이 차등 지급되기 때문에 쓸데없는 희생도 많이 발생하고 있다는 거야. 괜한 욕심을 부려서."

현석도 말했다.

"H/P 포션도 한몫했죠."

"그래. 어느 정도 자신감이 붙기 시작하니까. 오히려 피해가 커지는 아이러니한 상황이 발생하고 있는 거지. 최근 1주일 동안 사망자 수가 두 자리를 넘어섰어. 웨이브가 발생한 것도 아니고 새로운 개체가 나타난 것도 아닌데."

현재까지 보스몹으로 등장하고 있는 몬스터는 보통 오크, 트윈헤드 오크, 트롤, 트윈헤드 트롤이었다. 처음에 피해가 제일 컸다. 보스 몬스터로 등장해서 보스몹 보정을 받은 그 몬스터들은 일반적인 몬스터들보다 훨씬 강했다. 그래서 근딜과 디펜더들의 피해가 컸다. 플래티넘 슬레이어 전담 팀의 팀원인 이은솔이 들어와서 커피를 줬다. 현석이 고개를 살짝 끄덕였다.

"아, 고맙습니다."

"편지가 여전히 엄청 많은데 이거 언제 확인하실 거예요?"

"어, 그게……."

현석이 뒤통수를 긁적이자 은솔은 예쁘게 웃었다.

"농담이에요. 저는 이만 물러가 볼게요. 얘기 나누세요."

어차피 은솔도 진담은 아니었던지라 얼른 물러갔다. 잠깐 한두 마디 정도는 괜찮지만 유니온장과 플래티넘 슬레이어가 있는 자리에서 사담은 좀 그랬다. 그 엄청나다는 한국 유니온의 장과 그보다도 더 대단하다는 플래티넘 슬레이어가 있는 자리다. 도대체 둘만 있으면 무슨 얘기를 할지, 실무자인 그녀는 도저히 감이 안 왔다.

'분명… 엄청 대단한 얘기를 하겠지?'

조금 과장해서 생각하면 세계 정복이나 국가 전복, 뭐 그런 엄청난 스케일의 얘기를 할 것 같은 기분이 들었다.

성형이 의자에 앉았다.

"은솔이도 저 정도면 엄청 미인 아니냐? 몸매도 훌륭하고."

"그렇죠. 일부러 저 보라고 예쁜 사람 뽑은 거 아니에요?"

"너한테 관심 있는 거 같더라. 하기야 그냥 너만 해도 괜찮은데, 거기에 플래티넘 슬레이어와 글록사의 대표이사라는 직함까지 더해졌으니."

그 대단하다는 유니온장과 플래티넘 슬레이어는 국가 전복 같은 건 꿈에도 안 꾼다. 그런 거창한 얘기보다 여자 얘기를 하는 게 더 마음 편하고 좋다. 은솔이 생각하는 것처럼 거대한 스케일의 얘기는 별로 좋아하지 않았다.

성형이 피식 웃었다.

"어쨌든… 재미있는 건 근래 슬레이어들이 엄청난 속도로 늘어나고 있다는 거야."

"그래요? 한국 유니온에는 좋은 거네요."

"아니. 그게 꼭 그렇다고 보기도 힘들어."

최근 필드에 레이드 시스템이 도입되면서 피해가 늘어난 건 맞다. 그러나 그것보다도 오히려 새로운 슬레이어가 생겨나는 속도가 훨씬 빨랐다. 비교 자체가 안 됐다. 엄청난 속도로 늘어나고 있는 추세였다.

"현재 우리가 추산하기로 전국에 슬레이어는 2만 명에 육박할 거라고 보고 있어."

"2만 명이요? 그새 만 명이나 늘었다고요?"

"그래."

슬레이어 숫자가 2만 명이나 된단다. 원래 1만 명 정도에서 조금씩 늘어나고 있었는데 그사이 갑자기 2만 명까지 늘어났단다.

"그런데 그들은 기존의 슬레이어들보다 기본적인 능력치 자체가 월등하더라고. 마치……."

"…욱현 씨처럼 말인가요?"

그런데 문제는 새롭게 나타난 슬레이어들의 능력이 기존 슬레이어들의 초기 능력치보다 훨씬 높다는 것에 있었다. 초기 능력치도 그랬고 성장 속도도 훨씬 빨랐다.

"그리고 그들은 기존의 슬레이어들과 구별되고 싶어 해. 전부가 그런 건 아니지만. 분명히 그런 세력이 있어."

한국 유니온은 애초에 척살조로 시작하여 단일 유니온으로 입지를 굳히며 이 자리까지 왔다. 그런데 새로운 슬레이어들이 나타나게 되면서 상황이 조금 달라졌다. 새롭게 나타난 슬레이어들은 스스로를 '신 슬레이어'라고 부르며 기존의 슬레이어들과 차별성을 뒀다.

"성장 속도도 엄청나고. 기존의 슬레이어들이 2년에 가까운 시간 동안 이룩해 놓은 걸 불과 며칠 만에 따라오고 있으니까. 정욱현 씨를 보면 알 수 있을 거야. 잠재 능력 자체가 기존 슬레이어들보다 뛰어나. 계속 이 성장세가 이어질지는 미지수지만 말이야."

신 슬레이어들은 초기 능력치도 좋고 성장 속도도 빨랐다. 지금은 레이드에도 적극적으로 참여하고 있다고 했다. 레이드에 참여한다는 것은, 기존의 슬레이어들과도 어깨를 나란히 할 수 있을 정도로 실력이 일취월장했다는 것을 의미하기도 했다. 물론 최근 들어서는 이제 성장 폭이 감소하였다고는 하지만 그래도 기존 슬레이어의 입장에서는 억울하리만큼 최근 각성한 슬레이어들의 기본 능력치는 월등했다.

"대단… 하네요."

"정말 문제는 그 세력의 중추에는 오성 그룹이 있다는 거야. 그들은 신 슬레이어들 스스로가 특별하다고 은근슬쩍 다독이면서 신 슬레이어들을 끌어모으고 있어. 특별 대접을 받고 싶어 하는 인간의 허영심을 교묘하게 건드리고 있다고나 할까."

"오성이요?"

오성은 전자 계열을 필두로 하여 국내외에 엄청난 위상을 지닌 다국적 대기업이다. 전자 계열에서만 영업이익 300조가 넘는 엄청난 기업이고 한국 내에서 첫손에 꼽히는 기업이기도 했다.

"오성 그룹의 회장 이강훈의 손자 중 한 명이 슬레이어로 각성했어. 그리고 그가 중추가 되어서 신슬. 아, 그러니까 신 슬레이어 세력을 이끌고 있고. 독자적인 유니온을 하나 만들 모양인 것 같아."

유니온은 어차피 길드 간의 조합이다. 한국이 특수한 경우고 대부분의 나라에 다수의 유니온이 존재하고 있다.

성형이 말을 이었다.

"유니온을 만드는 것 역시 돈이 된다 이거지."

성형이 추구하는 것과는 약간 달랐다. 성형이 한국 유니온을 발전시켜 온 것은 돈 때문은 아니었다. 그보다는 슬레이어의 권위를 높이고 한국 내 슬레잉 환경을 개선하며 타국과의 경쟁에서도 밀리지 않겠다는 목표가 있었다. 약간 이상론에 가까웠다. 실질적으로 돈은 ㈜소리를 통해 벌고 있다. 유니온을 홍보 수단이나 그 외의 다른 목적으로 사용하지는 않았다. 워낙에 실적이 좋다 보니 저절로 홍보가 되고 있을 뿐이었다.

그리고 시간이 흘렀다.

*   *   *

기존의 한국 유니온 뒤에는 ㈜소리와 글록사가 있다. 그리고 새로이 나타난 유니온 '오성 유니온' 뒤에는 국내 최대 기업 오성이 버티고 있다.

〈신 슬레이어의 유니온 오성.〉
〈한국에 나타난 2번째 유니온.〉

약간 대결 구도처럼 되어버렸다. 오성을 뒤에 업은 오성 유니온은 슬레이어들을 끌어들이기 위한 공격적인 마케팅을 이어갔다. 유니온에 속하는 것만으로도 기본급까지 챙겨준다고 했다. 그 외에 복지도 좋았다. 유니온에 속한 슬레이어는 전국에 퍼져 있는 오성의 호텔, 리조트 등을 훨씬 싼값에 이용이 가능했으며 오성과 관련한 모든 상품에 대한 혜택도 주어졌다.

오성은 늦게 출발한 유니온이었지만 벌써 거기에 가입한 슬레이어의 숫자가 무려 7천 명에 이르렀다. 사실상 '신 슬레이어들의 유니온'이라는 이미지가 강했던 것만큼 신 슬레이어들의 대부분은 오성에 가입했다(물론 기존 유니온에도 가입을 했다. 기존의 한국 유니온에서 중복 가입을 막지는 않았다).

미국 유니온장 에디가 말했다.

"크리스, 쟤네 바보 아니냐?"

"바보 맞습니다. 확실합니다. 단언할 수 있습니다."

"그렇지?"

"네. 제가 파악한 바로 한국의 신 유니온에는 플래티넘 슬레이어가 없습니다."

"그럼 끝이네 뭐."

일본 유니온장 야마모토가 말했다.

"신페이, 한국 애들 좀 멍청한 거 맞지? 오성 애들 머리에 총 맞은 거 아니지?"

"오성은 원래 슬레잉과는 연관이 없는 그룹이었습니다. 슬레잉 쪽은 소리가 꽉 잡고 있으니 애초에 발을 들일 생각을 안 했으니까요. 그러니까 저런 무모한 시도를 하는 것 같습니다."

"혹시 걔네 플래티넘 슬레이어 같은 슬레이어가 한 명쯤 있는 거 아닐까?"

"그럴 가능성은 한없이 0에 가깝습니다."

"그럼 바보가 맞네."

중국 유니온장 장위평이 말했다.

"오성은 절대 1인자가 될 수 없어."

"가르침을 주십시오."

장위평이 설명을 이었다.

"왜냐하면 걔네는 플래티넘 슬레이어가 없거든. 지금이야 파 죽지세로 치고 올라가고 있는 모양인데……."

"예."

"생각해 봐. 병아리 싸움에서 이겼다고 독수리 싸움에서 이길 수 있겠어?"

"자세한 가르침을 원합니다."

"트롤이나 트윈헤드 트롤 같은 잡몹은 잡기 쉬워. 이를테면

병아리지. 그러나 그보다 상위 개체들은? 오성 유니온이 제대로 처리할 수 있을까? 뭐, 그래도 일정 수준까지는 빠르게 성장하는 모양이지만……."

시간이 흘렀다. 뉴스 속보가 터져 나왔다.

〈최초의 싸이클롭스 출몰지. 경기도 화음산. 보스 몬스터 발견!〉
〈보스필드 반경 1㎞. 주민들 대피.〉

최초의 싸이클롭스 출몰지였던 경기도 회음산에 보스 몬스터가 나타났다. 일반적으로 보스 몬스터의 보스 필드 반경이 200m 정도라는 걸 감안했을 때 반경이 1㎞라는 건 정말 엄청나게 넓은 거라고 할 수 있었다. 단순 지름만으로도 5배가 차이 나는 거니까. 너비로 치면 25배나 차이 난다.

위성으로 관측된 몬스터의 이름은 싸이클롭스였다.

안 그래도 엄청나게 강한 싸이클롭스가 이제 보스몹 판정까지 받아 필드에 재등장하게 됐다.

예전부터 정설로 굳어진 게 하나 있다. 싸이클롭스는 처음 나타났을 때 무슨 수를 써서라도 죽여야 한다. 그렇지 않으면 사람 많은 시가지에 나타난다. 하지만 한국 사람들은 크게 걱정하지 않았다.

"누가 뭐래도 한국엔 플슬이 있잖아."

"솔직히 그땐 슬레잉 초창기였는데도 잡았잖아. 플슬 이제 훨씬 더 강해졌을 텐데."

"그리고 신 슬레이어들 역시 엄청나게 강해지고 있다며? 싸이클롭스도 이제 그렇게 큰 걱정거리는 아니네."

"아, 그러고 보니 신슬들도 있네. 신슬이 늦게 출발했어도 되게 빠르게 강해진다며? 오성에서는 어떻게 처리할까?"

오성 그룹 회장 이강훈의 손주 이강식은 현재 오성 유니온을 이끌고 있다. 그는 이제 겨우 27살밖에 안 됐다. 이강식이 말했다.

"플래티넘 슬레이어가 잡겠지?"

"그런데 이상하게 움직이지 않고 있습니다."

"어째서 움직이지 않지? 레이드는 분명 큰 보상이 주어지는데."

"저희 오성을 향한 도발이 아닐까 생각됩니다."

강식은 고개를 끄덕였다. 확실히 그럴 수도 있었다. '너희들이 치고 올라와? 그렇다면 한 번 싸이클롭스도 잡아봐라'라는 식의 도발을 하는 것 같다는 기분이 들었다.

그런데 약간 틀린 게 있다. 도발은 보통 실력이 비슷한 상대가 할 때 성립하는 단어다. 가령 유치원생이 '내가 너보다 더 세! 덤벼!'라고 말한다고 해서 거기에 진심으로 응하는 어른이 있다면, 그 어른은 별로 정상이라고 보기 어렵다. 반대로 어른이 유치원생에게 진심으로 도발하는 경우도 찾아보기 힘들다. 만약 한다 하더라도 어린아이가 귀여워서 장난을 치는 경우가 대부분이다. 유치원생은 그걸 도발이라고 생각할지 모르겠지만 말이다.

어쨌든 강식은 씨익 웃었다. 그는 한국 내 최상위 계층으로 어릴 적부터 남들의 위에 군림하며 살아왔다. 사실상 현대사회에 있어서 돈이라는 것은 지위와 어느 정도 같은 의미를 지니고 있기도 했으니까.

'건방진 놈들.'

하지만 오성이라 해도 당장 싸이클롭스를 없앨 뾰족한 수단은 없었다. 일단 사태를 주시하면서 방법을 강구해 보기로 했다. 당장 싸이클롭스를 어떻게 하기는 어렵지만 일단 처리만 하고 난다면 오성 유니온의 입지는 지금보다 한층 더 높아질 거다.

한편, 같은 시각 종원이 말했다.

"야, 싸이클롭스는 불가능 업적 줄 가능성이 높잖아? 그럼 우린 나서면 안 되겠네."

명훈도 고개를 끄덕였다.

"요즘 신슬인지 뭔지 기고만장해서 날뛰는 모양인데 걔네 보고 잡으라 하자. 싸이클롭스 무섭단 말이야."

현석은 고민에 빠졌다. 남들이 들으면 말도 안 되는 고민이다. 불가능 업적을 줄까 봐 못 잡고 있다. 하지만 생각해 보면 던전 내 보스 몬스터인 '키클롭스'를 잡았을 때에도 불가능 업적으로 인정이 안 됐다. 그보다 하위 개체인 싸이클롭스가 불가능 업적을 줄 확률은 낮았다. 정직한 연수가 그걸 짚었다.

"그런데 키클롭스도 어려운 업적 판정을 줬는데 싸이클롭스에게 불가능을 줄까? PRE—하드로 넘어오면서 싸이클롭스의 등급도 낮아졌을 것 같은데……. 그럼 우리가 잡아도 되지 않아?"

명훈이 엄살을 부렸다.

"그렇다고 우리가 나서서 시험해 볼 수 없잖아. 우리가 암만 세졌어도 싸이클롭스는 무리야. 그때 현석이 힘이 300… 얼마였는데도 H/P가 1/3씩 쭉쭉 달았어. 난 안 가. 아니, 못 가."

종원도 동의했다.

"일단 인명 피해가 있는 것도 아니니까 좀 기다려 보자. 현석이가 거의 죽여놓은 다음에 전투 필드 빠져나가고, 막타만 우리가 때리면 되는 방법도 있고."

정욱현이 모든 말을 깔끔하게 정리했다.

"배알 꼴려서 가기 싫다. 신슬들이랍시고 거들먹거리는 거 마음에 안 들어. 오성인지 나발인지 걔네 보고 처리하라 하자."

그래도 길드장에게 의견을 묻는 건 잊지 않았다.

"길드장님 생각은 어때요?"

"아직 인명 피해도 없고… 급하게 나설 필요는 없다고 생각합니다."

"길드장님이 그렇다면 그런 거죠."

욱현은 현석을 제외한 다른 길드원들에게는 반말을 거리낌 없이 사용했다. 하지만 길드장의 위신을 세우기 위해서는, 나이와는 상관없이 존칭을 사용하는 게 맞다며 존댓말을 쓰는 중이다. 현석의 말에 토를 다는 법도 거의 없었다. 현석은 상황을 지켜보기로 했다.

'성형이 형님도 잠시 지켜보자고 얘기했었고.'

다행인 것은 싸이클롭스는 인간이 눈에 보이지 않으면 어슬렁거리다가 이내 낮잠을 즐기는 여유로운 몬스터라는 것 정도. 하지만 이 여유가 언제까지 지속될지는 모른다. 또 사라졌다가 시가지에서 나타나기라도 한다면 엄청난 피해가 발생할 수도 있다.

그러던 차, 사태를 지켜보던 오성에서 공식적으로 80인 파티를 구성한다는 발표를 했다.

〈뒤늦게 출발한 오성 유니온. 슬레잉이 불가능한 개체 싸이클롭스를 향해 전진하다!〉
〈침묵하던 오성. 싸이클롭스를 향해 칼을 빼 들다.〉

한국 유니온과 플래티넘 슬레이어가 침묵하고 있는 가운데 오성 유니온이 먼저 움직이기 시작했다.

*   *   *

오성 유니온장인 이강식이 오성 그룹 회장 이강훈의 손자인 것은 맞다. 그러나 후계자감은 아니었다. 이강식이 못났다는 말은 아니다. 그 역시 엘리트 교육을 받았으며 머리도 그렇게 나쁜 편은 아니었고 스스로 노력을 안 한 것도 아니었다. 그러나 그의 노력이 무색할 만큼, 그의 형이 너무 대단했다.

강식은 형을 증오하는 건 아니었지만 그렇다고 또 좋아하지도 않았다. 그에게 있어서 형은 넘을 수 없는 경쟁자 같은 그런 느낌이었다. 형을 넘기 위해 그토록 열심히 노력했지만 결국 들려오는 말은 '형처럼 좀 잘해봐'였다. 어린 시절부터 그러한 경험을 숱하게 겪으며 자라오다 보니 그는 형을 제외한 누군가에게 지는 것을 극도로 혐오했다.

그러던 차 그는 슬레이어로 각성했다.

'어차피 시작한 것. 제1유니온이 되어 보이겠다.'

이른바 신 슬레이어 세대를 이끌어가고 있는 선두 주자가 바로 그였다. 이건 그의 형도 가지지 못한 능력이었다. 난생 처음으로 형을 능가할 수 있는 능력을 가지게 됐다.

'꼭… 제1유니온으로 만들어서 인정받고야 말겠다. 형도 이룰 수 없는 업적이야.'

오성은 사실상 '슬레잉계'에 발을 담그지는 않았다. M—arm 쪽은 이미 ㈜소리와 글록이 너무 확실하게 잡고 있어서 후발 주자로 뛰어들 생각을 하지 않았다. 슬레잉의 영역은 넘겨주고 일반 시장 점유에 더 열을 올렸다. 다행히 ㈜소리는 슬레잉과 관련되지 않은 다른 상품들에는 크게 관심을 가지지 않았고 여태껏 영역이 달라 서로를 건드린 적이 없다.

하지만 오성 유니온이 설립되면서부터 약간의 경쟁 구도가 형성되기 시작했다. 그리고 7천 명의 슬레이어들을 끌어모으는 데 성공하면서 이강식은 처음으로 잘했다는 칭찬을 들었다.

부모에게는 물론이고 회장인 강훈에게도 들었다. 잘해보라는 격려까지 받았다. 오성 그룹의 적극적인 지원까지 등에 업었다. 잘했다는 그 말 한마디에 강식은 눈물을 왈칵 쏟을 뻔했다. 어린 시절부터 얼마나 듣고 싶던 말이던가. 어린 시절부터 20년 넘도록 쌓여온 감정의 응어리가 풀리는 것 같은 느낌이 들었다. 또 더욱 잘하고 싶다는 도전 의식까지 불타올랐다.

'이번 싸이클롭스 레이드는 내겐 둘도 없는 기회다!'

물론 위험한 건 안다. 싸이클롭스가 엄청난 개체라는 것도 알고 있다. 하지만 불가능하지는 않다. 일례로 미국도 3,000억을 쏟아부어 잡은 적이 있다. 지금은 그때보다 M—arm도 훨씬 발달했고 슬레잉 수준도 높아졌다. 물론 피해야 있겠지만 슬레잉이 완전히 불가능한 건 아니라고 확신했다.

강식은 현재 오성 유니온의 유니온장이다. 그가 말했다.

"M—item의 수급은 차질 없이 이어지고 있겠지?"

"곧 물량을 맞출 수 있을 겁니다."

강식은 이 M—item에 큰 기대를 걸었다. M—item은 일반 아이템과는 차원이 다른 무기다. M—arm은 현대 무기와 몬스터 스톤을 결합한 형태의 무기다. M—item은 몬스터가 드롭하는 혹은 아이템 상점에서 파는 아이템과 몬스터스톤을 결합한 형태의 아이템이다.

아이템 강화 스토어 폴리네타 3인방이 이번에 새로이 얻게 된 스킬로 강화가 가능해졌다. 강식은 유니온장, 그리고 오성 그룹의 손자라는 권력, 그리고 막대한 금력을 사용하여 폴리네타의 입을 단속했다. M—item이 기존 유니온에도 흘러들어가지 않도록 입단속을 했었다. 거기에 돈도 많이 들어갔지만 아깝지 않았다.

기존의 유니온이 상당히 많은 정보를 세계에 공개하고 그에 따라 프리미엄 이미지를 구축하고 있는 것과는 약간 다른 방책이라고 할 수 있었다. 강식은 자신감에 불타올랐다.

M—item은 M—arm보다 훨씬 효용성이 뛰어난 무기다.

그리고 그걸 슬레이어들에게 무상으로 대여할 거다. 오성 유니온 소속 슬레이어들에게 이 정도 특전은 있어야 하지 않겠냐는 것이 이강식의 뜻이었다.

'이번 기회는… 오성 유니온의 M—item을 알리기에 적합한 기회야. 한 단계 도약할 수 있어.'

그 특전을 만들어낼 수 있는 능력도 그에게 있었고. 오성 유니온에서 싸이클롭스 슬레잉에 나섰다. 슬레이어들을 끌어모으고자 슬레이어들에게 유리한 조건들을 다수 내걸었다.

"그 얘기 들었어? 일단 참가하는 것만으로도 1억씩 준대."

"그뿐만 아니라 M—item이라고 특별한 형태의 아이템도 무상으로 대여해 준다던데."

"사망하면 사망 보상금으로 10억을 가족에게 준다는 내용도 있더라고."

"게다가 예전에 정부에서 그랬던 것처럼 특제 쇠사슬을 대량으로 준비해서 일단 움직임을 묶을 거라고 하더라."

역시 이슈가 된 것은 M—item. 사실 폴리네타에서 만들 수 있는 아이템이지만 오성은 마치 오성 유니온만이 가질 수 있는 특별한 형태의 아이템인 것처럼 홍보했고 그것의 무료 대여는 슬레이어들의 발걸음을 잡아당겼다.

M—item의 얘기를 들은 현석이 고개를 갸웃했다.

"M—item이라……."

현석은 M—item 같은 건 없어도 된다. 적어도 싸이클롭스를 잡을 땐 그렇다. 예전에 지금보다 훨씬 약할 때도 솔로잉이 가능한 개체였다. 지금의 싸이클롭스는 그냥 대충 치면 죽는 몬스터다. 싸이클롭스보다 상위 개체인 키클롭스 정도 되면 이제 좀 그래도 H/P를 떨어뜨리는 몬스터쯤 되고.

종원이 하품했다.

"쟤네 진짜 용쓴다 용써. 돈도 엄청 푸네. 돈이 많긴 많나봐. 오성 그룹 핏줄이라서 그런가? 근데 성공할 수 있을까?"

"M—item이 정말 뛰어나다면 가능하겠지. 움직임을 묶는 방법이야 예전에 개발됐으니까… 물론 사망자는 발생하겠지만."

신 슬레이어들이 거슬린다고 말은 했지만 그래도 막상 신 슬레이어들이 움직이자 종원은 약간의 걱정을 표하긴 했다.

"너는 진짜 안 움직일 거야? 불가능 업적 뜰 확률도 있지만 그래도 사람들 죽는 거 그냥 두고 보기도 좀 그렇잖아."

현석도 고개를 끄덕였다. 그 말은 맞다. 반드시 가서 그들을 구해줘야 할 의무는 없지만 그래도 인간적인 도리라는 게 있다. 별로 노력을 안 하고 대충 움직여도 구할 수 있는 생명들인데 그냥 죽게 하는 건 좀 마음에 걸렸다. 하지만 성형의 간곡한 부탁이 있었다.

"한국 유니온장이 기다려 달라고 하더라. 물론 비밀로 해달라고 하기는 했지만."

"성형이 형님이? 왜? 그거 잡으면 한국 유니온한테도 좋은 거 아니냐? 요즘 경쟁 구도던데."

현석이 어깨를 으쓱했다. 현석은 이유를 안다.

'오성 유니온이 싸이클롭스를 잡지 못할 거란 확신이 있어서겠지.'

그렇게 오성 유니온의 싸이클롭스 슬레잉이 시작됐다.

CHAPTER 3

오성 유니온도 바보는 아니다. 만반의 준비를 갖췄다. 중장비를 동원하여 함정을 깊게 파서 유인했다. 시간을 너무 오래 지체하기는 힘드니 깊이를 얕게 하되 대신 웨어울프를 상대할 때처럼 고압 전류를 사용했다.

고압 전류를 발전하는 방식에 옐로우스톤까지 사용했다. 옐로우스톤은 물량이 너무 없어서 구하기 힘든 스톤이기는 했지만 강식은 아끼지 않았다. 고압 전류의 역할은 아주 잠깐, 싸이클롭스의 움직임을 막기만 하면 된다. 그 사이 특제 쇠사슬로 싸이클롭스를 묶는 것이 작전의 최초 목표였고 거기까지는 사망자 없이 성공할 수 있었다.

'됐다!'

싸이클롭스의 움직임이 묶였다. 80인 파티를 이룬 슬레이어들이 공격을 퍼붓기 시작했다. M—item을 가진 근딜들과 메이지 계열의 원딜들이 공격을 퍼부었다. 작전은 순조롭게 진행되는 듯했다. 그러나 딱 거기까지였다.

"유니온장님. 공격이 전부 무효화되고 있습니다."

"간혹 공격이 적중된다 하더라도 싸이클롭스의 방어력을 뚫지 못합니다."

PRE—하드에 접어들면서 슬레이어들에게 회피 시스템이 적용됐다. 그건 몬스터에게도 마찬가지였다. 슬레이어들의 공격은 싸이클롭스에게 적중되질 않았다. 가끔 적중되는 공격은 보통 직접 공격이 아닌 스플래시 대미지로 인한 공격들이었는데 그정도 대미지로는 싸이클롭스의 실드에 타격을 주기 힘들었다.

M—Item을 믿었던 오성 유니온은 싸이클롭스 슬레잉에 실패했다.

*   *   *

오성 유니온의 싸이클롭스 슬레잉 소식을 들은 미국의 유니온장 에디가 말했다.

"크리스, 당연히 실패하겠지?"

"네, 실패할 겁니다. 이전보다도 더 강력해진 싸이클롭스입니다. 제아무리 M—item이 있다고 해도 안 됩니다. 그래 봐야 옐로우스톤으로 합성한 M—item일 텐데 현재까지 보고된 바에 의해도 2단계 차이가 납니다. 옐로우 M—item으로 레드 등급의 싸이클롭스에게 타격을 줄 수는 없습니다."

"오성이 그걸 몰랐을까?"

"알았을 겁니다. 그러나 전례에 비추어 생각해 봤겠죠. 미국은 재래식 무기만으로 싸이클롭스를 죽이는 데 성공했으니까요."

에디가 크리스는 동시에 입을 다물었다. 세상에는 사람들이 모르는 진실이 얼마든지 숨어 있다. 약간 시간이 흐르고 나서 에디가 말했다.

"그래. 대외적으로는… 성공했다고 발표가 됐지. 그랬어야만 했으니까."

"그걸 믿고 가능성을 점쳤을 겁니다."

일본 유니온장 야마모토가 말했다.

"한국 유니온에서는 일부러 기다리고 있었겠지?"

"아마 슬레잉 실패를 확신했을 겁니다. 극적인 등장을 위해 일부러 기다리고 있었겠죠. 이로써 한국 유니온이 더 활약할 발판을 얻었을 테니까요. 그리고……."

야마모토의 보좌관 신페이는 잠시 뜸을 들이다가 말했다.

"한국 유니온장 박성형이라면……."

"……."

"오성에게 만약 슬레잉이 가능한 수단과 능력이 있었더라도… 박성형은 그 슬레잉을 실패로 만들었을 겁니다, 무슨 수를 써서라도."

"그렇… 겠지?"

"오성 유니온이 이만큼 클 수 있었던 것도 오성 그룹을 뒤에 업고 있기 때문이었습니다. 만약 그게 아니었더라면 이강식은 진작에 시체로 발견되었겠죠."

＊　　　＊　　　＊

오성의 싸이클롭스 슬레잉이 실패했다. 사망자는 단 한 명. 그나마 피해는 적었다. 그것도 직접 공격받은 게 아니라 실수로 구덩이에 빠졌다가 발버둥 치는 싸이클롭스에게 깔려 죽었다. 사망자 수는 1명에 불과하지만 그래도 결국 슬레잉에 실패했다는 사실은 변하지 않았다.

"예, 예전보다 훨씬 강력해진 싸이클롭스가 아닐까? 그 왜… 자이언트 터틀도 무슨 등급 같은 게 있다며?"

"웨어울프도 보름달만 뜨면 강해지고 그런 거 같은데… 그렇지 않고서야 예전에도 슬레잉이 가능했던 싸이클롭스를 못 잡고 있는 건 말이 안 되잖아."

"게다가 플래티넘 슬레이어조차도 몸을 사리고 있고."

국민들 사이에 동요가 일었다. 지금 화음산에 나타난 개체가 예전보다 훨씬 강력해진 개체가 아니냐는 설이 설득력을 얻기 시작했다. 플래티넘 슬레이어가 움직이지 않고 있다는 것도 커다란 근거가 되어주었다. 무려 플래티넘 슬레이어쯤 되는 슬레이어가 가만히 있는 걸 보면 아무래도 지금 나타난 싸이클롭스는 엄청나게 강한 개체가 아니냐는 말이 돌았다. 얼핏 들으면 상당히 설득력이 있는 말이기도 했고.

미국 유니온은 미 정부의 도움을 얻었다. 군사위성을 통해 오성의 슬레잉을 모두 지켜봤다.

"혹시나가 역시나군."

크리스가 말했다.

"설사 가능했다 하더라도 불가능하게 됐을 겁니다. 박성형이 한국 유니온장이니까요."

"슬슬 플래티넘 슬레이어가 움직이겠지?"

"이강식의 성격상 한 번은 더 도전할 겁니다. 한국 유니온은 한 번 더 기다리겠죠. 분위기가 무르익을 때까지."

크리스의 예상은 어김없이 들어맞았다. 이강식이 다시 한 번 도전했다. 사실 한 번 실패를 했을 때 슬레잉이 불가능하다는 걸 알았겠지만 그래도 포기하지 않았다.

"크리스, 네 예상이 맞았어. 정말 정확하군. 가끔은 소름이 돋을 정도야."

"아닙니다. 인물의 기본 성격을 바탕으로 한 추론을 내릴 뿐이죠. 실제로 제 예상이 100퍼센트 정확한 건 아니지 않습니까?"

"그렇긴 하지만……."

오성 유니온은 다시 한 번 싸이클롭스 슬레잉에 도전했고 다시 실패했다. 사망자도 두 명 발생했다. 그 소식에 국민들이 더 동요하기 시작했다. 그때까지만 해도 그나마 괜찮던 화음산 주변의 집값이 계속해서 폭락했다. 무서운 괴물이 옆에 버티고 있는데 집값이 정상이면 그게 더 이상한 일이다.

크리스가 말을 이었다.

"상대를 제압하는 것에는 크게 두 가지 방법이 있습니다."

"압도적인 강함을 보여주는 것과 힘으로 찍어 내리는 거겠지."

그러나 상대가 오성 유니온이다. 오성 유니온이 무섭다기보다는 그 뒤의 오성 그룹과 7천 명의 슬레이어가 걸린다. 힘으로 찍어 누르기엔 쉽지 않은 상대였다. 그렇다면 힘으로 찍어 내리는 것보다는 압도적인 강함을 보여주는 게 훨씬 이득이다. 그게 논리적으로는 맞다.

현석이 말했다.

"형은 이렇게 될 거 확신하고 있었던 것 같네요."

논리적으로 맞긴 맞는데, 그에 따른 리스크도 있다. 만약 오성 유니온이 싸이클롭스 슬레잉에 성공한다면 그들은 유니온으로서 그 입지를 더욱 굳히게 될 거고 한국 유니온의 위상을 흔들 수도 있다. 그러나 박성형은 확신을 가지고서 플래티넘 슬레이어를 대기시켰다. 사실상 대기시켰다기보다는 대기해 달라고 부탁한 거지만.

성형이 어깨를 으쓱했다.

"그냥… 뭐. 싸이클롭스가 워낙 강하니까. 보스몹 보정까지 받고 있으니."

"국민들도 엄청 동요하고 있어요."

"그래, 그렇지."

안다. 일부러 그렇게 만들었다. 성형이 피식 웃으면서 장난스레 말했다.

"주인공은 마지막에 등장해야 멋있는 법이거든. 무대가 만들어졌어."

오성 유니온은 두 번이나 도전했고 모두 실패했다.

M—arm보다 효과가 좋다는 M—item도 소용없었다. 사망자가 겨우 3명 발생했다는 것이 축복일 정도라는 말이 나돌 정도였다. 괜히 상대가 불가능한 개체라는 말이 나도는 게 아니었다. 이제 사람들이 믿을 거라곤 플래티넘 슬레이어 밖에 없었다. 그러나 그 플래티넘 슬레이어가 여태까지 침묵했다.

"이거… 진짜 불안한데……. 이러다가 또 시가지에 나타나는 거 아니야? 왜 플래티넘 슬레이어가 가만히 있는 거지?"

"그러니까. 그쯤 되는 슬레이어는 위험성을 알고 있으니까 안 덤비는 거 아닐까?"

플래티넘 슬레이어의 부상설, 사망설 등 온갖 추측과 염려가 난무했다. 살신성인의 슈퍼 히어로인 그가 나타나지 않는다는 걸 이상하게 여기고 또 불안해했다.

"이러다 진짜 큰일 나는 거 아니야?"

"아직 한국 유니온에서 발표 안했잖아요. 조금 더 기다려 봐요."

"그래도 불안해서 이거야 원⋯ 슬레잉 발표조차도 안 나고 있으니. 슬레잉 발표는커녕 슬레잉 계획조차도 보도가 안 되고 있잖아."

"⋯⋯."

차라리 슬레잉 계획이라도 발표해 주면 그나마 불안이 덜하겠는데 계획조차도 없었다. 모두가 불안해했다. 그리고 모두가 불안해하는 와중에 한국 유니온에서 정식으로 발표했다. 딱 한 줄로 이뤄진 속보였다.

〈플래티넘 슬레이어, 싸이클롭스 슬레잉 완료.〉

모두가 놀랐다. 계획 같은 것도 없이 갑자기 난데없이 싸이클롭스 슬레잉이 완료되었단다. 여태껏 침묵하고 있었던 건 오성 유니온에게 기회를 주기 위한 대인배의 자세였다는 헛소문도 돌았다. 이건 정말 헛소문이다.

소식을 들은 이강식은 입을 쩍 벌렸다.

"어떻게⋯ 제아무리 플래티넘 슬레이어라도⋯ 이게 말이 돼?"

갑자기 신경질이 났다. 분노가 치밀어 올랐지만 겨우 참았다.

"레이드에는 분명 인원 제한이 있잖아. 싸이클롭스는 분명 80인을 구성해야만 레이드가 가능한 개체라고! 아무리 플래티넘 슬레이어라고 해도 그 룰을 어쩌지는 못했을 텐데!"

아무리 씩씩대도 사실은 변하지 않았다. 오성 유니온의 80인의 슬레이어는 슬레잉에 연속 두 번이나 실패했고 플래티넘 슬레이어는 단 한 차례의 시도로 성공했다.

지금 모양새는 마치 플래티넘 슬레이어가 일부러 오성 유니온에 양보했다가 정 안 되니까 나선 것처럼 되어버렸다. 다시 말해 오성 유니온은, 한국 유니온이 기회를 줬음에도 불구하고 차려진 밥도 못 먹었다는 인식이 생겼다.

'도대체 이게 어떻게 가능한 거냔 말이다!'

이건 말도 안 되는 일이다. 분명 80인이 있어야만 하는 레이드인데 어떻게 솔로잉에 성공할 수 있단 말인가. 아무리 플래티넘 슬레이어라고 해도 이건 너무했다. 답답해서 미치겠다.

'플래티넘 슬레이어… 도대체 능력이 어디까지 인거냐……!'

이를 악물었다. 이미지에 커다란 타격이 있기는 했지만 이대로 무너질 수는 없었다. 이제 상황을 정확하게 바라보고 모자란 점을 채워 넣어야 할 때다. 원인 파악이 시급했다. 겨우 분노를 가라앉힌 강식이 말했다.

"플래티넘 슬레이어가 어떻게 솔로잉에 성공했는지 알아봐!"

이후 올라온 보고는 어처구니없었다.

"그냥 가서 쳤답니다."

"…뭐라고?"

"그냥 가서 툭 치니까 죽었답니다."

"인원 제한 룰은?"

"모르겠습니다. 그냥 혼자 가서 툭 쳤답니다."

솔로잉을 어떻게 진행시켰는지 알아야만 하는데 알 수 없었다. 알 수 있는 사실이라곤 그냥 가서 대충 쳤다는 것 정도.

"분명히 속임수가 있다. 다시 한 번 더 알아봐."

강식은 속으로 칼을 갈았다. 플래티넘 슬레이어가 강한 건 이미 알고 있었다. 슬레잉이 가능하다는 것도 안다. 그러나 인원수 제한이라는 룰마저 무시할 수는 없는 법이다. 그는 그렇게 생각했다. 분명 여기엔 속임수가 작용했을 거다.

'그 속임수. 내가 찾아내고 말겠다.'

보고된 내용들은 모두 사실이었지만 강식은 믿을 수 없었다.

어쨌든 강식의 노력과는 별개로 변화는 계속해서 이루어졌다. 마치 슬레이어들이 PRE—하드에 접어들기를 기다렸던 것처럼. 세계는 계속해서 빠르게 변화했다.

얼마 지나지 않아 '블리자드'가 불어닥치기 시작했다.

* * *

에디는 신음성을 삼켰다. 놀란 티를 안 내려고 했는데 저절로 신음성이 나왔다.

'이럴 수가… 일격이라니.'

싸이클롭스가 일격에 죽었다. 미 국방부와 연계하여 자료를 얻고 있는데, 미 국방성이 쏘아올린 이 초고성능 인공위성이 고장 나기라도 한 것 같았다. 그 엄청나다는 싸이클롭스를 잡는데 말 그대로 대충 가서 대충 쳤다. 그랬더니 싸이클롭스가 죽었다.

'플래티넘 슬레이어가 강한 건 누구나가 아는 사실이다.'

현재의 강함은 물론이고 성장 속도도 엄청나다. 그건 에디도 이미 알고 있는 사실이었다. 그런데 이건 너무했다. 싸이클롭스를 처음 슬레잉할 때보다 아무리 적게 잡아도 최소 5배 이상은 강해진 것 같았다.

'그러나 룰을 무시한 건 다른 문제야. 인원 제한 룰을 어떻게 무시한 거지?'

현재 미국 유니온도 인원 제한 룰을 무시할 수 있었던 근거에 대해 파악하고 있으나 쉽지 않았다. 플래티넘 슬레이어나 한국 유니온이 밝히지 않으면 당분간 알 수 없을 것 같았다.

크리스가 말했다.

"확실히… 압도적인 무력이군요. 저 정도면 탱크와 싸워도 지지 않겠는데요."

"인하 길드는 공짜로 또 강해졌겠군. 여태까지 저런 식으로 몬스터들을 잡아왔다면 그들이 세계 최고의 길드가 되는 것도 이상한 일은 아니지."

그나마 안도가 되는 게 있다면 레이드 시스템은 철저하게 공헌도에 따라 보상이 갈리기 때문에 레이드 보상은 현석에게만 갈 것이라는 것 정도였다. 그래도 싸이클롭스를 저렇게 쉽게 때려잡으면 분명 업적이 뜰 거고 그 업적의 경우는 전투 필드를 공유하고 있으면 나눠 갖게 되니 저들은 또 강해졌을 거다.

"플래티넘 슬레이어에게 가려져서 그렇지 그들 개개인의 실력은 이미 전 세계를 통틀어서 톱 급일 겁니다."

인하 길드원들은 보스 싸이클롭스를 잡았다. 사실 뒤에서 구경만 하고 현석이 혼자 잡았다. 싸이클롭스는 너무 위험한 개체다. 잘못해서 시가지에 나타나기라도 하면 큰 피해가 발생한다. 싸이클롭스가 어떤 업적을 주는지 실험을 할 필요도 있어서 이번엔 직접 움직였다.

성형의 부탁도 있었을 뿐더러 싸이클롭스가 불가능 업적을 주지 않을 거란 확신 아닌 확신도 있었다.

종원이 말했다.

"예상대로… 어려운 업적이네? 한 단계 등급이 낮아졌어."

보상 업적은 공유됐다. 그러나 레이드의 보상은 공헌도에 따라 갈리게 됐는데 이번에도 역시 현석 혼자서 처리했고 100퍼센트 판정을 받았다.

민서가 물었다.

"오빠, 레이드 등급은 뭐야?"

"SS라고 떴네."

"그럼 또 스탯 1 얻었어?"

"아니."

현석은 고개를 절레절레 저었다.

"레이드 등급에 따른 보상은 1회만 주어지나 봐."

아쉽게도 SS랭크 레이드에 따른 보상은 1회만 주어졌다. 플래티넘 슬레이어의 위상이 더욱 높아졌음은 두말할 필요도 없었다.

〈PRE—하드 모드의 룰마저 무시한 플래티넘 슬레이어의 힘.〉

이강식이 분노하게 된 건 플래티넘 슬레이어의 무력 때문이 아니었다. 어차피 플래티넘 슬레이어가 싸이클롭스를 쉽게 잡을 수 있을 거라는 건 누구나가 다 할 수 있는 예상이었다. 그러나 '혼자서'라는 사실이 중요했다. 레이드 시스템은 분명 인원수에 제한을 건다. 40인 혹은 80인을 맞춰야만 레이드에 임하는 것이 가능해진다. 그러나 플래티넘 슬레이어는 그 룰을 무시했다. 플래티넘 슬레이어를 사랑하는 모임. 줄여서 플사모의 회원들은 매일 그 얘기를 했다.

─이 정도면 룰 브레이커 아닌가요?

—그렇죠. 레이드의 룰을 무시하고 솔로잉을 했으니까요.

—제 친구가 신슬인데 무슨 속임수가 있을 수도 있다고 하던
데……

플래티넘 슬레이어가 어떻게 인원수 제한 룰을 무시하고 솔
로 레이드에 성공했는지는 밝혀지지 않았다. 그에 대한 추측이
난무했지만 한국 유니온과 플래티넘 슬레이어는 끝내 입을 열
지 않았다. 이유야 어찌 됐든 플래티넘 슬레이어는 대체 불가
능한 슬레이어로서 그 이름을 더욱 높일 수 있었다.

그리고 시간이 흘렀다. 튜토리얼을 지나 이지로, 그리고 이지
에서 노멀까지.

'노멀 규격'에 길들여진 세계는 계속해서 변화했다. 신 슬레이
어들이 나타났고 예티와 같은 이벤트성 몬스터가 나타났다(오
크밸리에서 나타난 이후로 예티는 단 한 번도 발견되지 않았다). 그
리고 필드에 보스 몬스터 레이드라는 개념이 생겼다. 예전부터
있기는 있었지만 시스템에서 실제로 '레이드 등급'을 매기는 변
화는 새로이 생긴 거다. PRE—하드 모드에 접어드는 슬레이어
들이 더욱 많아졌다. 그 때문인지는 알 수 없지만 어떤 괴현상
이 발생하기 시작했다.

〈50대 등산객, 변사체로 발견.〉
〈부쩍 증가하는 동사. 도대체 그 이유는 무엇인가!〉

근래 들어서 동사하는 사람들이 많아졌다. 그리고 눈보라가 자주 불었다. 눈보라와 마주친 사람들의 말을 들어보면 그 눈보라는 끔찍했다고 했다. 갑자기 일순간 눈앞에 눈보라가 몰아친다고 했다. 앞이 보이지 않을 정도로 엄청난 눈보라였다.

젊은 사람들의 경우는 신체 일부가 괴사되거나 동상을 입는 정도로 끝나는 경우도 간혹 있었지만 그래도 일단 그 눈보라와 마주친 사람들은 거의 시체로 발견됐다.

얼마 지나지 않아 이 괴현상의 정체가 밝혀졌다. 이 괴현상은 '몬스터의 일종'으로 분류가 됐다. 몬스터라고 말하기에는 조금 힘들고 그렇다고 몬스터가 아니라고 하기에도 좀 애매한 형태의 괴현상이었다.

스마트 도감으로 마력 수치가 측정이 안 됐다. 또한 충격 수치도 따로 없었고, 의지가 있는 건지도 알 수 없었다.

보통은 어느 순간 갑자기 나타나기도 하고 가끔은 기상청의 레이더에도 잡혔다. 몬스터처럼 갑자기 나타나기도 했고 기상현상처럼 일어나기도 했다. 갑자기 불어닥치는 소규모 눈보라. 사람들을 동사에 이르게 만드는 이 괴현상의 이름은 '블리자드'라고 명명됐다.

블리자드는 크지는 않지만 꾸준한 피해를 계속해서 일으켰다.

〈괴현상 블리자드. 타개책은 없는 것인가!〉

〈갑자기 불어닥치는 눈 폭풍.〉

한국, 몬스터 대응 관리 본부장 강찬석에게 보고가 올라갔다.

"벌써 희생자 수가 120명이 넘었습니다. 집계되지 않은 숫자까지 포함하면 200명이 넘을 것 같습니다."

강찬석은 인상을 꽉 찡그렸다.

'젠장… 어째서 한국만 맨날 이 난리냐.'

앞서 언급했듯, 이 블리자드라는 건 좀 애매했다.

위성으로 살펴보면, 몬스터처럼 H/P가 표시되기는 한다. 하지만 M—arm도 M—item도 심지어 슬레이어의 직접 공격도 안 먹혔다. 말 그대로 눈보라였다. 모르는 사람이 보면 그저 규모가 조금 작은 눈보라가 부는구나 싶을 정도였다.

박성형은 담배를 꺼내 물었다.

'블리자드 때문에 죽은 사람 수가 벌써 200은 되겠군.'

강한 몬스터라 한다면 어떻게든 잡을 수 있을 거다. 싸이클롭스마저도 일격에 처리하는 슬레이어 유현석이 있으니까. 그런데 애초에 슬레이어의 공격이 안 먹히는 대상이다.

'단순히 회피율과 적중률의 문제는 아냐.'

실험을 통해 밝혀진 바로는 확실했다. 애초에 그 몬스터(혹은 현상)의 성질 자체가 그런 것일 수도 있었다.

'공격 불가 대상인가.'

그럴 수도 있다. 세계가 이렇게 변한 지 겨우 2년밖에 안 됐다. 아는 것보다 모르는 게 더 많다. 모드가 바뀌고 상승하면서 계속해서 새로운 게 나타나고 있다. 지금 단계는 대략적으로 PRE—하드의 난이도인 것 같다. 실제로 '재앙'이라고 부를 정도의 큰 사고는 아직 일어나지 않았다. 중국에서 3천여 명이 죽었던 대사건이 있기는 했지만, 그건 중국 측에서 슬레이어들을 사지로 몰아넣어서 그랬던 거고 사실 지진이나 태풍 등의 자연재해에 의한 피해자에 비하면 별거 아닌 숫자이기도 했다.

'난이도가 어디까지 높아지려는 거지.'

Possession Ghost 같은 경우도, 일반 슬레이어들은 처리가 불가능했다. 스크롤을 가지고 있든지 아니면 트랩퍼를 대동한 메이지가 있어야 했다. 예티 같은 경우는 더 심했다. 명훈의 탐색이 있어야만 겨우 찾을 수 있었던 데다가, 일단 발견만 하면 쉽게 사냥할 수 있는 Posseision Ghost와는 달리 예티는 강력한 개체였다. 그나마 투명 망토를 드롭한 이후에는 발견이 되지 않고 있다는 게 위안거리였다.

그런데 얼마 지나지 않아 블리자드를 공격할 수 있는 방법이 밝혀졌다.

* * *

블리자드는 공격 불가 대상처럼 인식되어 왔다. 사실상 블리자드가 한국 전역을 뒤덮고 매일 수백, 수천 명의 사상자를 낸다면 이건 인류의 대재앙이라고 할 수 있었다.

그러나 일반 사람들에게 블리자드는 뉴스 속에서만 들리는 머나먼 얘기에 가까웠다. 뉴스에는 항상 사건 사고가 끊이질 않는다. 어디에 화재가 났고, 강도가 들었고, 누가 죽었고. 사람들은 그런 뉴스를 보면, 그런 사건 사고가 분명 어디선가 일어나고 있다는 걸 안다. 그러나 그 사고를 직접 경험하거나 옆에서 보는 경우는 그렇게 흔하지 않다.

차 사고가 나는 게 무서워서 차를 타지 못하는 사람은 별로 없다. 블리자드―사실 블리자드뿐만 아니라 대부분 몬스터에 대한 인식도 이와 비슷했다―에 대한 사람들의 인식이 그와 가까웠다.

블리자드는 일단 만나면 무섭지만, 만날 확률은 거의 0프로다. 지금까지 죽은 사람의 숫자가 200명이 채 안 된다. 하루에 약 20명 꼴로 교통사고 사망자 수와 비슷한 수준이다.

그러나 그거야 일반 사람들의 입장이고 이를 처리해야 하는 정부와 군, 그리고 유니온에겐 다른 문제였다.

오성 유니온에서 제일 먼저 공식적인 발표를 통해 해결책을 제시했다.

"특별히 선택된 사람들이 있습니다. 그들은 특별한 퀘스트를 부여받았고 공격 불가능한 대상인 블리자드를 공격할 수 있는 특별한 권한을 얻었습니다."

오성 유니온의 유니온장 이강식의 말은 틀림없는 사실이었다. 이른바 '블리자드 클리어 퀘스트'를 받은 슬레이어들이 분명 존재했다. 그리고 그들은 퀘스트가 진행되는 기간 한정으로 블리자드를 공격할 수 있게 됐다.

이 블리자드는 분명 인류에게 있어서 적임에는 틀림없지만 적어도 오성 유니온에게는 새로운 기회를 주는 발판이기도 했다. 적어도 이강식은 그렇게 생각했다.

성형에게 전화를 건 현석이 말했다.

"욱현이 형이 그 퀘스트를 받았더라고요. 보니까 신 슬레이어라고 주장하는 사람들의 비율이 압도적으로 높은 것 같던데요? 어쩌면 전부다 신 슬레이어일 수도 있죠."

욱현 역시 그 퀘스트를 받았다. 물리력을 행사하는 메이지. 그 역시 신 슬레이어에 포함되는 것 같았다. 물론 구 슬레이어니 신 슬레이어니 하는 건 사람들이 임의로 정한 거고, 명확한 기준이 있는 건 아니었다. 다만 현석과 성형은 욱현을 신 슬레이어의 첫 번째 주자로 생각하고 있는 중이다.

─그런 것 같더라. 그래도 어쨌든 지금은 유니온끼리 다툴 때가 아냐. 그쪽에서 처리할 수 있다면 처리하는 게 옳겠지.

현석은 고개를 갸웃했다. 뭐랄까, 약간 이상한 기분이 들었다. 굳이 미각으로 표현해 보자면 입맛이 쓴 것 같은 그런 느낌을 받았다. 성형이 물었다.

―욱현 씨도 당연히 그 슬레잉에 참여하겠지?

현석은 별로 거리낌 없이 말했다.

"네, 참여해야죠."

―알았다. 이쪽에서도 방법이 있으면 강구해 보도록 할게.

　　　　　*　　　　　*　　　　　*

오성 유니온의 유니온장 이강식은 주먹을 불끈 쥐었다. 그는 형의 그늘에 가려 여태껏 무시를 받으며 살아왔다. 그리고 그것을 떨쳐 버리려 했는데, 저번 싸이클롭스 슬레잉 때 무참히 패배하고 말았다. 성형이 일부러 그런 건 아니지만 짓밟힌 기분이 들었다. 자격지심이라고 해도 좋았다.

'성공… 이다!'

이강식의 작전은 결국 성공했다. 여태껏 해결 불가능한 괴현상이었던 블리자드를 공격하여 결국 슬레잉을 하고야 만 것이다.

블리자드는 괴현상이 아니라 역시 몬스터가 맞았다. 게다가 블리자드는 블루스톤을 무려 30개나 드롭했다. 이 희소식에 국민들은 굉장히 환영했다. 오성 유니온의 입지도 덩달아 높아졌다.

〈선택받은 슬레이어. 블리자드 슬레잉 성공!〉
〈블루스톤 30개의 쾌거!〉

한국 유니온도 오성 유니온의 성공을 축하해 줬다. 그리고 한국 유니온은 슬레이어들의 중복 가입, 그러니까 오성 유니온에도 발을 걸치는 것을 용인했다. 어차피 유니온이라는 건 길드들의 집합인데 편을 나눌 필요는 없다는 것이 일단 공식적인 발표였다.

　미국 유니온장 에디는 의자에 앉았다.

　"크리스."

　"예."

　"어째서 오성 유니온에서 블리자드를 없앨 수 있었지?"

　"정청원, 아니, 지금은 정욱현이라는 자가 포함되어 있기 때문입니다."

　크리스는 미리 준비라도 했던 듯 자료들을 꺼내어 에디에게 보여줬다.

　"이 남자는 현재 인하 길드 소속입니다. 당연히 아시겠지만 플래티넘 슬레이어와 함께 있습니다."

　"덕분에 이들이 블리자드를 없앨 수 있었다?"

　"물론입니다. 만약 이 남자가 없었다면 오성 유니온의 슬레이어들은 아마 모두 죽었을 겁니다. 당연히 블리자드에 의해서 그렇게 됐다는 안타까운 소식이 전해졌겠죠."

　일본 유니온의 보좌관 신페이도 말했다.

　"박성형은 움직이지 않은 게 아니라 움직이지 못했습니다. 이번 슬레잉 명단에 정욱현이라는 자가 포함되어 있었고 그는 플래티넘 슬레이어의 측근입니다. 손을 쓰기 어려웠을 겁니다."

장위평 역시 비슷한 생각을 했다.

'정욱현이란 자가 슬레잉에 같이 나섰다. 그래서 오성은 블리자드를 잡을 수 있었겠지. 한국 유니온장도 어쩔 수 없이 그냥 두고 볼 수밖에 없었던 거야. 입맛이 제법 쓰겠어.'

어쨌든 오성 유니온은 블리자드를 잡는데 성공했고 블루스톤을 획득하는 쾌거를 이루어냈다. 블리자드에 항거할 수 있는 수단이 생긴 거다. 사람들은 기뻐했다. 난이도는 계속해서 높아지고 있지만 그에 따른 대응도 이만하면 꽤 훌륭하지 않은가. 변화의 속도는 정말 빨랐다.

예티의 등장부터 필드의 레이드 시스템 도입까지. 그리고 아직 다른 슬레이어들은 잘 모르지만 PRE—하드 던전과 더불어 키클롭스의 등장. 거기에 신 슬레이어들이 나타나고 오성 유니온이 생겼으며 그들만이 처리할 수 있는 블리자드까지 생겼다. 한 계절 내에 일어난 것 치고는 너무 급격한 변화였다. 하지만 세계는 변화를 멈추지 않았다.

전 세계에 이상한 것들이 발견됐다. 물론 한국에서도 발견됐다. 한강 위에 정체 모를 불덩어리들이 생겨나기 시작했다.

"어, 어? 저, 저게 뭐야?"

어떤 여자는 함박웃음을 지었다.

"뭐야 얘? 귀여워! 이거 봐, 지은아. 말도 하네?"

"몬스터일지도 몰라. 접근하지 마, 바보야!"

＊   ＊   ＊

서울 한강, 양화대교 근처.

처음에는 도깨비불이라고 불린 다수의 불덩어리들이 한강 위에 나타났다. 처음에 다들 무슨 이벤트인가 했는데 그게 아니었다.

"뭐야 얘? 귀여워! 이거 봐, 지은아. 말도 하네?"

"몬스터일지도 몰라. 접근하지 마, 바보야!"

처음엔 다들 몬스터인 줄 알았다. 사이렌이 울리고 대피하고 난리도 아니었다. 그런데 이 불덩어리들은 사람들을 공격하지는 않았다. 시간이 지나자 소동은 잦아들었다. 그러나 긴장의 끈을 늦출 수는 없었다. 자이언트 터틀도 처음엔 온순한 개체인 줄 알았다가 커다란 피해가 있지 않았던가.

PRE—하드 모드에 진입하면서 난이도가 점점 높아지고 있고 새로운 개체들도 속속들이 등장하고 있는 판국이다. 조심해서 나쁠 것이 없었다.

"그런데 말을 한다던데?"

"나도 들은 것 같아. 어린 꼬마 아이 목소리가 난다고 하던데……."

"성격도 되게 각양각색이라던데?"

정체는 여전히 밝혀지지 않았다. 그러나 스스로를 일컬어 '안내자'라고 말을 하는 것과 굉장히 다양한 성격을 가지고 있다는 것 정도는 밝혀졌다. 무뚝뚝한 안내자—일단은 안내자라고 통칭하기로 한다—애교 많은 안내자, 시비를 거는 안내자, 장난을 거는 안내자. 굉장히 다양했다.

SNS에도 안내자와 관련한 글이 많이 올라왔다. 안내자와 대화를 나누는 인증 동영상이나 인증샷도 많이 올라왔다. 정부와 유니온에서는 혹시 모를 위험이 있으니 '안내자'에게 접근하지 말아 달라고 요청하고는 있으나 시간이 지나면 지날수록 사람들은 안내자에 대한 경계를 조금씩 풀게 됐다.

그런데 그것 말고 재미있는 이야기가 하나 떠돌았다. 블리자드를 처치할 수 있는, 그러니까 특수 퀘스트를 받은 슬레이어들에게 '자연계 슬레이어'라는 이름을 붙이기 시작했다는 거다. 그리고 '블리자드'를 자연계 몬스터 중 하나로 분류하기로 했다.

물론 유니온이나 M—20의 공식 발표는 아니었고 사람들이 하는 얘기였다. 그런데 사람들이 하는 얘기들이 얼마 지나지 않아 공식적인 사실이 되는 경우가 많아서 이 '자연계 슬레이어'라는 것 역시 시간이 지나면 공식 용어로 등록될 가능성이 높았다.

현석은 의자에 앉았다.

"자연계 슬레이어라……."

욱현이 마주 앉았다.

"참… 이름 갖다 붙이는 걸 좋아하네요. 신 슬레이어부터 시작해서 이젠 자연계 슬레이어라니. 도대체 그런 이름들은 어디서 어떻게 생각해 내는 건지."

"욱현 형도 자연계 슬레이어잖아요?"

욱현은 그런 것에는 별 관심이 없어 보였다. 현재 그의 관심사는 오로지 하나였다. 과거 알바생 김수현을 죽음으로 내몬 그놈을 찾는 것. 혼자서 열심히 찾고 있는 모양이긴 한데 이렇다 할 성과는 없는 모양이었다.

그럴 수밖에 없는 게 그 남자는 성형에 의해 이미 죽었고 흔적이 말소된 상태였다. 욱현과 현석이 그 사실을 모를 뿐이다.

"그런 건 아무래도 상관없어요. 어차피 이름 갖다 붙이는 거 좋아하는 사람들이 붙이는 이름이니까."

신 슬레이어가 나타나고 그를 기반으로 한 오성 유니온이 생기고 그에 이어 자연계 슬레이어들까지 등장했다. 여기까진 괜찮았다. 사실 새로운 이름이 생기는 건 별로 중요한 문제가 아니었다. 욱현이 하품을 크게 했다.

"아무것도 모르는 놈들이 이제 플래티넘 슬레이어가 한물갔다느니 어쩐다느니 하는 소리를 하더라구요. 세대교체가 시작되는 지점이라나 뭐라나."

욱현은 스스로 말해놓고서도 웃긴지 피식 웃었다. 그 말이 맞긴 맞다. 현석은 자연계 슬레이어가 아니다. 더 정확하게 말해서 '블리자드를 공격하는 퀘스트'를 받은 적은 없었다. 그래서 자연계 슬레이어로 분류되지 않았다.

'하지만 그렇다고 해서 플래티넘 슬레이어를 무시하는 놈들이 생기다니. 어이가 없구만. 언제는 룰 브레이커라고 떠받들더니. 그게 무슨 몇 달 전 얘기도 아니고.'

재미있는 얘기들이 떠돌았다. 지금 이 시점은 세대교체의 진정한 시작이 되는 지점이며 구 슬레이어들은 지고 신 슬레이어들이 득세할 거라는 얘기였다. 여태껏 기를 펴지 못하던 오성 유니온도 '블리자드 슬레잉'에 힘입어 점점 덩치를 불려가고 있는 중인지라 그 소문은 나름 신빙성을 가진 소문처럼 여겨졌다.

"그러니까 이제 플래티넘 슬레이어의 시대도 지나간 거 아닐까? 아무리 강해도 타격 자체가 성립이 안 되면 어쩔 수 없는 거잖아."

"그것도 그렇긴 하지. 하지만 여태까지 플래티넘 슬레이어가 쌓아올린 업적이 몇 갠데."

"그래도 앞으로 공격 자체가 안 되면……."

이런 소문이 퍼지게 된 것에는 오성 유니온의 뒷공작이 있음이 분명했다. 제법 체계적이고 구체적으로 소문이 퍼지고 있었으니 말이다.

그에 따라 기존 유니온에서 오성 유니온으로 가입하는 슬레이어들도 꽤 많았다. 두 유니온 모두 중복 가입 제도를 채택하고 있었고, 어느 한 유니온에 충성도가 높은 길드가 아니라면 중복 가입을 해서 나쁠 게 없다는 판단하에 내려진 합리적인 결정이었다. 오성 유니온의 유니온장인 이강식은 의자에 앉아 무언가를 골똘히 생각하듯 컴퓨터 화면을 뚫어져라 쳐다봤다.

'지금 당장 우리가 제1유니온이 되는 건 불가능하다. 하지만 시간이 조금 더 흐른다면 가능해.'

지금도 충분히 괄목할 만한 성과를 거두고 있다. 오성 유니온으로 인해 오성 그룹의 홍보도 저절로 되고 있는 중이다. 신생 유니온치고는 정말 잘하고 있는 거다.

그러나 강식은 만족할 수 없었다. 그의 목표는 제1유니온이 되는 거다. 지금의 유니온이 그렇듯 '한국 유니온' 하면 바로 '오성 유니온'을 떠올릴 수 있도록 하는 것이 그의 최종 목적이었다. 이강식은 속으로 박성형을 비웃었다.

'블리자드 슬레잉 때 어떤 식으로든 방해를 할 줄 알았는데.'

만약 자신이었다면 그 슬레잉을 어떻게 해서든 막았을 거다. 내가 높아지는 방법에는 내 스스로가 높아지는 것도 하나의 방법이지만 상대를 내리깔아 뭉개는 것도 하나의 방법이니까.

그런데 한국 유니온은 오히려 오성 유니온을 축하해 줬다. 대외적으로 그러는 건 당연하다. 하지만 뒷공작을 벌였어야만 했다.

'정말로 성인군자인거냐, 아니면 능력이 없는 거냐. 그도 아니면 움직일 수 없던 상황이 있던 거냐?'

단정 지을 수는 없다. 능력이 없는 걸로 생각하고 싶지만 겨우 2년밖에 안 되는 짧은 시간 내에 단단하기 그지없는 입지를 굳힌 한국 유니온이다. 결코 얕잡아 볼 수는 없는 상대다.

'자연계 몬스터와 자연계 슬레이어가 등장한 이상 시간은 우리 편이다. 우리의 주축은 신 슬레이어이고. 세대교체가 일어날 테니까.'

*　　　*　　　*

오성 유니온과 신 슬레이어. 그리고 자연계 슬레이어가 근래에 활약하게 되면서 플래티넘 슬레이어는 상대적으로 조금 조용해졌다.

"그러고 보니 요즘 플래티넘 슬레이어도 잠잠하네."

"그러게."

"아무리 플슬이라도 블리자드를 때릴 수 없나 봐."

사실상 별로 잠잠하지 않았다. 오크밸리에서 벌어진 예티 사건이 벌어진 것이 불과 3주 전이다. 3주 동안 대중에 모습을 드러내지 않았을 뿐이다. 하지만 플래티넘 슬레이어가 여태껏 해온 일들이 워낙에 어마어마하다 보니 3주간의 공백이 굉장히 크게 느껴지는 듯했다. 더더군다나 최근 이슈화가 된 '블리자드'와 '안내자'는 플래티넘 슬레이어가 전혀 손을 쓰지 못하는 부분이었으니 더욱 그랬다.

날씨가 점점 더 추워졌다.

그러던 어느 날 몬스터 대응 관리 본부의 본부장 강찬석에게 보고가 올라갔다. 굉장히 다급한 보고였다.

"현재 남해상에 거대 블리자드 형성 징후가 포착되었습니다! 빠른 속도로 북상 중입니다! 이대로면 2시간 이내에 육지에 상륙합니다!"

글록을 인수 합병한 ㈜소리는 대 몬스터 전용 레이더를 출시했다. 아는 사람이 거의 없는 사실이지만 이것에는 블루스톤과 레드스톤의 일부가 사용됐다. 당연히 그것의 제공은 현석이 맡았다. 알려진 바에 따르면 레드스톤은 전 세계에 겨우 4개밖에 없다. 어쨌든 몬스터 전용 레이더는 영체는 탐지가 불가능해도 일반 몬스터나 블리자드는 탐지가 가능했다. 그리고 지금 블리자드가 탐지됐다.

"남해상에 거대 블리자드! 점점 더 규모가 커지고 있습니다!"

남해.

사이렌 소리가 울리기 시작했다.

위이이이이잉—!!!

날카로운 사이렌 소리가 사람들의 고막을 때렸다. 다급한 경보음이 들려왔다. 사람들도 대피하기 시작했다.

"뭐죠? 갑자기 뭐가 일어난 거죠?"

"블리자드래요."

"블리자드요?"

사람들은 약간 안심했다.

블리자드는 아주 무시무시한 몬스터라고 볼 수는 없었다. 분명 대처가 가능한 자연계 몬스터였다. 슬레이어들이 곧 몰려올 거다.

그런데 뉴스 속보가 계속해서 터져 나왔다.

〈충격! 최대 반경 100㎞에 이르는 거대 블리자드. 통상 규모 수백 배의 크기!〉

〈남해상에 생성된 거대 블리자드. 위력에 대해 알려진 바 없어.〉

〈최대 규모 블리자드 북상!〉

원의 형태는 아니었다. 한반도 남쪽 지방 전체를 덮었다. 옆으로 퍼진 부채꼴 형태였으며 그 너비가 100㎞가 넘었다. 오성 유니온도 급하게 자연계 슬레이어들을 소집하기 시작했다. 그러나 자연계 슬레이어들은 움직이기를 꺼려했다.

그냥 블리자드만 해도 그렇게 쉬운 개체는 아니다. 많은 슬레이어들이 힘을 합쳐서 공격해야 하는 개체다. 그리고 블루스 톤을 드롭하기는 하지만 그 와중에 사망자가 꼭 2명 정도는 발생한다. 그런데 이번에는 그냥 블리자드도 아니고 거대 블리자드란다. 전 세계에서도 처음 발생하는 현상이고 그런 현상에 괜히 덤벼들고 싶지는 않았다.

"블리자드 역시 강화되는 몬스터라 이 말인가?"

"웨어울프도 그렇잖아. 게다가 자이언트 터틀도 껍질이 벗겨

지면 갑자기 강해지고. 블리자드라고 해서 강해지지 말란 법 없지."

"하지만 일반인 피해가 엄청 커질 텐데……"

"그거야……"

그거야 어쩔 수 없다. 일반인 피해가 커지는 건 물론 안타까운 일이지만 자신의 목숨보다 중요하지는 않은 문제였다.

〈갈팡질팡하는 슬레이어. 블리자드는 M—arm도 통하지 않는 상대.〉

〈슬레이어들의 결단 필요!〉

여론은 오성 유니온에 불리하게 돌아갔다. 블리자드를 처리할 수 있는 유일한 세력으로 힘을 얻었는데 지금 그 블리자드를 상대하기 꺼려하고 있지 않은가.

사실상 오성 유니온이 무능력한 건 아닌데, 운이 나빴다. 그래도 모두 실리주의자 혹은 겁쟁이만 있는 건 아니었다. 자연계 슬레이어들 중 일부가 유니온의 소집에 응했다. 그 숫자는 총 32명. 그들이 부랴부랴 남쪽으로 향했다.

이번에 발생한 블리자드는 규모가 엄청났다. 사실상 단일 개체로는 가장 강했던 싸이클롭스보다도 훨씬 위험했다. 그보다 훨씬 광범위한 지역을 공격으로 뒤덮는 상황이 발생한 거다. 광범위한 공격이라 하면 예전 그린 등급의 최하급 몬스터들의 공격을 예로 들 수 있겠지만 이건 더 심각한 문제였다.

그런 등급의 최하급 몬스터들은 몬스터 디지즈를 발병시켜서 무서운 것이었지 그 자체로 무서운 건 아니었다. 그런데 이 대규모 블리자드는 아니었다. 일반인의 경우, 작은 블리자드에만 들어가도 살아나오는 경우는 흔치 않은데, 지금의 블리자드는 그 수백 배의 규모다.

"오성 유니온에는 자연계 중에서도 플래티넘 급의 슬레이어가 없대?"

"자연계라는 개념이 생긴 지 얼마 되지도 않았는데 벌써 그런 강자가 나타났을 리 없잖아."

전라남도와 경상남도가 혼란에 휩싸였다. 대피 행렬이 줄을 이었다. 잘못하면 국지적인 빙하시대가 올 수도 있다는 소문까지 퍼졌다. 몬스터 웨이브 때에도 이런 식의 혼란은 발생하지 않았었다. 혼란을 틈타 범죄까지 기승을 부릴 정도였다.

현석은 전화를 받았다. 한국 유니온의 플래티넘 슬레이어 전담 팀의 팀장 고창석으로부터 걸려온 전화였다.

"예. 유현석입니다."

─전용기 출발하도록 미리 준비해 놓겠습니다.

CHAPTER 4

오성 유니온의 소집에 응한 슬레이어는 총 32명. 그들의 각오는 대단했다. 블리자드는 분명 특별히 선택받은 사람만이 없앨 수 있다. 세상에 알려진 바로는 그랬다. 덕분에 오성 유니온이 이토록 클 수 있었다고 해도 과언이 아닐 정도였다.

이강식은 입술을 살짝 깨물었다.

'대규모 블리자드라니. 제기랄.'

겨우 32명밖에 모이지 않았다. 그래도 가긴 가야 한다. 여태껏 언론 플레이를 열심히 해왔다. 움직이는 모양새라도 취해주는 것이 좋다. 블리자드와 맞부딪친다고 바로 죽는 건 아니다. 싸이클롭스처럼 한 방 대미지가 높은 게 아니니까. 일정 시간

대미지가 누적되고 상태 이상이 발현되며 그게 지속되면 '동사'에 이르게 된다. 그러니까 일단 한 번 부딪쳐 보고, 위험하면 도망치면 된다.

'그리고 몇 명 희생자가 생긴다면… 대중들과 슬레이어들도 납득하겠지.'

실패해도 괜찮다. 플래티넘 슬레이어조차도 손을 못 쓰는 특수한 형태의 몬스터가 아닌가. 다만 열심히 노력했다는 것만 보여주면 된다. 그 정도면 충분하리라. 만약 이 대규모 블리자드를 없앨 수 있다면 그게 최고겠지만 아무래도 그건 힘들 것 같았다.

'몇 놈만 죽이면 돼.'

몇몇 슬레이어만 죽이고 후퇴하면 된다. 물론 몰래, 흔적이 남지 않도록 죽여야 할 거다. 동사하도록 만들면 된다.

한편, 블리자드가 육지에 상륙했다. 여태까지의 블리자드와는 차원이 다른 블리자드였다. 규모도 규모지만 그 안에 담긴 파괴력 역시 막강했다. 엄청난 눈보라가 불어닥쳤고 건물 표면에 성에가 꼈다. 눈보라만 위력적인 것이 아니라 그 안에 담긴 바람 역시 강했다. 초속 30m가 넘는 강풍이 불어닥쳤다. 유리창이 깨지고 가로수가 뽑히며 일부 오래된 건물들까지도 무너져 내렸다. 한겨울에 불어닥친, 태풍과 눈보라가 결합된 형태의 이 거대 규모의 블리자드는 국민들을 공포로 몰아넣었다.

그리고 블리자드의 사정권 내에, 32명의 슬레이어가 들어섰다. 그들은 들어서자마자 전투 필드를 펼쳤다.

'할 수… 있다!'

그중 일부는 영웅 심리에, 그중 일부는 희생정신에, 그중 일부는 의무감에, 또 그중 일부는 혹시 모를 콩고물 때문에 이 자리에 왔다. 이유야 어찌 됐든 표면적으로 그들은 비로소 재앙이라고 불릴 수 있을 정도 규모의 몬스터에 항거하기 위해 이 자리에 섰다.

그러나 소용없었다. 거대한 블리자드 앞에서 32명의 힘은 너무 초라했다. 공격 자체가 먹히지 않았다. 방한복을 두툼하게 입고 갔음에도 불구하고 그들의 몸이 으슬으슬 떨려오기 시작했다. 마치 남극이나 북극이 이곳에 강림한 것 같은 그런 기분이었다. 처음에는 중계를 위해 몰려든 기자들도 블리자드의 어마어마한 위력을 먼발치서 확인하고서 황급히 몸을 뺐다.

—현재 경상남도 북단 상공에서 바라본 블리자드의 모습입니다. 어, 엄청납니다! 태풍보다도 무서운 규모의 눈보라가 도시를 집어삼키고 있습니다!

중계 화면에 블리자드의 모습이 잡혔다. 엄청난 눈 폭풍. 그것도 단순한 자연재해가 아니라 자연계 몬스터. 직업 정신이 투철한 기자들마저도 감히 다가설 수 없는 규모의 눈보라가 불어닥치고 있었다.

오성 유니온에서도 결국 철수 명령을 내렸다는 소식까지 전해지면서 대한민국은 혼란에 휩싸였다. 지금은 남쪽 지방에 머물고 있지만 계속해서 북상하고 있다. 대피 시설도 완벽하게 안전한 건 아니었다. 일부 대피 시설의 난방장치가 제대로 가동하지 않으면서 수십 명이 얼어 죽는 끔찍한 상황까지 벌어졌다. 이건 정말 재앙이었다.

〈충격! 대피 시설에 대피한 시민 수십 명. 한파로 인해 사망하다.〉
〈아비규환의 남쪽. 북쪽으로 대피 행렬 이어져.〉
〈교통사고 수십 건 발생. 아비규환의 한국.〉

2년 전, 세계에 몬스터가 나타난 이후로 가장 무서운, 아니, 이제야 재앙다운 재앙이 닥친 셈이다. 그리고 그때, 한국 유니온에서 공식적으로 발표했다.

〈플래티넘 슬레이어, 블리자드 슬레잉 결정.〉

약 1시간쯤 전, 플래티넘 슬레이어의 전용기 BBJ가 공항에서 출발했다는 소식이 알려졌다. 자연계 슬레이어가 아닌, 다시 말해 블리자드를 공격할 수 없다 알려진 플래티넘 슬레이어 유현석이 남쪽으로 향했다.

사람들은 그 결정에 환호했다. 원래대로라면 플래티넘 슬레이어는 블리자드를 공격할 수 없다. 그렇게 알려져 있다. 여태까지 조용하기도 했었다. 특히나 현재 대피 시설에 갇힌 사람들은 플래티넘 슬레이어에게 한 가닥 희망을 걸었다.

난방 기구가 고장 나기라도 하면 죽을지도 모른다. 극도의 공포감에 휩싸인 사람들은 두 손 모아 기도했다. 플래티넘 슬레이어가 오고 있단다. 플래티넘 슬레이어가 정말로 거대 블리자드를 없앨 수 있는지 없는 지에 대한 문제는 둘째 치고서라도, 소동이 조금 잦아들었다.

"플슬이 오고 있대요."

"기, 기사가 정말로 떴네요!"

죽음의 공포 앞에 떨던 사람들이 저마다 핸드폰을 확인했다. 기사가 정말로 떴다. 플래티넘 슬레이어가 온단다. 밖에는 아직도 블리자드가 불어닥치고 있다. 그 상황 자체가 호전된 건 아니었다. 그러나 사람들은 조금씩이나마 희망을 갖기 시작했다.

"플래티넘 슬레이어는 블리자드를 공격 못 한다면서요……?"

"그래도 방법이 있으니까 오겠죠. 플슬이잖아요 플슬."

여태까지 말도 안 되는 업적들을 일궈낸 플래티넘 슬레이어다. 뭔가 방법이 있으니까 오고 있는 거라고, 그렇게 생각했다.

BBJ 내부에서 목소리가 들려왔다. 어린아이의 맑은 목소리였다.

─그러니까요. 그게요. 음! 나는 그 아저씨가 싫어요. 몰라

요. 그냥 마음에 안 들어요. 본능적인 혐오감! 맞아 그래! 이거 어려운 단어 맞죠? 본능적인 혐오감이 든다구요! 흥!

유현석 옆에는 불덩어리 하나가 피어올라 있었다.

*　　　　*　　　　*

플래티넘 슬레이어의 BBJ가 남쪽으로 향했다. 플래티넘 슬레이어 전담 팀의 팀장 고강준이 미리 공항에 나와 있었다.

"기다리고 있었습니다."

현석을 블리자드 영향권 내로 데려가기 위해 페라리 한 대가 미리 대기 중이었다.

"현재 피해 규모는 어떻게 되죠?"

"정확한 집계가 어렵습니다. 최소 사망자 수가 500명은 넘을 거라고 보고 있습니다."

대피 시설의 난방기가 제대로 작동이 안 되어 죽은 사람도 수십 명이 넘는다. 고강준은 500명이라 말했지만 이건 어디까지나 최소의 숫자다. 더 많은 사람이 피해를 입었을 수도 있다.

그리고 지금 수십만 명에 달하는 사람이 지하 대피소에서 죽음의 공포와 싸우고 있다.

현석이 물었다.

"오성 유니온은 어떻게 됐죠?"

"블리자드의 영향권 내에 들어갔다가 이내 철수했다고 합니다. 블리자드에 의해 3명 정도가 죽었다고 하는군요."

"그렇군요."

그들을 탓할 수는 없다. 아무리 신 슬레이어고 자연계 슬레이어라고 해도 목숨을 버리면서까지 거대 블리자드와 싸울 의무는 없으니까.

'3명이 죽었다고……? 그 안에서 오래 버티고 있는 게 아니었다면 쉽게 죽었을 리는 없는데.'

그러나 현석도 강준도 그것에 대해 따로 언급하지는 않았다. 지하 대피소에 있는 사람들은 플래티넘 슬레이어에게 한 가닥 희망을 걸고 있는 한편, 그보다 안정권인 지역의 사람들은 플래티넘 슬레이어가 출발했다는 사실에 놀라워하면서 환호하고, 또 걱정도 했다.

"플래티넘 슬레이어는 자연계 슬레이어가 아니잖아?"

"구 슬레이어를 대표하는 사람인데……."

"그래도 일단 부딪쳐 보겠다는 것 아닐까?"

아무래도 플래티넘 슬레이어는 살신성인의 영웅답게 거대 블리자드와 목숨을 걸고 싸우러 가는 것 같았다. 사람들은 그렇게 생각했고 그렇게 소문이 퍼졌다. 하지만 그뿐이었다.

플래티넘 슬레이어가 대단한 것도 맞고 존경스러운 희생정신을 가지고 있는 것도 맞다. 그러나 그가 간다고 해서 상황이 호전되는 건 아니다. 그는 플래티넘 슬레이어지 자연계 슬레이어가 아니었으니까.

오성 유니온의 이강식 역시 플래티넘 슬레이어가 출발했다는 소식을 들었다.

'우리처럼… 보여주기 위한 행동인가?'

이강식은 보여주기 위해 거대 블리자드와 맞섰다. 한국 유니온도 보고있을 수만은 없었는지 플래티넘 슬레이어를 급파했다.

'아무리 플래티넘 슬레이어라고 해도 그는 블리자드를 타격할 수단이 없어. 하지만 박성형 그자가 정말 그냥 보여주기 위해 플래티넘 슬레이어를 움직였을까? 하지만… 그는 플래티넘 슬레이어다.'

머리가 조금 복잡해졌다.

"차 돌려."

"예?"

"블리자드 쪽으로 되돌아간다."

"하, 하지만……."

위험 권역에만 들어가지 않으면 괜찮을 거다. 블리자드의 영향권과 규모에 대해서는 이미 파악해 놨다.

'플래티넘 슬레이어. 어떻게 하는지 두고 보겠어.'

저번에도 비슷한 상황이 있었다. 싸이클롭스가 나타났을 때 그랬다. 오성 유니온에서 처리하지 못했던 걸, 한국 유니온이 보란 듯이 해냈다. 오성 유니온이 실패하길 일부러 기다렸던 것처럼 말이다. 오성 유니온은 주인공인 한국 유니온과 플래티넘 슬레이어를 위한 조연 역할밖에는 하지 못했었다. 주인공을 더욱 돋보이게 만들어주는 엑스트라 말이다. 왠지 불길한 기분이 들었다.

'그럴 리가 없어.'

이강식이 탄 벤츠 세단과 유현석이 탄 페라리가 블리자드를 향해 질주했다.

*   *   *

블리자드. 이것은 이미 몬스터로 분류되어 있다. 소규모 블리자드의 경우는 H/P도 확인이 된다. 그러나 대규모 블리자드의 경우는 H/P 바가 어디에 있는지 확인하기가 힘들었다. 어쨌든 확실한 건 블리자드는 슬레잉이 가능하다는 거다. 자연계 슬레이어들에 의해서 말이다.

고강준이 말했다.

"조금 있으면 블리자드의 권역 내에 들어갑니다."

"예."

"아이템은… 착용 안 하십니까?"

"예."

안하는 게 아니고 못하는 거다. 처음 임팩트 컨트롤이 생겼을 때에, 그는 방어구 착용 불가 판정을 받았다. 최소한의 의류를 제외하고 슬레잉에 도움이 될 만한 방어구는 아예 착용 자체가 불가능했다. 덕분에 '맨손 궁극기설'도 돌지 않았던가. 다만 페널티 때문에 무기나 방어구 착용이 안 된다는 건 인하 길드원들과 박성형정도만 알고 있다. 플래티넘 슬레이어 전담 팀 고강준 역시 이 사실은 몰랐다.

'맨손 궁극기설이 완전히 거짓은 아닌 건가? 아니면 아이템을 착용하면 안 되는 페널티가 실제로 존재하고 있는 건가?'

고강준은 현석을 힐끗 쳐다봤다.

'플래티넘 슬레이어는 안전을 굉장히 중요시한다. 그런데 어째서……'

오늘의 행보는 조금 이상하다. 플래티넘 슬레이어는 안전에 대한 확신이 없는 상황에서는 잘 움직이지 않는다. 누구나가 자신을 가져도 될 법한 상황에서도 어느 정도 몸을 사린다.

강준이 생각하기에, 그게 지금의 플래티넘 슬레이어를 만들어준 근간이 되는 성격이라고 할 수도 있겠지만 어쨌거나 지금 플래티넘 슬레이어의 행보는 지금까지와 약간 다른 구석이 있었다.

'그도 아니면 거대 블리자드를 슬레잉하는 것에 자신이 있다는 건가?'

아니. 그럴 리는 없다. 고강준은 플래티넘 슬레이어에 대해 성형 다음으로 잘 안다고 자부하고 있는 편이다. 현석의 일거수일투족을 놓치지 않으려 애쓰고 있으며 현석에 대해 파악하려고 노력도 많이 해왔다.

'자연계 슬레이어들 마저도 3명이 죽고 나머진 후퇴했다. 기세등등한 오성 유니온이 겨우 보여주기 식의 행동밖에 취하지 못했어. M—item과 M—arm도 통하지 않는 개체이며 물리력, 마법력 그 어떤 것도 소용이 없는 거대 개체야. 그런데 어째서 플래티넘 슬레이어는 이렇게 쉽게 움직이고 있는 거지?'

고강준은 그를 잘 안다고 착각하고 있을 뿐 사실 플래티넘 슬레이어에 대해 잘 모른다. 실제로 현석이 어째서 방어구를 사용하지 않는 건지에 대해서도 파악하지 못했다.

"제가 모셔다 드릴 수 있는 곳은 여기까지입니다."

현석과 강준이 차에서 내렸다.

"정말… 괜찮으시겠습니까?"

자연계 슬레이어들도 온갖 방한 장비를 챙겨서 접근했다. 현석은 고개를 끄덕였다.

"괜찮습니다."

사실 아이템을 사용할 수 있으면 현석도 좋다. 아무리 강하다 하더라도 아이템을 착용해서 나쁠 게 없지 않은가. 그렇다고 '나는 페널티 있어서 아이템 못 쓰는데요?'라고 말하기도 좀 그렇다. 자신의 페널티를 함부로 떠벌릴 필요는 없으니까.

'정말 엄청난 자신감이군.'

강준에게는 이게 현석의 자신감으로 비춰졌다.

"건투를 빕니다."

현석이 저만치 앞을 쳐다봤다. 전투 필드를 펼쳤다. 현석 옆에 불덩이가 하나 피어올랐다.

　─으음. 블리자드가 확실하네요.

　현석이 옆을 살짝 봤다.

　"고마워. 이런저런 조언 많이 해줘서."

　─흐, 흥! 그런 칭찬 같은 거 하나도 안 기뻐요! 나는 도도한 활이니까요!

　불덩어리는 몸(?)을 양옆으로 마구 흔들었다. 몸을 배배 꼬고 있는 것 같은 그런 느낌이었다. 현석이 검지로 불덩어리를 살살 긁었다. 꺄르르, 어린아이가 웃는 것 같은 소리가 들려왔다.

　─PRE─하드 몬스터 주제에 덩치는 엄청 크네요. 덩치를 불려 놓은 거라서 밀집시킬 필요가 있을 것 같아요. 그래야 스킬업에 좋죠! 아참. 한 번만 더 만져주면 안 돼요?

　불덩어리는 애교를 부리는 듯 또 몸을 양옆으로 흔들었다. 어린 여자아이의 목소리를 가진 불덩어리의 이름은 '활'. 활활 타오른다고 해서 이름을 활이라고 붙였다. 한강에 나타났던, 스스로를 '안내자'라고 칭했던 그 불덩어리들 중 하나다.

　현석은 피식 웃었다. 불덩어리 주제에 스킨십을 굉장히 좋아했다.

　─난 주인님이 만져주면 정말 좋… 그, 그래도 거기는 안 돼요! 벼, 변태 주인님! 바보!

　가끔 이렇게 이상한 소리를 할 때도 있기는 했지만 기본적으로 목소리 자체가 귀여운 데다가 애교도 많아서 활과 같이 있으면 심심하지는 않았다. 단순히 심심한 것을 넘어 상당히 많은 정보를 전해들을 수 있었다.

활은 스스로를 일컫기를 '하드 모드 슬레이어를 위한' 혹은 '하드 모드에 진입할 수 있도록 만들어주기 위한' 안내자라고 했다. 일종의 가이드 같은 개념이었다. 가이드 치고는 음성이 지나치게 어리다는 게 신기하긴 했지만 문제될 건 없었다.

─그, 그래도 주인님 손가락은 기분 좋아요. 싫은 건 아니니까 오해하면 안 돼요. 앞으로도 맨날 맨날 만져줘요. 어? 근데 저 블리자드 쫄았네요. 주인님을 알아차렸나 봐요. 그도 아니면 이 무시무시한 활 님의 화끈하고 뜨거운 맛에 쫄았나?

PRE─하드 모드에 접어들어서 생겨난 최초의 자연계 몬스터 블리자드. 그리고 그 블리자드가 진화한 듯한 거대 블리자드. 지금 그 거대 블리자드는 도시를 하얀 눈 폭풍의 세계로 만들고 있었다. 지금 이곳은 햇빛이 쨍쨍한데 말이다.

─지금 바로 스킬 업 연습할 건가요?

현석이 고개를 끄덕였다.

"그래."

현석이 공격을 준비했다. 그리고 곧바로 윈드 커터를 사용했다. 윈드 커터 수십 발이 블리자드를 향해 쏘아졌다. 그 모습을 이강식이 발견했다. 그 옆의 불덩어리가 조금 신경 쓰이긴 했지만 지금 그보다는 블리자드에 관한 상황 파악이 우선이었다.

'멀리서 마법 공격이라. 플래티넘 슬레이어의 마법이 대단하다는 건 알고 있었지만……'

그런데 이건 상상 이상이다. 여기서 블리자드까지의 거리는 최소 500m는 되는 것 같다. 그 거리를 격하고 푸른 바람의 칼날이 쏘아졌다. 사정거리도 사정거리지만 끊임없이 쏘아지는 저 윈드 커터는 마치 윈드 커터를 총알로 한 기관총을 난사하는 것 같았다.

'하지만 플래티넘 슬레이어는 자연계 슬레이어가 아니다. 타격을 할 수 없어. 저렇게 시늉만 하고 철수하겠지.'

이강식은 안심했다. 오성 유니온에서 처리하지 못했는데 한국 유니온이 처리하면 오성 유니온의 입지는 또다시 상대적으로 약해질 수밖에 없다. 하지만 그런 게 아닌 것 같았다. 시늉만 하는 게 훤히 보였으니까.

"돌아가자. 더 볼 것도 없겠다."

"유, 유니온장님. 저, 저길 보십시오."

"음?"

이강식은 뒤를 돌아봤다.

*　　　　*　　　　*

한국 유니온은 물론이고 세계 각국이 한국의 상황에 주목했다. 거대 블리자드. 이를 자이언트 블리자드로 부르게 됐는데 그 블리자드에 변화가 생겼다.

미국 유니온장 에디에게도 보고가 즉각적으로 올라갔다.

"한국 내 발생한 자이언트 블리자드의 규모가 점점 작아지고 있습니다!"

"변화의 원인은?"

"플래티넘 슬레이어입니다."

"역시 또 그인가?"

"그렇습니다! 자세한 보고는 영상과 함께 올리도록 하겠습니다."

한국 몬스터 대응 기구. 몬스터 대응 관리 본부장 강찬석에게도 곧바로 보고가 올라갔다. 강찬석은 영상을 주시했다.

'저게… 플래티넘 슬레이어의 힘.'

윈드 커터 수십 발을 쏘아내자 자이언트 블리자드의 규모가 조금 작아졌다. 아무도 손을 쓰지 못했는데 블리자드에 변화가 생겨난 거다. 그런데 그 변화가 좋다고만은 할 수 없었다. 크기가 작아진 건 확실했다. 그런데 문제가 좀 있었다.

"변화가 생겼습니다. 크기는 작아졌지만 위력은 더욱 강해졌습니다."

"밀집 형태로 변화되었다는 건가?"

"그와 흡사합니다. 현재 온도 영하 60도 이하로 추정. 몰아치는 눈 폭풍 때문에 체감온도는 그보다 훨씬 낮을 것으로 예상됩니다."

그리고 또 다른 보고가 올라왔다.

"플래티넘 슬레이어가 블리자드 권역 내로 이동을 시작했습니다!"

"뭐, 뭐라고?!"

강찬석은 벌떡 일어섰다. 이건 멀리서 윈드 커터를 쏘아내는 것과는 완전히 다른 개념이다. 저 안은 기본적으로 온도가 영하 60도다. 그러나 단순히 그게 문제가 아니다. 그냥 바람도 아니고 블리자드의 매서운 눈 폭풍이 불어닥치고 있다. 인간이 맨몸으로 버틸 수 없는 가혹한 환경이었다.

'플래티넘 슬레이어는 기본적인 방한 도구마저도 갖추고 있지 않다!'

이건 위험했다. 제아무리 플래티넘 슬레이어가 강해도 저런 자연의 재앙 같은 몬스터에게 맨몸으로 덤비는 건 말이 안 되는 일이다.

'도대체 무슨 생각이야!'

바로 명령을 내렸다.

"한국 유니온에 연락해!"

한국 유니온에 현 상황에 대해 다급하게 말하니 이미 알고 있는 상황이란다. 강찬석은 플래티넘 슬레이어의 중요성을 안다. 비록 최근 신 슬레이어와 자연계 슬레이어들이 등장하면서 조금 조용해졌다고는 하지만, 그래도 플래티넘 슬레이어는 플래티넘 슬레이어다. 이대로 두면 안 되는 생각에 더욱 다급해졌다.

　─플래티넘 슬레이어가 아무리 강하다 하더라도 블리자드 권역 내에 맨몸으로 들어가는 건 미친 짓입니다! 심지어 지금은 규모가 축소되었지만 더욱 강력해진 위력을 가진 형태가 되었단 말입니다!

　다급한 그의 말에 박성형이 차분하게 대답을 했다.

　"플래티넘 슬레이어가 아무런 생각도 없이 맨몸으로 권역 안에 들어가고 있다고 생각하십니까?"

　─그, 그건……!

　너무 다급하고 깜짝 놀라서 순간 판단력이 흐트러졌다. 강찬석은 자신의 실수를 인정했다. 물론 생각이 있기는 할 거다. 하지만 그렇다고는 해도 너무 위험했다. 플래티넘 슬레이어쯤 되는 귀중한 인재를 저렇게 보낼 수는 없는 노릇이다.

　"본부장님의 염려는 잘 알았습니다. 하지만 지금은 플래티넘 슬레이어를 믿고 기다려 주십시오."

　박성형은 강찬석과의 연락을 끝낸 뒤 의자에 앉았다. 솔직히 강찬석에게 조금 실망하기도 했다.

　'현석이는 안전을 제일 중요시한다. 그런 성향을 가진 사람이 블리자드 내에 들어간다는 건 그만한 이유가 있기 때문이라는 걸 정말 모르는 건가?'

　얼마 지나지 않아 씨익 웃었다. 자신의 뒤를 아등바등 좇아 오고 있는 이강식의 얼굴이 눈에 보이는 듯했다.

'자, 이강식. 너는 이제 어떻게 할 거지?'

*　　　*　　　*

이강식은 당황했다.

"저, 저게 미, 미쳤나……."

멀리서 윈드 커터를 쏘아낸 건 이해할 수 있다. 그 때문인지는 몰라도 블리자드의 규모가 많이 줄어들었다. 약 1/3크기로 줄었다. 하지만 눈으로 보기엔 똑같다. 위성으로 봐야 그 크기가 줄어든지 알 수 있다. 애초에 최대 지름이 100㎞나 되는 엄청난 크기가 아닌가. 하지만 그 안에 직접 걸어 들어가는 이유를 모르겠다.

입술을 깨물었다.

'아니, 미친 게 아냐. 분명히 생각이 있다. 뭔가 방법이 있는 거다. 그렇지 않고서는 저렇게 아무런 아이템도 없이 블리자드 안으로 들어갈 리가 없어.'

그는 자연계 슬레이어도 아니다. 그럼에도 불구하고 블리자드에 어떤 식으로든 변화를 일으켰다. 이게 중요한 거다. 블리자드에 영향력을 행사했다. 일반 슬레이어가 말이다.

'한국 유니온은 내가 모르는 어떤 방법을 만들어냈을지도 모른다.'

그리고 그 방법은 무조건 알아내야만 했다.

'아이템은 분명히 아니야. 플래티넘 슬레이어는… 아이템을 사용한 적이 없어. 도대체 뭐지?'

결정을 내렸다.

'또 한국 유니온에 뒤처질 수는 없다. 이번에 또 플래티넘 슬레이어가 일을 처리하면… 우리와 한국 유니온 사이의 격차는 또 커진다.'

그는 걸음을 옮겼다. 이를 악물었다.

"유, 유니온장님!"

"넌 거기 있어. 플래티넘 슬레이어를 관찰하겠다. 필요하다면 내가 슬레잉을 돕겠어."

"하, 하지만!"

"필요 없어. 방해만 돼. 그리고 넌 목숨이 두 개라도 되나? 내가 가려는 곳은 자이언트 블리자드의 권역 안이다."

혼자 가기로 했다. 저 이름도 모를 운전수 겸 슬레이어를 걱정해서 그러는 게 아니다. 혼자서 들어가야 할 이유가 있다. 그것도 무려 두 가지나 있었다. 걸음이 빨라졌다.

'기다려라……! 네가 뭔가를 이뤄내게 만들 수는 없다.'

불덩어리 활이 뭔가를 발견한 듯 조금 더 크게 타올랐다가 다시 줄어들었다. 특유의 까르르―! 활기찬 웃음소리를 내면서, 애교 가득한 목소리로 현석에게 말했다.

―주인님. 여기로 인간 한 명이 꾸역꾸역 기어들어 오고 있는데요? 왜 오고 있을까요? 별 도움도 안 되는 떨거지 병신

새… 그, 그게 아니라 친구 같은데요.

원래도 수다스러웠는데 더더욱 수다스러워졌다.

—주인님 못 들었죠? 들었을 리가 없어요. 그렇죠? 분명히 듣지 못했을 거예요. 아니 그래야만 해요. 전 욕 같은 건 모르는 착하고 예쁜 활이에요.

*　　　*　　　*

현석은 블리자드의 영향권 내로 들어갔다. 멀리서 윈드 커터를 쏘아 보내도 상관은 없지만 그건 비효율적이다.

블리자드는 비록 자연현상처럼 보이기는 하지만 그래도 몬스터다. 이 눈보라 자체가 바로 몬스터이며 이 영향권 내의 모든 것이 공격으로 치부된다는 소리다. 바람, 기온, 눈보라, 그 모든 것이 말이다.

'임팩트 리플렉팅.'

임팩트 리플렉팅을 사용했다. 현석이 군이 이 안으로 걸어 들어온 이유는 바로 임팩트 리플렉팅을 활성화시키기 위해서였다. 임팩트 리플렉팅의 레벨을 올리기엔 이보다 좋은 몬스터가 없다.

지금 전 세계의 주목을 받고 있는, 최초 최대 규모의 몬스터 자이언트 블리자드는 플래티넘 슬레이어에게 아주 훌륭한 스킬 업 재료라는 소리다.

시간이 얼마간 지나자 반가운 알림음이 들려왔다.

[스킬. 임팩트 리플렉팅의 레벨이 상승했습니다.]

오랜만의 즐거운 알림음이다 보니 현석은 기분이 좋아졌다. 그걸 저만치서 지켜보는 강식은 어이가 없었다.

'저, 저놈은 도대체 여기서 뭘 하고 있는 거지?'

현재 그는 상태 이상 저항에 특화된 M—item을 장착하고 그 위에 방한복을 잔뜩 껴입었다. 그것도 그냥 방한 도구가 아니라 몬스터스톤을 활용하여 제작한 방한복이다. 몬스터스톤을 활용한 무기가 M—arm이라면 이 방한복은 M—armor라고 할 수 있겠다. 그럼에도 불구하고 약 3분 정도가 지나자 상태 이상을 알리는 알림음이 들려왔다.

[지속적인 한기에 노출되었습니다.]
[상태 이상 상태가 적용됩니다.]
[모든 능력치가 3퍼센트만큼 하락합니다.]
[신체 활성률이 3퍼센트만큼 감소합니다.]

그래도 아직까지는 버틸 만했다.

'도대체 언제까지 시간을 끌 거냐?'

가만히 있는 저 꼴을 보아하니 아무래도 플래티넘 슬레이어는 안에 들어왔다가 나갈 생각인 듯했다. 어차피 슬레잉에 성공하지는 못할 거다. 플래티넘 슬레이어는 자연계 슬레이어가 아니니 말이다.

현석을 지켜보던 그는 조금 이상한 점을 발견했다.

자신은 M—item과 M—armor로 완전무장을 하고 이곳에 서 있다. 그러나 플래티넘 슬레이어는 아니었다. 그냥 평상시의 복장 그대로인데 어떻게 저렇게 안정적으로 서 있는지 모르겠다.

[지속적인 한기에 노출되었습니다.]
[상태 이상 상태가 적용됩니다.]
[모든 능력치가 7퍼센트만큼 하락합니다.]
[신체 활성률이 7퍼센트만큼 감소합니다.]

알림음이 또 들려왔다. 처음엔 3퍼센트, 그 이후엔 7퍼센트다. 그리고 알려진 사실에 따르면 30퍼센트를 넘어가는 순간 감소 폭이 기하급수적으로 커지고 결국 움직이지 못해 동사하게 된다.

'저놈도 분명 힘들 텐데. 언제까지 시간을 끌 거지? 도대체 뭐하자는 짓거리냐!'

현석에게도 알림음이 들려왔다.

[지속적인 한기에 노출되었습니다.]

여기까진 같았다. 그러나 조금 다른 게 있었다.

[내성 스탯으로 인해 한기에 영향을 받지 않습니다.]
[상태 이상 상태가 적용되지 않습니다.]

상태 이상 상태가 적용이 안 됐다. 블리자드가 무서운 건 동사 상태에 이르게 하는 거다. 직접적인 공격력 자체가 엄청나다고 보기는 힘들었다. 하지만 전투력과는 별개의 문제로, 현석은 내성 스탯 때문에 대미지를 입지 않았다.

활이 양옆으로 몸을 흔들었다.

—PRE—하드 몬스터 주제에 열심히도 공격하네요. 그래 봐야 뭐가 먹히지도 않을 텐데. 심심하고 따분하긴 하지만 주인님이랑 같이 있어서 좋아요. 그 괴상한 아저씨가 없어서 기분이 더 좋은 것 같아요.

현석이 피식 웃었다. 활이 말하는 '그 괴상한 아저씨'가 떠올랐기 때문이다. 현석은 시간이 좀 더 흘렀다. 강찬석에게 연락을 취했다.

"본부장님. 권역 내 난방기구 고장 난 곳은 없죠?"

—예, 다행히 아직 없습니다.

"그럼 시간을 좀 더 끌겠습니다."

현석은 팔을 위로 들어 올렸다. 가만히 서 있기만 하던 현석이 움직임을 보이자 강식은 침을 꿀꺽 삼켰다.

'이제… 뭔가를 하려나 보군.'

그 대단하다는 플래티넘 슬레이어다. 여기까지 맨몸으로 와서 저토록 가만히 서 있을 수 있는 것도 신기했다. 그가 뭔가를 하려는 듯해서 집중하여 주시했다.

이제 시간도 별로 없다. 자이언트 블리자드의 눈 폭풍은 정말 강력했다. 아무리 M—item과 M—armor 등으로 완전무장하고 있어도 소용이 없었다. 앞으로 오래는 못 버틸 것 같았다.

'기, 기지개?'

현석은 기지개를 폈다. 슬슬 몸을 풀려고 했다. 강식은 믿을 수 없었다. 압축된 거대 규모의 블리자드 안에서 기지개를 펴다니. 이건 있을 수 없는 일이다.

'뭐 저딴 자식이 다 있어!'

신체 활성률이 15퍼센트 이하로 떨어졌다. 이제 슬슬 위험해진다. 30퍼센트가 넘어가면 블리자드의 영향권을 벗어나기 전에 몸이 굳을 수도 있다.

'슬슬 벗어나야 하는데… 젠장……!'

하지만 벗어날 수 없었다.

그는 오성 유니온의 유니온장이다. 플래티넘 슬레이어가 이일을 처리하게 놔둘 수는 없다. 그는 세계의 주연이 되고 싶다. 조연은 싫다. 조연의 자리는 어린 시절부터 너무 많이 해봤다. 2인자의 자리를 갖느니 그냥 죽는 게 낫다고 생각할 정도였다.

대한민국이 블리자드로 인해 꽁꽁 얼어붙는다고 해도 그건 별개의 문제다.

'플래티넘 슬레이어는 한기의 영향을 받지 않는다. 시간이 없어. 이걸 벌써 쓰게 될 줄은 몰랐는데.'

이강식은 M—item을 꺼내 들었다. 총기 형태의 M—item. 아직 시중에는 공개되지 않은 이강식만의 아이템이다. 게다가 옐로우스톤으로 강화한 아이템이기 때문에 플래티넘 슬레이어에게도 충분히 대미지를 입힐 수 있을 거라고 생각했다.

그런데 목소리가 들려왔다.

"여기 있으면 위험한데요. 보아하니 아이템을 다 챙긴 거 같긴 하지만……."

이강식은 눈을 부릅떴다.

'도, 도대체 언제 여기까지 온 거냐?'

믿을 수 없었다. 분명 100미터 이상 떨어져 있었는데 여기까지 접근했다. 강식은 그걸 눈치도 못 챘다. 다행히 우주복 형태의 이 방한복이 강식의 표정을 가려줬다.

"M—arm인가요? M—arm은 블리자드에게 타격을 줄 수 없는데. 아니, 이 정도로 방비를 하고 오신 분이면 그 정도는 알지 않나요?"

현석은 여유로웠다. 지금 그는 스킬 레벨을 올리고 있는 중이다. 스킬 레벨뿐만이 아니다. 비전투 능력인 내성 스탯도 한기에 저항하면서 +1 판정을 받았다. 예상치 못한 수확에 기분이 더 좋아졌다.

활이 옆에서 쫑알거렸다.

―저거 M―arm가 아닌데요? 저거 아이템이에요, 주인님.

강식은 경악에 휩싸였다. 총기 형태의 아이템은 아직 시중에 공개되지 않아 아무도 모른다. 그런데 갑자기 어린아이의 목소리를 하고 있는 불덩어리가 이것의 정체를 한 번에 알아봤다. 뭐 이런 일이 있나 싶다. 그것도 놀라운데 다른 것도 걱정됐다.

'설마… 이걸로 자기를 공격하려 했다는 것까지 파악하지는 못했겠지……?'

어차피 플래티넘 슬레이어는 이쪽의 얼굴을 못 본다. 특수 코팅된 특수 유리로 제작된 헬멧 때문에 안쪽이 안 보인다. 그런데 플래티넘 슬레이어는 별로 신경 안 쓰는 듯했다.

"아, 그래?"

―네. 지금 저 친구 수준 치고는 엄청 좋은 아이템이네요. 그래 봤자 쓰레… 주인님 못 들었죠?

현석이 고개를 끄덕였다.

"죄송합니다. 못 알아봤네요. 그런 형태의 아이템은 처음이라."

불덩어리가 꺄르르―! 웃었다. 그러면서 거들먹거렸다.

―엣헴. 활이는 이 정도로 똑똑해요.

둘은 굉장히 평화로워 보였다. 정작 강식은 지금 충격에 휩싸여 아무것도 못하고 있는 데다가 상태 이상 메시지가 자꾸만 들려와서 미치겠는데 말이다. 당황해서 아무런 말도 못했다. 다행히 현석이 알아서 오해해 줬다.

"아, 이런 형태의 옷을 입고 있으면 안에서 말을 해도 저한테 들리지는 않겠네요."

강식이 고개를 끄덕였다. 사실은 외부로 연결된 미세 스피커가 바깥으로 안쪽의 소리를 내보내 줄 수 있지만 그걸 밝히지는 않았다.

'총기 형태의 M—item을 처음 볼 텐데… 신경도 쓰지 않는 눈치야.'

그 스스로는 엄청나게 신경 쓰일 문제라고 생각했는데 플래티넘 슬레이어에게는 전혀 아닌가 보다. 약간 허탈했다. 현석이 다시 한 번 기지개를 폈다.

"이제 슬슬 끝내볼까?"

내성 스탯도 +1 이후에는 더 이상 오르는 것 같지 않고 스킬 레벨도 +2를 끝으로 오르지 않는다. 규모가 많이 작아지기는 했고 현석이 어그로를 끌어온 덕분에 이곳에 정체를 하고는 있지만 조금씩 북상하려는 움직임이 포착됐다.

현석은 아무렇게나 마구 주먹을 휘둘렀다. 체육관을 다니면서 쉐도우 복싱을 배운 덕에 이제 어느 정도 자세가 잡혔다. 그리고 놀라운 일이 벌어졌다. 이강식은 당황한 와중에도 지금의 이 상황을 이해할 수 없었다. 어이가 없었다.

'도대체 무슨 짓을 하고 있는 거야? 갑자기 왜……?'

그러나 몇 초 지나지 않아, 이강식은 입을 쩍 벌렸다.

'이, 이럴 수가……'

어느덧 눈보라가 거치고, 원래의 파란 하늘이 눈에 들어왔다. 하늘이 맑아졌다. 워낙 순식간에 일어난 일에 황당했다.

'무, 무슨… 이, 이게 도대체… 무슨 일이 벌어진 거냐!'

허공에 주먹질 몇 번 했더니 블리자드가 없어졌다. 뭐 이런 황당한 경우가 다 있나 싶었다. 현석이 여태까지 기다린 것이 스킬 레벨 업 때문이라는 사실까지 알면 더더욱 황당했을 거다.

'여태까지 기다린 건… 공격을 하기 위한 힘을 비축하고 있었던 건가.'

상식적으로 가장 합당한 결론에 다다른 강식은 그제야 고개를 끄덕였다. 이 정도로 기를 모아서(?) 힘을 발휘할 수 있었다고 생각했다. 그렇게 생각하는 게 그나마 가장 합리적이고 이성적인 판단이었다. 물론 현석은 스킬 레벨 업을 하려고 기다렸다가 대충 주먹 휘두른 것 뿐이지만 말이다.

어차피 이 권역 자체가 하나의 몬스터이고 아무렇게나 때려도 대미지는 박혔다.

'아무리 힘을 모았다고 해도 이런 말도 안 되는 공격력이라니……'

어쨌든 자이언트 블리자드는 성공적으로 슬레잉됐다. 너무나 비현실적인 장면을 목도하여 잠시간 패닉 상태에 빠져든 강식도 정신을 차릴 수 있었다.

'젠장. 플래티넘 슬레이어를 공격할 기회가 사라졌다.'

이제 위성도 제대로 동작을 할 거다. 시계도 확보됐다. 뒤에서 수작 부리기가 쉽지 않아졌다. M—item을 다시 인벤토리에 넣었다.

'다음번에 또 기회가 있겠지. 우리 수중에 넣든지… 그도 아니면 죽여야만 하는 자다.'

*　　　*　　　*

신 슬레이어와 자연계 슬레이어들의 등장으로 인해 그간 가장 유명하고 가장 강했던 슬레이어인 플래티넘 슬레이어의 위세가 한 풀 꺾인 게 아니냐는 얘기도 심심찮게 나왔었다. 그런데 그 얘기는 이번의 슬레잉으로 완전히 쏙 들어갔다.

〈플래티넘 슬레이어. 자이언트 블리자드 솔로잉 성공.〉
〈대체 불가능한 슬레이어. 그 위용을 다시 한 번 드러내다!〉

있을 수 없는 일이 벌어졌다. 시스템상 일반 슬레이어들은 블리자드를 공격할 수 없었다. 그런데 플래티넘 슬레이어는 그걸 해냈다. 다들 불가능할 줄 알았는데 플래티넘 슬레이어는 그 공략법을 찾아내고 만 거다.

지하 대피소에 피신해 있던, 죽음의 공포와 힘겹게 싸우던 수십만 명의 사람이 만세를 불렀다. 이제 살았다. 난방기구가 언제 고장 날지 몰라 너무나 무서웠다. 그런데 플래티넘 슬레이어가 목숨을 걸고 슬레잉에 성공했단다. 수십만 명의 사람이 서로를 얼싸안았다. 이제 정말 살았다.

"플래티넘 슬레이어 만세다!"

생존자들이 가족과 친구들에게 무사하다며 전화를 돌리고 또 가슴 졸이던 가족들은 기쁨의 눈물을 흘렸다. 이번 자이언트 블리자드로 최소 500명이 죽었단다. 지금 당장 최소 수치가 500이고 실종자 수까지 포함하면 1만 명이 넘는단다. 신원 파악이 제대로 되지 않아 실종이고 아마 사망자는 천 단위를 가뿐히 넘을 거라는 안타까운 보도가 이어졌다. 그런 안타까운 보도와 플래티넘 슬레이어에 대한 기사도 쏟아져 나왔다.

〈**플래티넘 슬레이어. 목숨을 건 슬레잉.**〉
〈**수십만 명의 생명을 위해 몸을 던지다.**〉

자연계 슬레이어가 아님에도 불구하고 자이언트 블리자드를 솔로잉했다. 수십만 명의 국민을 외면할 수 없어서 몸소 뛰어갔다고 발표됐다.

〈**플래티넘 슬레이어. 블리자드 슬레잉 방법 공표 결정.**〉

〈전 세계를 위한 거룩한 결정.〉

플래티넘 슬레이어의 선행은 거기서 그치지 않았다. 자연계 슬레이어가 아님에도 불구하고 블리자드를 잡았다. 그런데 그 공략법을 독식하지 않겠다고 했다. 한국 유니온을 통해 그 방법을 공개하겠다고 발표했다. 물론 이건 어디까지나 이미지 메이킹의 일환이었다.

성형이 말했다.

"현석아, 이런 식으로 발표할 건데 괜찮겠냐?"

성형이 건네준 A4용지를 받아든 현석은 내용을 살펴봤다.

"별문제는 없겠네요."

현석의 허락이 떨어졌고 한국 유니온에서는 공식적으로 발표했다. 하드 모드의 규격을 뛰어넘은 스탯을 가지면 일반 슬레이어도 블리자드를 타격할 수 있다는 것이 그 내용이었다.

현실적으로 스탯 100만 넘어도 상위 급 슬레이어 소리를 듣는다. 최근에는 150을 돌파하는 슬레이어들도 나타나고 있지만 그 수는 극히 적었다. 그런데 하드 모드 규격을 뛰어넘어, 하드 모드에 강제 진입할 정도의 스탯을 가지기란 일반 슬레이어들에겐 불가능했다. 참고로 그 스탯의 최솟값은 600이다.

활이 현석의 어깨 위에 앉았다. 언제나 그렇듯 꺄르르 하는 웃음소리가 들렸다.

—주인님, 주인님. 그런데 정말로 하드 모드에 진입한 슬레이

어가 주인님 밖에 없나요? 정말정말 정말로요?

"응. 내가 파악하기로는 그래."

─하긴 제가 알기로도 그래요. 주인님을 빼면 너무 전부 병시… 가 아니라 조금 부족한 친구들이네요. 아마 뭔가 변화가 있을 것 같아요.

"변화?"

─수준이 너무 낮아요. 이대로면 전멸할 걸요? 저야 딴 사람들이 죽든 말든 상관없지만 주인님처럼 마음씨 곱고 착하고 훌륭하시고 음 또… 음, 그러니까 음… 어쨌든 주인님은 신경 쓰잖아요?

"앞으로도 변화가 계속 되겠지?"

─물론이에요. 그런데 주인님을 제외한 슬레이어들의 수준이 너무 형편없이 낮아서 아마 저희가 먼저 투입된 것 같아요. 슬레이어들의 수준을 끌어올려야 하니까요. 하드 모드 슬레이어들이 조금만 더 있었어도 PRE─하드의 블리자드쯤은 쉽게 잡았을 텐데.

세상에 발표된 것과 비슷하기는 했지만 핵심은 바로 '모드'에 있었다. 블리자드는 PRE─하드 규격이고 현석은 하드 모드에 진입했다. 상위 모드의 슬레이어는 하위 모드의 자연계 몬스터를 타격할 수 있다고 했다. 물론 '안내자'인 활이 알려준 정보였다.

어쨌든 플래티넘 슬레이어는 자이언트 블리자드를 소멸시켰다. 사람들은 슬레잉이라고 하기보다는 소멸이란 단어를 더 선호했다. 아무래도 일반 몬스터들에 비해서 자연재해에 가까운 형태를 띠고 있다 보니 그런 듯했다. 상황이 이렇게 되다 보니 또 이상한 오해가 생기기 시작했다.

"그거 알아? 플래티넘 슬레이어가 한국 슬레이어들 키우려고 일부러 여태까지 블리자드를 안 건드렸대."

"아, 그 얘기 나도 들었어. 자연계 슬레이어들이 은근히 플래티넘 슬레이어 무시했다던데 플슬이 가만히 지켜보고만 있던 거라며?"

그런 게 아니었다. 현석도 욱현이 슬레잉에 참여할 때 같이 참여했지만 욱현이 마법 쓰는 연습을 하고 싶다고 해서 나서지 않았을 뿐이다. 다시 말해, 소문을 내지 않아 사람들이 모르고 있었을 뿐 그 자리에 함께 있었다.

"그렇게 지켜만 봐주다가 이번에 피해가 너무 커지는가 싶어서 재빨리 막아낸 거고."

재빨리 막아내긴 했지만 피해가 너무 컸다. 사망자가 수천 단위를 헤아렸으니까. 덕분에 오성 유니온이 욕을 좀 먹었다.

"오성 유니온에서도 대대적으로 홍보했잖아. 플슬도 못 막는 블리자드를 막아낼 수 있는 슬레이어들이 대거 포함되어 있다고. 그래서 이렇게 많이 발전한 거 아니었어? 그런 주제에 제대로 대응도 못하고……."

그 때문에, 그러니까 후진 양성에까지도 신경 쓰는 성인군자 플래티넘 슬레이어가 일부러 뒤에 빠져 있다가 이렇게 큰 피해가 났다는 식으로 여론이 모아졌다. 사실 자이언트 블리자드가 발발한 것이 오성 유니온 때문은 아니지만 그래도 욕을 먹었다. 오성 유니온이 하도 자신만만하게 슬레잉에 나서서─실제로 그러진 않았지만─플래티넘 슬레이어가 일부러 빠져줬고 그 사이 피해가 커졌다고 생각했기 때문이다.

"자신 없으면 욕심 부리지 말고 처음부터 플래티넘 슬레이어한테 도움을 요청하든가."

"그러고 보면 플래티넘 슬레이어가 진짜 성인군자는 성인군자네. 솔직히 기분 나빴을 거 같은데. 나 같으면 내가 먼저 나서서 블리자드 싹쓸이하고 다녔을 텐데."

"근데 플래티넘 슬레이어가 진짜 대단하긴 대단하다. 플슬 없었으면 한국 망했을지도 몰라."

사람들의 착각과 오해와 선입견이 겹치고 겹쳐 현석에 대한 이미지가 자꾸만 좋은 쪽으로 흘러가고는 있지만, 어쨌든 현석이 없었다면 한국이 망했을지도 모른다는 그 말이 완전히 거짓은 아니었다. 당장 여름에 발생했던 최하급 몬스터들의 공격만 해도 현석이 없었으면 못 막았을 거다. 그도 아니면 엄청나게 많은 희생자를 냈든가. '제1차 평화기' 역시 플래티넘 슬레이어와 ㈜소리가 있었기에 제1차 평화기였지, 그게 아니었으면 메뚜기 몬스터와 실체 없는 괴물 Possesion Ghost 때문에 난리가 날 뻔했었다.

"하여튼 그런 사람이 한국에 있다는 게 진짜 다행이네. 스페셜 슬레이어니 더블에스 슬레이어니 해봤자 플래티넘 슬레이어한테는 안 되지."

그나마 플래티넘 슬레이어에 비견되는 건 일본의 스페셜 슬레이어와 중국의 더블에스 슬레이어뿐이라고 다들 말했다. 하지만 이번 사건으로 인해 역시 플래티넘 슬레이어가 훨씬 강하다는 인식이 퍼졌다.

종원이 말했다.

"어차피 다 너잖아?"

"……"

사람들이 어떻게 생각하든 플래티넘, 스페셜, SS 슬레이어는 모두 동일 인물이다. 세상이 모를 뿐이다.

─역시 우리 주인님이 제일 대단해요? 그리고 제일 섹시하기도 하… 음? 모, 못 들었죠? 분명 그럴 거예요.

정욱현이 피식 웃었다.

"다 들었다. 섹시하다고? 멍청한 불년아."

─시끄러워요! 짝퉁 불덩어리 아저씨는 닥… 이 아니고 조용히 해주시면 좋겠네요.

"너 나랑 단 둘이 있으면 욕 엄청 잘하잖아? 왜 아닌 척하냐?"

─그런 모함은 하지 말아줘요. 저는 어여쁘고 착한 활이어요. 그렇죠, 주인님?

현석이 활을 살살 긁었다. 활은 기분이 무척 좋은지 꺄르르 웃었다. 어쨌든 자이언트 블리자드가 성공적으로 슬레잉됐다. 여태까지 보지 못했던 엄청난 크기의 몬스터스톤이 드롭됐다. 무게가 20㎏에 이르는 그것의 등급은 블루였다. 일반 몬스터스 톤이 하나에 500g 정도 한다는 것을 감안하면 무게만으로도 40배에 이르는 어마어마한 크기였다.

거대한 블루스톤은 한동안 이슈가 됐다. 그러나 곧 사람들 의 기억 속에 잊혀졌다. 또 새로운 사건이 터졌기 때문이다. 제 1차 평화기의 끝을 알린 두 가지 사건은 바로 '예티' 출몰과 '블 리자드'의 습격이었다. 사람들은 그 두 사건이 1차 평화기의 종 말을 예고한다고 말했다. 적어도 블리자드까지는 PRE—하드 규 격으로 인식했으니까.

민서가 고등학교를 졸업하기 며칠 전. 세상에 새로운 바람이 불기 시작했다. 활이 현석의 주위를 빙글빙글 돌았다.

—이제야 드디어 시작됐네요.

CHAPTER 5

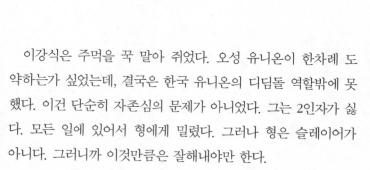

　이강식은 주먹을 꾹 말아 쥐었다. 오성 유니온이 한차례 도약하는가 싶었는데, 결국은 한국 유니온의 디딤돌 역할밖에 못했다. 이건 단순히 자존심의 문제가 아니었다. 그는 2인자가 싫다. 모든 일에 있어서 형에게 밀렸다. 그러나 형은 슬레이어가 아니다. 그러니까 이것만큼은 잘해내야만 한다.

　그러나 한국 유니온. 그리고 플래티넘 슬레이어의 벽은 너무 높았다. 자이언트 블리자드를 그런 식으로 해결할 수 있으리라곤 생각조차 못했다. 자연계 슬레이어만 슬레잉이 가능한 줄 알았는데. 아니, 이건 단순히 한국 유니온이 문제가 아니었다. 플래티넘 슬레이어. 그의 벽은 너무 높았다. 마치 그의 형처럼 말이다.

'플래티넘 슬레이어는 일부러 그 사실을 밝히지 않은 거다.'

'스탯이 높으면' 자연계 몬스터를 타격할 수 있다는 사실, 그걸 박성형과 플래티넘 슬레이어가 일부러 밝히지 않았다고 생각했다. 덕분에 상대적으로 자신이 더 초라해졌다고 느껴졌다. 사람들은 지금 한국 유니온과 플래티넘 슬레이어를 떠받들기에 여념이 없었다. 아주 잠깐 성공을 거두는 듯했던 오성 유니온은 이제 현상 유지는커녕 퇴보하게 생겼다.

'제기랄. 플래티넘 슬레이어만 없었어도!'

그러던 찰나. 그에게 알림음이 들려왔다.

[PRE—하드 슬레이어 전원 강제 퀘스트 발동.]

[강제 퀘스트가 발동합니다.]

비단 이강식에게만 들려온 알림음이 아니었다. 이 알림음은 PRE—하드 슬레이어는 물론이고 노멀 모드 슬레이어에게도 전부 들려온 공통 알림음이었다.

소파에 앉아 현석과 TV를 보던 민서가 고개를 갸웃했다.

"PRE—하드 전원 퀘스트래 오빠."

"전원 퀘스트?"

전원 퀘스트. 이런 건 여태까지 없었다. 현석에게는 그러한 알림음이 들리지 않았다.

'나는 하드 모드이기 때문에 알림이 없는 건가.'

활이 현석의 주위를 빙글빙글 돌았다.

─이제야 드디어 시작됐네요.

인하 길드 전원에게 같은 퀘스트가 떨어졌다. 일정 시간에 서울의 여의도로 집결하는 집결 퀘스트였는데 시간제한이 걸려 있었다. 무엇보다 눈에 띄는 건 바로 퀘스트 실패 시의 페널티였다. 하종원이 머리를 긁적거렸다.

"퀘스트 실패시… 슬레이어 자격 취소?"

명훈도 고개를 갸웃했다.

"빨리 도착하면 도착할수록 보상이 크다네."

보상이야 그렇다 치고 집결하지 않으면 슬레이어의 자격이 취소된단다. 어느 날 갑자기 슬레이어로 각성하게 된 것처럼 또 어느 날 갑자기 일반인이 된다는 소리였다.

현석이 물었다.

"활아."

─네, 어여쁜 활이는 여기 있어요. 말씀하세요, 주인님.

"이게 무슨 퀘스트야? 아는 거 있어?"

─슬레이어들의 수준이 지나치게 낮아요. 그걸 끌어올리기 위한 하나의 방법이라는 것까지는 알겠어요. 하지만 저도 정확하게는 잘 모르겠어요.

"고마워."

─그, 그런 칭찬 하나도 안 기뻐요! 활이가 잘했다면 어서 만

져주세요!

현석이 검지로 활을 살살 긁었고 활을 여느 때처럼 꺄르르, 웃음소리를 토해냈다. 슬레이어들의 수준을 끌어올리기 위한 뭔가가 발동했단다.

활의 존재는 굉장히 유용했다. 많은 사람이 '안내자'와 접촉했지만 '계약'이 된 사람은 현석이 유일했다. 계약의 조건이 '하드 모드 슬레이어'이기 때문이다. 여태까지는 그랬다. 현석이 일어섰다.

"일단 나도 같이 가야겠네."

하종원이 환하게 웃었다.

"치트키와 함께 간다!"

갑자기 생겨난 돌발 퀘스트다. 심지어 PRE—하드 모드 전원이 서울 여의도로 모여야 했다. 노멀 모드 슬레이어들은 서울 상암동으로 모이게 했단다. 인하 길드원들은 안심했다. 이게 뭔지도 대충 알고 또 현석이 함께 간다. 이 퀘스트마저 받지 않은 규격 외 치트키가 같이 가는 거다. 평화가 빙그레 웃었다.

"오빠가 옆에 있어서 정말 든든해요."

그리고 '앗차, 도대체 내가 무슨 말을' 하고 얼굴을 붉히며 황급히 몇 걸음 뒤로 물러섰다. 고개를 푹 숙였다.

'바, 바보! 바보 강평화!'

다른 사람들도 현석이 같이 가면 든든한 건 매한가지다. 강평화의 발언은 지극히 상식적인 거고, 그래서 별로 신경 안 쓰는데 강평화는 혼자 부끄러워했다. 다만 그걸 본 세영이 현석을 쳐다봤다. 고개를 획 돌렸다.

"뭐야 갑자기?"

"너 싫어."

"왜?"

세영이 등을 돌렸다. 연수도 안심했다는 듯 말했다.

"현석이랑 같이 가면… 괜찮겠지."

*　　　*　　　*

서울 여의도. 한강에 나타났던 도깨비불. 지금은 안내자라 불리고 있는 불덩이들이 이리저리 날아다니며 슬레이어들을 안내했다. 그저 방관자처럼 한강 위에 둥둥 떠 있던 그것들은 신기하게도 퀘스트가 발동되자 의지를 가지고 움직이기 시작했다. 계약을 맺는 슬레이어들도 생겨났다.

─계약 조건이 완화됐어요. 한 파티에 하나의 안내자가 붙어요. 엣헴. 그러니까 활이는 언제까지나 주인님의 활이어요.

전국적으로, 거의 천 명에 이르는 PRE─하드 슬레이어들이 모여 들었다. 그런데 충격적인 사실이 하나 밝혀졌다.

〈슬레이어들, 실종 상태!〉

〈전원 퀘스트에 의해 실종되는 슬레이어들.〉

슬레이어들이 모이는 것까지 좋았다. 안내자들이 나서서 안내를 하는 것도 괜찮았다. 그런데 슬레이어들이 한 명, 한 명씩 사라지고 있단다. 먼저 도착하는 슬레이어들에겐 유리한 보상을 준다는 것 때문에 서둘러 도착했던 슬레이어들을 필두로 하여 실종됐다. 그 이유는 얼마 지나지 않아 밝혀졌다.

여의도에 이상한 게 몇 개 생겼다. 황금색 제단처럼 생겼고 그 위로는 금가루 비슷한 것이 계속해서 치솟아 올랐다. 옅은 황금빛으로 계속 빛났다. 이름하여 '수련 필드 워프 포털' 안내자들은 이걸 그렇게 불렀다.

현석이 고개를 갸웃했다.

"워프 포털?"

워프 포털. 다른 곳으로 이어주는 포털. 활이에게 저게 뭔지는 들었으나 조금 이상하긴 했다.

—수련 필드로 이동시켜 주는 워프 포털이어요.

"언제쯤 다시 돌아오는 거야?"

—죄송해요. 그건 잘 모르겠어요.

"그 말은 어쩌면 몇 년… 아니, 영원히 못 돌아올 수도 있다는 거야?"

—우웅. 정말 죄송해요 주인님. 정말 모르겠어요. 활이가 열심히 알아보려고 했는데 정말 몰라요.

활은 거의 울먹거렸다. 현석에게 정보를 주지 못하는 것이 정말로 미안한 듯했다. 시스템이 알려주는 남은 시간은 이제 3일 가량.

'어떻게… 해야 하지?'

사실상 슬레잉은 이제 안 해도 된다. 부라면 이미 엄청나게 많이 쌓아 놨다. 슬레이어 자격이 취소되고 그 힘을 잃는다 해도 살아가는 데 별로 지장은 없을 거다. 예전 같았으면 이런 걸로 고민조차 안 했다. 저런 불분명한 것을 타고, 언제 돌아올지 모르는 곳에 발을 들이느니 그냥 슬레이어의 힘을 포기했을 거다. 그런데 그게 또 쉽지가 않았다.

하종원이 말했다.

"너는 어차피 상관없잖아. 퀘스트 안 떴다며?"

"그래도 너희만 저쪽에 보낼 수는 없잖아."

민서는 지금 워프 포털을 타보고 싶어 하는 눈치다. 사실 인하 길드원들은 대부분 그렇다. 그들은 비록 최상급 슬레이어지만 현석에 비해서는 아주 많이 부족하다. 이번 자이언트 블리자드 사태 때도 아무 도움도 주지 못했다. 저 포털은 아마 던전 비슷한 어떤 특수한 것 같은데 그렇게 위험할 것 같지는 않았다.

그러나 현석은 확실히 해야 했다. 민서도 들어가고 싶어 하는 눈치다. 저곳이 조금이라도 위험하다면 안 보내느니만 못하다. 앞으로 평생 놀고먹어도 될 부는 이미 쌓아놨으니까.

현석이 다시 물었다.

"활, 저곳은 위험한 곳이야?"

활은 이제 정말로 울먹거렸다.

―그것도 잘 모르겠어요. 제가 아는 거라곤 슬레이어들을 강화시키기 위한 거라는 거예요.

언제 돌아올지도 모른다. 돌아올 수 있을지도 모른다. 어쩌면 위험할 수도 있다. 종원이 말했다.

"솔직히, 이 시스템이 우리한테 뭔가 불이익을 준 건 없잖아? 나는 저게 일종의 던전 같은 게 아닐까 싶어."

괴짜인 명훈은 애초에 워프 포털을 보자마자 사용하려고 했었다. 그걸 현석이 뜯어 말렸다. 괴짜는 괴짜답게 말했다.

"재미있을 것 같은데."

세영이 말했다.

"나는 갈 거야. 활도 슬레이어들을 강화시키기 위한 곳이라고 말했고."

종원이 어깨를 으쓱했다.

"세영이는 자기 슬레이어 취소되면 현석이 네가 자기를 거들 떠도 안 볼까 봐 괜히… 으악!"

홍세영은 이제 화난다고 전투 필드 펼치고 검을 뽑아드는 짓은 안 한다. 현석이 그걸 싫어한다고 말한 다음부터는 이제 안 그런다. 파티 상태라 전투 필드를 펼치고 때리면 어차피 공격이 먹히지도 않기 때문에 대신 그냥 때렸다. 종원은 정강이를 부여잡고 한 발로 폴짝폴짝 뛰었다. 평화는 약간 신중한 입장이었다.

"저도 괜찮을 거 같은 기분이기는 하지만… 쉽게 결정할 수는 없는 문제인 것 같아요."

*　　　*　　　*

슬레이어들이 워프 포털을 통해 대거 실종됐다. 안내자들에
의하면 슬레이어들을 강화시키기 위한 어떤 장치라고 했다. 그
안이 어떨지는 아무도 모른다. 아직 귀환자가 없었으니까. 던전
이라면 일주일 넘게 시간이 걸리는 경우도 종종 있었으니 사람
들은 기다렸다. 하지만 슬레이어들은 나타나지 않았다. 플래티넘
슬레이어와 인하 길드 역시 마찬가지였다.

"벌써 1주일이 지났는데 도대체 어디로 사라진 거지……?"

"그러니까……. 이러다 몬스터라도 나타나면 어떡해?"

이건 한국에서만 벌어진 현상이 아니었다. 전 세계 공통으로
벌어진 일이었다. 지금 세계에는 슬레이어가 아무도 없다. 있다
해도 그 자격이 취소됐다. 사람들은 걱정했다. 슬레이어가 없는
지금, 몬스터가 또 활개를 치면 처리할 방도가 없는 거니까.

아니나 다를까 슬레이어들이 사라진 후, 몬스터들은 계속해서
나타났다. 오히려 예전보다 더 많이 나타났다.

정부는 그간 생산해 왔던 M―arm으로 대응했다. 그러나 그
것도 한계가 있었다. 가장 두드러지는 문제점은 바로 Possesion
Ghost를 잡을 수 없다는 것이었다.

그나마 다행이라면 나무가 아닌 다른 물체 혹은 생명체에는

빙의하지 않는다는 것. Possesion Ghost뿐만 아니라 자이언트 터틀이나 싸이클롭스 같은 개체 역시 사냥이 불가능했다. 슬레이어가 없는 현대사회는 곧 멸망할지도 모른다는 말까지 나돌았다. 물론 아직까지 그 정도의 피해가 발생하진 않았지만 그래도 불안 심리는 계속해서 커져만 갔다.

〈충격! 4개국. 싸이클롭스 동시 출몰!〉
〈인류의 대재앙. 싸이클롭스를 어떻게 막을 것인가!〉

그러던 찰나. 한국, 미국, 일본, 중국, 4개국에 싸이클롭스가 동시 출몰하는 대사건이 발생했다. 싸이클롭스는 현대 무기로 살상이 거의 불가능하다. 그나마 대응책으로 나온 것이 특제 쇠사슬로 움직임을 묶은 다음 먼 바다 속에 빠뜨리는 거나 특수 수용소에 감금시켜 놓는 것인데 그것도 임시방편이었다.

슬레이어의 힘이 아닌 힘으로 죽이거나 그냥 놔두면 언젠가는 리젠되니까.

"싸이클롭스를 어떻게 처리하긴 했는데… 또 리젠되면 어떡하지?"

"다음에 리젠될 때는 분명 시가지에서 나타나게 될 텐데……."

사회는 혼란에 빠져들었다. 아직까지는 괜찮지만 곳곳에서 범죄가 벌어지고 식량 사재기가 벌어졌다. 불안 심리가 계속 높아지면서 범죄율도 계속 높아졌다. 그와 반대로 공권력은 약해졌다.

슬레이어가 사라진 지 거의 한 달이 넘게 흘렀다. 그리고 싸이클롭스가 리젠됐다.

*   *   *

대전광역시 서구.

검은색 로브를 뒤집어쓴 남자가 싸이클롭스 앞에 섰다.

"하찮은 미물 주제에."

싸이클롭스가 남자를 향해 질주했다. 남자의 로브가 펄럭거렸다. 녹색 피가 뿜어져 나왔다. 툭! 싸이클롭스의 거대한 팔이 떨어져 내렸다. 땅에 떨어진 그것은 녹색 피를 흘리며 꿈틀거렸다.

"네게 사형을 명한다."

싸이클롭스의 목이 허공에 떴다. 녹색 피가 분수처럼 쏟아져 내렸다. 기자들이 몰려들었다. 그러나 로브를 뒤집어쓴 남자의 모습은 어디에도 없었다.

"뭐야? 또 벌써 사라졌어?"

"또 놓친 것 같습니다."

슬레이어들은 사라졌다. 그러나 약 2주가 흐른 뒤, 슬레이어들을 대체할 다른 '존재'들이 나타나기 시작했다. 사람이라고 하기는 좀 힘들었다. 그들은 자신의 정체를 좀처럼 드러내지 않았다. 싸이클롭스처럼 강력한 개체가 나타날 때에만 나타나 손을 썼다. 그들은 몬스터스톤에도 욕심을 내지 않았다. 말 그대로 홀연히 나타났다가 홀연히 사라졌다.

사람들은 그들을 일컬어 처단자라고 불렀다. 몬스터, 슬레이어가 처음 나왔을 당시만 해도 사람들은 그 무슨 어이없는 이름이냐며, 만화영화냐며 코웃음 쳤지만 이제는 아니다. 세계가 변했다. 처단자라는 이름도 아무런 무리 없이 수용했다.

그리고 슬레이어가 사라진 지 49일이 지났을 때 놀라운 소식이 세계를 휩쓸었다.

〈약 50일 전 실종된 슬레이어. 귀환!〉
〈슬레이어들, 모습을 드러내다.〉

*　　　*　　　*

슬레이어들이 전원 퀘스트를 받고 2달가량이 지나고 나서 슬레이어들이 귀환했다. 전 세계 공통으로 벌어진 현상이었고 세계는 축제 분위기에 휩싸였다.

"이 몹쓸 놈아!"

현석은 뒤통수를 긁적거렸다.

"죄송합니다. 다녀왔습니다. 많이… 걱정하셨죠?"

어릴 때는 그렇게 크게만 보였던 아버지의 몸은 정말 작았다.

"걱정은 무슨! 이 불효막심한 놈아!"

"죄송합니다… 아부지. 돌아왔어요."

걱정 같은 건 하나도 안 했다면서, 자신을 꽉 부둥켜안고 엉엉 울고 계신 아버지를 보니 가슴이 뭉클해졌다. 그가 의도했던 바는 아니지만 그래도 결과적으로 2달가량이나 사라졌었다. 그것도 민서와 같이. 부모님 입장에서는 마른하늘에 날벼락을 맞은 셈이다. 민서도 엉엉 울었다.

"엄마!"

어머니인 해자는 다른 말을 못했다.

"이 나쁜년아! 이 나쁜년아!"

'나쁜년아'를 반복했다. 민서도 다른 말을 못 했다. '미안해, 엄마' 이 말만 계속했다. 부모 입장에서 금쪽같은 두 자식을 한순간에 잃어버렸던 거다. 현석은 그 상실감이 얼마나 클지 감히 상상도 못했다.

이곳 시간으로는 2달이 지났단다. 그러나 수련 필드에서의 시간은 2달이 아니라 1년쯤 됐다. 아무래도 시간의 흐름 자체가 조금 달랐던 모양이다. 이쪽에서의 시간으로는 겨우 2달 사이에 살도 많이 빠지셨고 얼굴이 더 수척해지셨다. 주름살도 훨씬 많이 늘었다. 갑자기 많이 늙으신 것 같다.

'1년이 아니라 2달이 지났단 말이지……'

돌아와 보니 몇 가지 달라진 것들이 있었다.

성형이 말했다.

"현석아, 굉장히 많이 바뀌었다."

특히 가장 커다란 변화를 꼽아보자면 바로 '처단자'의 존재였다. 아직 슬레이어들은 이 처단자라는 존재를 본 적이 없다. 그러나 말을 들어보자면.

"이들 역시 하나의 몬스터가 아닐까 싶은데."

인간의 형태를 가지고 있고 인간의 언어를 사용한다는 건 이제 알겠다. 그러나 인간은 확실히 아니다. 황금색 눈동자와 붉은색 머리카락. 그리고 창백한 피부. 그리고 검은색 로브를 뒤집어쓴 그들은 몬스터의 일종일 확률이 높았다. 알려진 바에 의하면 적어도 인간은 아니었다.

"일단 대화가 통하는 상대라니까, 한 번 봐야 정확히 알 것 같기는 한데……."

"하지만 싸이클롭스를 일격에 죽인다고 하더군요."

"우리도 많이 강해졌잖아."

워프 포털을 타고 이동한 곳은 일종의 다른 세계였다. 다른 세계라고 해봐야 확장 규모의 던전에 가까웠지만. 더 정확히 말하자면 일종의 가상현실 세계 같은 곳이었다. 알림음에 따르면 그곳은 슬레이어들의 수준을 끌어올리기 위한 세계라고 했다. 그곳에는 슬레이어의 리젠 시스템이 적용됐다. 몇 번을 죽어도 다시 살아날 수 있는 특수한 공간이었고 그 안에 슬레이어들은 수련에 수련을 거듭했다. 1년의 시간 동안 말이다.

"그렇다고는 해도 싸이클롭스를 일격에 죽일 수 있는 슬레이어가 얼마나 될까요? 문제는 처단자가 온 힘을 다해 공격한 것도 아니라는 거죠."

영상만 봐도 그건 확실했다. 처단자들은 크게 힘을 쓰지 않았다. 그렇다면 본신의 능력이 얼마나 강할지는 아무도 알 수 없었다.

성형도 고개를 끄덕였다.

"그리고 또 짚고 넘어가야 할 문제는……."

"싸이클롭스의 머리를 잘라 죽인다는 거죠."

"그래, 그렇지."

머리를 잘라 죽인다. 이것이 의미하는 바는 컸다. 전투 필드 내에선 외력이 작용하지 않는다. 예외도 있기는 있다. 정욱현의 화염계 마법이나 그런 등급의 최하급 몬스터들. 이런 예외도 있기는 하지만 대부분의 경우 외력 작용이 사라진다. 슬레이어의 공격은 몬스터의 H/P와 실드 게이지에만 영향을 끼친다. 그런데 머리를 잘라 죽였다는 건, 몬스터의 본체에 직접 타격을 가한다는 거다.

"그리고 몬스터의 사체는 몬스터의 존재에 대한 연구에도 쓰이고… 여러모로 유용하게 쓰이고 있는 중인가 봐."

게다가 슬레이어들이 죽였을 때와는 다르게 처단자가 죽인 몬스터는 시체가 남았다. 시체의 경우는 각국 연구 기관들이 수거하여 연구에 연구를 거듭하고 있단다. 몬스터의 기원부터 시작해서 몬스터를 막아낼 수 있는 방법까지. 아직은 그 성과가 미미하지만 언젠가 큰 성과를 거둘 수 있을 거라고 막연한 희망을 갖고 있는 중이라고 했다.

어쨌든 처단자들의 존재는 귀환한 슬레이어들에게는 완전히 새로운 존재이고 신경이 쓰일 수밖에 없었다. 그 강한 싸이클롭스를 일격에 잘라 죽이는 존재. 어쩌면 수련 필드는 이들을 상대하기 위해 마련된 안배일지도 몰랐다.

"현석이 너보다 강할 수도 있다는 걸 염두에 둬야겠어. 부딪쳐 보지 않으면 모르긴 하겠지만."

일단은 처단자가 적인지 아닌지도 모른다. 처단자의 존재와는 별개로 세계는 빠르게 원래의 모습을 찾기 시작했다. 오크, 트롤 등 한때는 최상위 포식자로 군림했던 몬스터들의 숫자는 기하급수적으로 늘어났다. 하지만 슬레이어들의 수준이 예전과는 달라졌다. 트윈헤드 트롤도 쉽게 잡았다. 그래서 그런 몬스터들은 별로 위협이 안 됐다. 웨어울프 역시 예전만큼 커다란 위협이 되는 게 아니었다. 1년 전보다, 세계는 훨씬 더 안전해졌다.

〈훨씬 강해져서 돌아온 슬레이어들!〉
〈2달 만에 돌아온 슬레이어들. 하드 모드 진입!〉

슬레이어들의 수준이 엄청나게 높아진 건 사실이다. 하지만 문제는 자이언트 터틀을 비롯한 상위 개체들의 출현 빈도 역시 높아졌다는 것. 그리고 한국에도 싸이클롭스가 또 모습을 나타냈다. 유니온의 연락을 받은 현석이 인하 길드원들을 이끌고

광주까지 날아갔다.

싸이클롭스는 분명, 일반인들에게는 재앙이나 다름없는 몬스터다. 군인들이 목숨을 걸고 특제 쇠사슬을 걸어 지금은 움직임이 잦아들었지만 벌써 일반인 사망자를 10명 넘게 냈다. 처음 싸이클롭스가 나타났을 때에 비하면 약소한 피해이긴 했지만, 사람의 목숨이 사라졌다. 그 숫자를 떠나서 재앙임에는 틀림없었다.

현석이 말했다.

"민서야, 등급 판정해 봐."

"응."

민서가 말했다.

"통합 필드 개방."

민서의 발밑을 중심으로 해서 푸른색 원이 뻗어나가기 시작했다. 군인들의 눈이 커졌다.

"저, 저게 도대체 뭡니까?"

"그것도 모르냐? 저게 바로 전투 필드다."

"전투 필드가 어떻게 눈에 보입니까? 그거 슬레이어들한테만 느껴지는 거 아니었습니까?"

전투 필드가 아니다. 민서는 현재 통합 필드를 펼치고 있다. 전투, 회복, 보조의 기능을 모두 겸하는 상위 클래스의 필드이며 통합 필드를 펼칠 수 있는 헬퍼는 전체 헬퍼들 중 겨우 5퍼센트 정도밖에 안 된다.

"무식한 놈. 이렇게 정보가 느려서야. PRE—하드 지나면서 슬레이어들에게도 변화가 생긴 걸 아직도 모르냐?"

민서는 현재 하드 모드에 진입했다. 워프 포털. 그것은 PRE—하드 슬레이어들을 하드 모드로 빠르게 끌어올리기 위한 시스템이었다. 적어도 사람들은 그렇게 생각했다.

'PRE'란 '이전의'란 뜻이다. 현재 세계로 돌아온 슬레이어들이 추측하기로 PRE—하드 모드는 말 그대로 하드 모드를 준비하는 단계였다. 말 그대로 워밍업 혹은 몸 풀기 혹은 PRE—하드 모드까지를 튜토리얼로 부르자는 슬레이어들까지 있을 정도였다.

그리고 많은 슬레이어가 하드 모드에 접어든 지금, 또 다른 변화가 생겼으니 바로 '필드'가 가시 상태로 변했다는 거다. 딱한 명을 제외하고 모든 슬레이어의 필드는 눈에 보이게 됐다.

한편, 필드 개방에 있어서 독보적인 사람들이 몇 명 있다. 그중 한명이 바로 민서다. 그리고 그 민서는 이제 PRE—하드 시절의 민서가 아니었다.

"등급 판정."

[등급 판정 대상을 선택하여 주십시오.]
[등급 판정 대상이 완료되었습니다. 등급을 판정합니다.]
[판정 완료.]
[등급 적용 대상이 없습니다.]

민서가 말했다.

"오빠. 우리 길드끼리만 사냥해도 업적 인정 안 돼."

다른 길드들이 들으면 기함을 토할 말을 아무렇지도 않게 했다.

"괜히 업적 뜰까 봐 걱정 안 해도 돼."

어지간해서는 말을 하지 않는 홍세영도 스킬명을 말했다. 슬레잉 시 스킬명을 말하는 건 하나의 규칙이었으니까.

"육감."

[위험도를 판정합니다.]

[현재 통합 필드 상의 몬스터는 1개체입니다.]

[위험도: 하]

육감 역시 달라졌다. 과거에는 위험하겠구나, 위험하지 않겠구나만 대충 알 정도였다. 그러나 이제 정확하고 구체적으로 판정되어 알림음이 들린다. 세영이 말했다.

"쉬워."

상황 파악은 끝났다. 현석이 피식 웃었다. 과거에는 그렇게 강했던—불과 2달 전—싸이클롭스가 이제는 업적 판정도 못 받는 몬스터로 전락했다. 싸이클롭스를 잡으려고 했다. 그런데 명훈이 잠깐, 하고 말했다.

하종원이 고개를 갸웃했다.

"왜?"

"기다려 봐. 항시 탐색에 안 걸리는 개체가 있어."

다른 슬레이어들도 오고 있다. 그러나 급하지 않았다. 어차피 업적 인정도 안 된다. 하지만 군인들은 빨리 이 싸이클롭스를 잡아주면 좋겠다고 생각했다.

"쟤네들 왜 저렇게 가만히 있습니까?"

"낸들 아냐? 그래도 그 강한 싸이클롭스인데 작전 회의가 필요하겠지."

"그래도 이러다 움직임 풀리면 어떡합니까? 빨리 없애 달라고 요청해야 하는 거 아닙니까?"

그들의 눈으로 보기에, 지금 인하 길드는 싸이클롭스가 무서워 꾸물거리고 있는 것 같았다. 표정도 심각해 보였고.

명훈이 말했다.

"집중 탐색."

명훈의 눈동자가 파란색으로 물들었다. 종원이 고개를 갸웃했다.

"야, 너 그거 쓰면 조루돼서 쓰기 싫어하잖아."

집중 탐색은 현재 명훈이 가지고 있는 최상급 탐색이다. 유지 시간은 30초도 안 된다. 주위를 살피던 명훈이 세영 쪽을 쳐다봤다.

"세영아. 티내지 말고 이쪽 말고 저쪽 1시 방향 빌딩 꼭대기 쪽에 육감 사용해 봐. 현석이 네가 전투 필드 확장시키고."

거리는 약 300미터 정도 떨어져 있는 것 같다. 현석의 전투 필드 사정권이다. 일단 현석은 시키는 대로 했다. 현석의 전투 필드는 가시화되지 않는다. 하드 모드 슬레이어 중 유일하게 전투 필드가 보이지 않는 슬레이어다. 이유는 그도 모른다.

전투 필드가 펼쳐졌고 세영이 육감을 다시 활성화시켰다.

"육감."

[위험도를 판정합니다.]
[현재 통합 필드 상의 몬스터는 1개체입니다.]
[위험도: 하]

싸이클롭스의 정보다. 그리고 또 정보가 이어졌다.

[위험도를 판정합니다.]
[현재 전투 필드상의 몬스터는 ? 입니다.]
[위험도: ?]

그런데 위험도 판정이 안 됐다. 현재 세영의 육감 스킬로 파악이 불가능하다는 소리다.

"판정 불가야."

현석은 싸이클롭스를 쳐다봤다. 그러나 신경은 1시 방향, 빌딩 꼭대기에 쏠렸다. 뭔지는 알 수 없다. 그러나 아마도.

'아마… 처단자겠지.'

현재 그 정체 자체가 모호한 존재. 인간이 아닐 거라는 예상이 지배적이기는 하지만 역시 뭔지는 모른다. 싸이클롭스를 일격에 죽일 수 있는 그 존재는, 인간이 처리할 수 없는 힘을 가진 몬스터가 나타나면 어김없이 등장해 몬스터를 죽여 버렸단다. 처음 등장한 이후로 약 1달간 그랬다고 들었다.

현석이 말했다.

"상황을 지켜보자."

다른 슬레이어들도 속속들이 도착했다. 그들은 싸이클롭스를 향해 달려들었다. 인하 길드는 나서지 않았다. 별로 욕심나는 몬스터도 아니다.

명훈이 다시 한 번 집중 탐색을 사용했다. 민서가 M/P 차징을 써줬다.

"사라… 졌어."

1시 방향 빌딩 꼭대기에서 이쪽을 주시하고 있던 '그것'이 사라졌다. 현석이 잠깐 생각에 빠져들었다.

'처단자라……'

여태까지의 행보를 보면 인류의 적이라고 할 수는 없었다. 그러나 또 모른다. 싸이클롭스를 일격에 죽일 수 있는 힘을 가진 '인간 형태의 존재'는 인간에게 충분히 위협적일 수 있다. 막말로 저 정도 힘을 가진 인간들이 각국 대통령을 암살하기라도 한다면 세계는 충분히 패닉 상태에 빠져들 수 있다.

'아직… 정보가 너무 없다.'

그러한 가운데 군인들이 쑥덕거렸다.

"저기 제일 먼저 도착한 저 길드는 왜 아무것도 안하고 계속 벌벌 떨고만 있습니까?"

"나도 모르지. 그냥 견습 길드인데 구경 온 걸 수도 있고."

"누군 목숨 걸고 이러고 있는데 누군 구경을 오고 그럽니까? 어이가 없네."

"그럼 가서 직접 따지든가. 왜 나한테 그러냐?"

"아니, 따지는 게 아니라 말입니다."

그때 으랏차! 커다란 기합 소리와 함께, 거대한 폭발음이 터져 나왔다. 아스팔트가 깨져 나가고 흙먼지가 피어올랐다. 물론 그냥 시각적 효과다. 전투 필드 내에서 실제로 부서지거나 하지는 않는다.

"씨팔 외눈깔 거지같은 새끼. 너 잘 걸렸다."

그 슬레이어의 이름은 이항순. 그 유명한 강남 스타일의 근접 전투 슬레이어다. 슬레이어들이 그를 알아봤다. 얼굴은 몰라도 저 엄청난 파괴력을 가진 철퇴는 안다. 저 무지막지한 크기의 철퇴를 자유자재로 사용하는 한국 슬레이어는 단 한 명뿐이다. 모두 놀랐다.

"이, 이항순이다."

"저런 거물이 여기 있었다니……."

군인들도 놀랐다.

"엄청 유명한 슬레이어인가 봅니다."

"그것도 모르냐? 이항순이잖아. 저런 무지막지한 철퇴를 저렇게 자유자재로 사용하는 슬레이어는 이항순밖에 없어."

"와. 진짜 간지나지 말입니다. 저도 저런 거 하고 싶습니다."

이항순의 무력에 감탄했다. 싸이클롭스는 쉽게 정리됐다. 공헌도에 따라 경험치가 분배되었고 레드스톤은 이항순의 인벤토리 내에 저절로 들어왔다.

이항순이 현석 앞에 섰다. 정중히 고개를 숙이며 인사했다.

"안녕하십니까? 덕분에 제가 잡았네요."

"아… 예, 뭐."

현석이 머쓱하게 웃었다. 현석은 항순을 상당히 좋아한다. 민서의 은인이지 않은가. 그때를 계기로 해서 많이 친해진 상태다. 워프 포털을 타고 이동했을 때에도 현석이 많이 도와 줬다. 항순이 너스레를 떨었다. 솔직히 엄청 민망하기도 했다.

"플래티넘 슬레이어께서 이 자리에 있을 줄 알았으면 안 왔을 겁니다. 괜히 꼴깝 떨었네요, 민망하게시리."

방금까지 엄청난 괴력을 선보였던 이항순은 현석 앞에서 더없이 얌전한 고양이가 됐다.

그런데 놀라운 일이 벌어졌다. 지휘관인 육군 준장 이형진이 또 그 남자에게 찾아가 인사를 하고 있었다. 이항순이 그럴 때만 해도 그러려니 했는데, 이건 정말 놀라웠다. 그들은 이형진이 누굴 찾아가 먼저 인사하는 걸 꿈에도 생각 안했다. 오죽하면 아직 준장으로 머물고 있는 것이 선배들에게 딱딱하게 굴어서라는 소문까지 있을까. 자기가 인정한 사람이 아니면 목을 빳빳하게 세우기로 유명한 이형진 준장이다.

군인이 말을 더듬었다.

"아, 아니, 도대체 저 인간 정체가 뭡니까? 왜 또 준장님이 저렇게 찾아가서 공손하게 인사합니까?"

정체 별거 없다. 플래티넘 슬레이어다. 강남 스타일의 유명한 딜러 이항순과 육군 준장 이형진의 인사와는 별개로 플래티넘 슬레이어는 이상한 목소리를 들었다.

"조만간… 그대를 찾아가겠다."

목소리가 바람결에 흩어졌다.

*　　　*　　　*

유니온은 '처단자'에 대해 열심히 알아봤다. 그들이 얻은 결론은 처단자 역시 몬스터의 일종이라는 것이었다. 그러나 쉽사리 몬스터라 공표하지는 못하고 있다. 싸이클롭스를 일격에 죽이는 몬스터. 그 힘도 두려울뿐더러 인간의 형태를 하고 있다. 심지어 지성도 있다. H/P가 생성된다고는 하지만 과연 슬레잉의 대상일까하는 것은 다른 문제다. 아무리 인간이라고 해도 다른 생물체를 죽일 수 있는 권리는 없다. 하다못해 길거리의 개만 해도, 잘못 죽이면 동물 보호 단체에서 들고 일어난다.

"안내자들에 의하면 그들의 명칭은 처단자가 아니라 균형자라고 합니다."

"사실 이름이야 별로 중요한 건 아니죠. 처단자든 균형자든 그건 중요한 게 아니라고 봅니다. 그것이 몬스터냐 아니냐가 중요하겠죠."

M—20에서도 쉽사리 발표하지 못했다. 각국 대표들도 답을 내리지 못했다.

"몬스터임에는 틀림없습니다."

"그러나 인간에게 피해를 끼친 적이 한 번도 없죠. 오히려 인류는 그들에게 도움을 받았습니다."

"하지만 분명 고위급 몬스터입니다. 슬레잉에 성공하면 어떤 아이템을 드롭할지 모릅니다."

싸이클롭스는 레드스톤을 드롭한다. 처단자는 싸이클롭스보다 강한 개체다. 그렇다면 스톤만 생각한다 하더라도 최소 레드스톤 이상을 드롭할 거다.

"그렇다고는 해도 인간의 형태를 하고 있습니다. 그들은 사람의 언어까지도 구사합니다."

만약 정말로 몬스터라고 하고 슬레잉 대상으로 지정한다고 하더라도, 문제는 슬레잉의 가능 여부였다.

"설사 그들이 몬스터라고 해도, 우리가 그들을 잡을 수 있다고 보십니까?"

"불가능하겠죠. 그러나 슬레이어들은 날이 갈수록 빠르게 강해지고 있습니다."

"아니죠. 이번에 워프 포털을 통해 갑자기 강해진 것일 뿐. 이런 특수한 이벤트가 또 발생하리란 법은 없습니다. 괜히 처단자들을 잘못 건드렸다가 오히려 이쪽이 당할 수도 있습니다."

처단자들은 첨단 과학 기술을 가진 게 아니다. 본신 능력이 엄청나게 강할 뿐이다. 그러나 그들이 세계 각지에서 게릴라를 펼친다면 각국 수뇌부들은 대항할 수가 없다. 걸어 다니는 살인 무기라고 해도 될 정도니까.

종원이 말했다.

"사실… 진짜 애매한 문제지. 사람을 돕는 몬스터라니. 몬스터가 맞긴 한 거야?"

현석도 고개를 끄덕였다.

"이런 형태의 몬스터가 나타날 줄이야."

그리고 떠올렸다. 그날, 분명히 들었다. 모습은 보이지 않았지만 목소리가 들려왔다. '그대를 찾아가겠다'라는 말이었다. 신기한 건 현석 외에 다른 사람은 듣지 못했다는 것. 잘못 들었을 수도 있다고 생각은 하고 있으나, 제대로 들었다는 것에 더 비중을 두고 있는 중이다.

성형에게 연락이 왔다.

―현석아, 잠깐 만나서 얘기 좀 할 수 있을까?

*   *   *

서울 목동, 슬레이어 타운. 인하 길드 하우스. 그 앞에 로브를 뒤집어쓴 남자 한 명이 서 있다.

"여긴… 가?"

인하 길드 하우스는 단독주택이다. 주위는 5미터 높이의 성벽 같은 담벼락으로 둘러싸여 있다. 누가 보면 으리으리한 궁궐인 줄 안다. 다만 이곳에는 슬레이어 타운이 형성되어 있고 이런 집들이 꽤 많아서 눈에 확 띄지는 않았다.

쾅과광!

쇠로 만들어진 정문에서 무언가 폭발하는 소리가 났다. 거실에서 욱현과 투닥대고 있던 활의 몸집이 1.5배 정도 불어났다.

―균형자예요!

"균형자? 그놈은 몬스터가 있을 때에만 나타난다며? 왜 갑자기 나타난 거야?"

―아 몰라 병신… 응? 주인님! 여기 없죠? 없는 것이 확실하죠? 활이는 봉인을 해제하겠어요!

활은 '주인님'을 크게 외쳐 봤다. 활이 부르는 '주인님'은 여기 없다. 성형과 잠시 만나기 위해 자리를 비웠다. 현석이 없다는 걸 다시 한 번 확인한 활이 본색을 드러냈다.

―어쨌든 나타났잖아 빙구 똘추 같은 아저씨야! 균형자가 틀림없어!

쾅과광!

그 소리는 한 번이 아니었다. 계속해서 터져 나왔다. 그 소란에 가장 빠르게 반응한 것은 홍세영이었다. 전투 필드를 펼치고 정문으로 달렸다. 두터운 철로 된 문이 안쪽으로 움푹 파여 있었다. 마치 바깥쪽에서 폭탄이라도 터뜨린 것처럼 말이다. 홍세영이 담장을 넘었다.

"호오… 제법 움직임이 빠르구나?"

검은 로브를 뒤집어쓴 남자—균형자에게 성별이 있는지 밝혀지지는 않았지만 외관상 남자이므로 남자라 칭하기로 한다—가 홍세영을 쳐다봤다. 홍세영 역시 남자를 쳐다봤다. 키는 약 150㎝ 정도 되어 보였다.

'꼬마……?'

평범한 꼬마는 아니다.

'활이 말하던… 균형자인가.'

홍세영은 레이피어를 꺼내 들었다. 세영보다 속도가 느린 다른 길드원들도 이쪽으로 몰려들었다.

'육감.'

[위험도를 판정합니다.]

[현재 전투 필드 상의 몬스터는 1개체입니다.]

[위험도: ?]

몬스터다. 예전과 달리 육감으로 파악이 가능했다. 위험도까지는 판단할 수 없었고 몬스터라는 것만 파악이 가능했다. 그런데 위험도가 '?'이다. 싸이클롭스도 하로 판정이 되는데 이 처단자의 경우는 명확한 판정이 나오지 않았다.

'내 스킬로는 판단이 불가능한 수준.'

꼬맹이의 모습에 가까운 남자 균형자가 말했다.

"너희가 슬레이어냐?"

앳된 목소리였다. 헐레벌떡 달려 나온 하종원이 해머를 꺼내었다.

위이이이잉─!!!

사이렌이 울리기 시작했다. 이곳은 슬레이어 타운. 한국에서 가장 안전한 곳 중 하나다. 시민들은 대피하고 슬레이어들이 길드 하우스에서 나오기 시작했다.

정욱현이 앞으로 나섰다.

"그러는 너는 누구냐?"

"……."

처단자는 정욱현을 올려다봤다. 정욱현이 인상을 찡그렸다.

"쪼끄만 새끼가 남의 집을 부숴놓고 반말질이야? 미치려면 곱게 미치든가."

욱현이 침을 퉤! 뱉었다. 그 순간, 홍세영의 레이피어가 빛살처럼 뻗어 나왔다. 채쟁! 검끼리 부딪친 것 같은 소리가 났다. 검은 로브를 뒤집어쓴 남자가 뒤로 빠르게 멀어졌다. 잔상이 남을 정도로 빠른 움직임이었다.

"제법 빠르구나, 인간."

로브의 모자를 벗었다. 얼굴이 드러났다. 창백한 피부. 금색 눈동자. 그리고 붉은색 머리카락. 소문으로 듣던 균형자의 용모와 일치했다. 굉장히 앳된 외모였다. 슬레이어들은 밖으로 나와 주위를 살폈다. 인하 길드와 대치하고 있는 균형자를 봤다.

사이렌 소리에 놀라 집결한 슬레이어들이 고개를 갸웃했다.

"설마… 몬스터라는 게 저거야?"

"처단자? 아니 균형자라고 했나? 어쨌든 아직 몬스터로 분류 안 됐을 텐데."

"그리고… 저 길드는……"

슬레이어들은 침을 꿀꺽 삼켰다. 슬레이어 타운에 거주하고 있는 슬레이어들은 대부분 최상위 급이다. 그 최상위 급 슬레이어들은 인하 길드를 알고 있었다.

"…이, 인하 길드다!"

인하 길드와 균형자가 대치했다. 무슨 일인지는 모르겠으나 인하 길드의 정문이 흉측하게 일그러져 있었다.

"균형자와 인하 길드가 어째서……?"

이건 커다란 문제다. 슬레이어들의 정점에 있는 인하 길드와, 슬레이어들이 없는 동안 몬스터를 처리해 왔던 균형자. 그 둘이 대치했다. 경찰들도 몰려들었다. 이곳은 공권력이 집중된 곳이다. 앳된 외모의 처단자가 킥킥 웃었다.

"하찮은 미물들이 제법이네."

혀를 날름거렸다. 혀가 굉장히 길었다. 인하 길드원들은 저마다 병장기를 꺼내 들었다.

"통합 필드 개방."

그리고 민서가 통합 필드를 개방시켰다. 전 세계 헬퍼들 중 단 5퍼센트만이 구사할 수 있는 통합 필드다. 그리고 민서의 통합 필드는 그 사정권과 버프 능력치가 전 세계에서도 톱 급이다. 올 스탯 슬레이어인 현석을 제외하고 말이다. 주위에 몰려든 슬레이어들까지 사정권에 넣었다.

"우리까지… 사정권에 들어갔어."

슬레이어들도 일단 저마다의 무기를 꺼내 들었다. 균형자는 자세를 잡았다.

"어디 한 번 제대로 놀아볼까?"

그가 홍세영에게 달려들었다. 그와 동시에 하종원이 해머를 위에서 아래로 크게 내려쳤다.

"라이트닝 스파크!"

쿠과광!

거대한 폭발음과 함께.

쩌저적—!

황금색 스파크가 튀었다. 황금색 스파크는 중간중간 푸르스름한 아크방전을 일으키며 반경 2미터의 공간을 초고압 전류 공간으로 만들었다. 홍세영만큼 빠르다고 볼 수는 없었으나 그래도 예전보다는 훨씬 빨라졌다. 적어도 '라이트으으으니이잉

스파아아아크으으'를 외치진 않게 됐다.

정확하게 처단자를 노린 게 아니다. 어차피 이건 반경 2미터의 공간에 동일한 대미지를 먹이는 광역 기술이다.

"이거나 먹어랏!"

홍세영에게 달려들던 처단자가 팔을 크게 휘둘렀다.

"이런 잡기술 따위가 내게 통할 듯싶으냐!"

그때 홍세영이 레이피어를 내질렀다. 종원의 공격은 함정이었다. 몸동작을 살짝 멈추는 것 정도. 일부러 '이거나 먹어랏!' 하고 크게 소리쳤다. 자신의 공격에 집중하도록 말이다. 종원의 예측대로 균형자에게 약간의 틈이 생겼다. 애초에 이 정도 틈을 만드는 게 목적이었다. 세영이 특수 스킬을 사용했다.

"더블 샤이닝 스타!"

그와 동시에 민서가 외쳤다. 더블 샤이닝 스타는 M/P를 많이 잡아먹는다.

"M/P 차징!"

더블 샤이닝 스타는 샤이닝 샤워의 업그레이드판 공격이다. 14개의 방향을 점하고 처단자의 위쪽에서 은색 빛줄기가 쏟아져 내렸다. 경찰들은 넋을 잃고 쳐다봤다.

"지금… 슬레잉하고 있는 거 맞지……?"

"하종원과 홍세영은 두말할 필요도 없긴 한데… 다시 보니까 엄청나네."

슬레이어들도 놀라긴 마찬가지였다.

"저기 헬퍼… 지금 버프랑 M/P 차징이랑 동시에 구현한 거 맞죠?"

종&영 콤비의 연계 공격에 이은 헬퍼의 적절한 도움. 플래티넘 슬레이어가 부재중임에도 불구하고 인하 길드의 협공은 훌륭했다. 최상위 급 슬레이어들이 보기에도 그랬다. 역시 인하 길드다. 인하 길드가 대단한 건 이미 알고 있었지만 그걸 다시 한 번 확인했다. 그런데 그 처단자는 더욱 대단했다.

"제법 발버둥을 치는구나."

14개의 빛줄기를 일일이 쳐 낸 처단자가 민서를 향해 달려들었다. 큰 기술을 사용한 터라 종원과 세영도 바로 반응하지는 못했다.

끼이이이익―!

칠판을 손톱으로 긁는 듯한 소리가 고막을 때렸다.

연수가 그의 몸보다도 훨씬 커다란 방패로 처단자의 손톱을 막아냈다. 손톱이 길었다. 약 30㎝가량 되어 보였다. 처단자의 이마에 힘줄이 불끈 솟았다.

"이 잔챙이 같은 새끼들이!"

그때 연수가 스킬명을 말했다.

"엘라스틱 디펜스."

거대한 방패가 살짝 구부러지는가 싶더니, 처단자를 튕겨냈다. 엘라스틱 디펜스를 군이 말한 이유는 바로 정욱현 때문이었다. 엘라스틱 디펜스는 상대를 튕겨내는 기술이다. 덩치, 질량 등과 관계없이 제대로 적중만 하면 무조건 튕겨 나간다. 그리고 그 튕겨진 위치를 정확하게 예측하고 계산한 정욱현이 마법을 구현했다.

"화이어 애로우 트랩!"

화이어 애로우 샷. 불길로 이루어진 화살 수십 발이 저만치 뒤쪽. 땅 밑에서부터 쏘아져 올라왔다. 엘라스틱 디펜스로 인해 튕겨 나간 처단자의 몸에 화이어 애로우 트랩이 꽂혔다. 정확한 타이밍. 그리고 정확한 거리 계산으로 이루어진 연수와 욱현의 콤비네이션이었다.

"경감님, 이… 이거 어떻게 합니까……?"

"뭘 어떻게 해? 구경해야지. 우리가 저기 어떻게 끼어드냐? 민간인 통제나 열심히 해. 난 아직 죽고 싶지 않다."

군인들도 투입됐다. 기본적으로 슬레잉 장면은 언론에 공개하지 않는다.

"우리는 언론 통제를 최우선으로 삼는다. 빨리빨리 움직여!"

"알겠습니다!"

경찰이고 군인이고 저 싸움에 끼어들 엄두가 안 났다. 괜히 잘못 끼어들면 죽을 것 같다. 엄청난 빠르기로 움직이는 처단자도 처단자지만 그 처단자를 계속 밀어붙이는 인하 길드는 정말 대단했다. 일반인인 경찰과 군인들이 보기에도 그랬는데, 슬레이어들이 보기엔 더욱 놀라웠다.

"저런 연계라니……."

"어떻게 저런……"

보통 한 길드에 저 정도의 전력이 모여 있는 경우는 거의 없다. 보상 문제가 굉장히 비효율적으로 변하기 때문이다. 인하 길드를 빼면 강남 스타일 정도가 유일했는데, 그들도 인하 길드만큼의 효율적인 연계를 펼치지는 못한다. 각자 잘난 슬레이어들이 모여 있다 보니 연계가 잘 안 될 때도 있다.

스타플레이어만 있는 축구 구단이 무조건 이기는 게 아니다. 오히려 너무 뛰어난 슬레이어들은 연계를 잘 못한다. 그러나 인하 길드는 각 분야의 최정점에 선 슬레이어들이 모여 있음에도 불구하고 뛰어난 연계를 보여줬다.

그리고 그들은 스스로가 최정점의 슬레이어라고 생각 안 한다. 오히려 스스로가 굉장히 부족하고 약하다고 느낀다. 올 스탯 슬레이어 현석이 있기 때문이다.

화이어 애로우 트랩이 잠깐 발을 묶었다. 사실 발을 묶을 정도가 아니라 제법 타격을 줬다. 실드 게이지가 30퍼센트 넘게 깎여 나갔다. 그리고 욱현의 공격은 물리력을 행사한다.

크아아아악!

처단자가 비명을 질렀다. 옷이 타버렸다. 그와 동시에 종&영 콤비의 공격이 이어졌다. 처단자가 거리를 벌렸다. 처단자가 침을 퉤 뱉었다.

"뜨겁잖아, 이 개 같은 새끼야!"

그때, 또 다른 처단자가 나타났다.

"라단, 소란 피우지 말라고 했던 말 못 들었나?"

한 명이 아니었다. 여자의 목소리를 가진 균형자도 있었다.

"라단, 괜찮니?"

그녀는 주위를 둘러봤다. 슬레이어들이 많았다. 경찰, 군인들도 있었다. 인하 길드원들도 보였다. 그녀는 반쯤 무릎을 꿇고 앉아 처단자의 머리를 슥슥 쓰다듬었다.

"괜찮니, 라단?"

"……"

앳된 외모의 라단은 아무 말도 못 했다. 여자가 몸을 일으켰다. 그리고 입을 열었다.

"우리는 대화를 원해서 왔어요. 재미있는 인간이 있다는 말을 듣고 파견되었죠."

주위가 조용해졌다. 대화를 원해서 온 것치고는 인사가 너무 격렬하지 않았던가. 그러나 전후 상황 같은 건 아무래도 중요하지 않은 듯했다.

"그런데 우리 아이를 이렇게 처참하게 만들다니."

욱현이 허, 웃고 말았다. 먼저 쳐들어와서 대문을 부숴댈 듯쳐 대고 세영을 공격한 건 저쪽이었다.

다시 말해 이쪽은 정당방위였다. 집을 부숴대고 있는데 가만히 있으면 그게 더 이상한 거였다. 여자가 한 발자국 앞으로 움직였다.

"우리 착한 아이를 괴롭힌 것은 용서할 수가 없네요. 이렇게 약하고 어린아이를 말이죠."

누가 봐도 약하지 않았다. 한국 최고의 길드인 인하 길드가 마음먹고 정말 열심히 싸웠다. 여기 있는 슬레이어들은 거의 대부분이 최상급 슬레이어들이지만 혼자서 인하 길드와 이만큼 싸우진 못한다. 다시 말해 꼬마의 모습을 한 균형자는 엄청나게 강했다는 소리다. 여자의 황금색 눈동자가 조금씩 빛나기 시작했다.

"하찮은 미물들 주제에, 감히."

여자의 붉은 입술이 살짝 열렸다.

"그대들에게는 사형을 명합니다."

모두가 조용해졌다. 여자의 목소리는 크지 않았지만 신기하게도 모두의 귓가에 똑똑히 들렸다. 잠깐 정적에 휩싸였다. 그 정적을 누군가 깼다.

"우리 집에… 무슨 일이 일어난 거야? 이 난리는 또 뭐야?"

*   *   *

잠깐 조용해졌던 주위가 시끌벅적해지기 시작했다. 정욱현이 씨익 웃었다.

"집주인 오셨다."

여성의 모습을 한 균형자가 앞으로 나섰다.

"그대가 이들의 수장인가?"

현석도 상황 파악이 끝났다. 무슨 의도로 이곳에 쳐들어왔는지는 모르겠지만 저들은 적이다. 현석이 앞으로 나섰다.

"주거침입죄, 폭행죄. 또 뭘 걸고 넘어져야 할까요?"

그러면서 세영에게 정보를 끊임없이 전달받았다. 몬스터라는 것까지는 파악이 되는데 위험도 파악이 안 되는 개체.

"물었다. 그대가 이들의 수장인가?"

"그리고 기물 파손죄. 그리고 협박죄⋯⋯?"

현석은 지금 기분이 매우 나빴다. 물론 저쪽이 얼마나 강할지 몰라 함부로 마구 덤벼들지는 못한다. 일단은 시간을 끌면서 상대를 알아봐야 할 필요가 있었다. 현석이 통합 필드를 펼쳤다.

"통합 필드 개방."

현석이 통합 필드 개방을 말함과 동시에 민서는 그녀가 할 수 있는 모든 버프를 쏟아 부었다. 균형자 중 남자가 고개를 갸웃했다.

"몸이⋯ 이상하군."

그건 현석의 통합 필드 효과 때문이다. 전투 필드의 레벨이 오르고 또 통합 필드로 스킬이 규합되면서 '?'였던 부분이 하나 더 드러났다. 예전엔 버프 효과만 있었는데 이젠 디버프 효과까지 같이 걸린다.

[통합 필드 효과로 모든 능력치가 10퍼센트만큼 증가합니다.]

[통합 필드 효과로 몬스터의 모든 능력치가 10퍼센트만큼 하락합니다.]

"인간들 중에… 믿을 수 없는 힘을 가진 자가 있다고 들었다. 묻겠다. 그대인가?"

"……."

현석은 대답하지 않았다. '믿을 수 없는 힘을 가진 자가 있다고 들었다'라는 말은 누군가 다른 개체가 그 말을 전해줬다는 말이 된다. 역시 이들은 일종의 사회를 이루고 있는 것이 아닐까 하는 생각이 들었다. 그렇다면 일이 무척 피곤해진다. 단일 개체가 아닌 조직을 이룬 사회와 싸워야 할지도 모를 일이니까.

남자가 다시 말했다.

"아니, 대답은 필요 없겠군. 그대는 이미 인간의 기준을 아득히 초월했으니. 질문을 정정하겠다. 그대는 인간인가?"

여자가 말했다.

"그래 봐야 미물에 불과해요."

아무래도 통합 필드의 디버프 효과가 불만인 듯했다. 남자는 현석을 굉장히 조심스럽게 대하고 있지만 여자는 아니었다. 다시 말해, 남자는 현석의 힘을 어느 정도 느끼고 있었고 여자는 그렇지 못했다는 말이다.

"한낱 미물 주제에 잔재주를 부리는구나. 본인에 대한 명백한 적대 행위로 규정. 그대에게도 사형 명령을 내리겠다."

여자의 몸이 갑자기 사라졌다. 항시 탐색을 운용 중이던 명훈이 집중 탐색을 사용했다.

"집중 탐색."

그 짧은 시간에 당황하지 않고 스킬명까지 말했다. 쉬워 보이지만 결코 쉽지 않은 일이다. 명훈의 말을 빌리자면 '조루 스킬'이기는 하다. 그러나 '조루'가 된 이유는 다른 게 아니라 스킬 등급이 너무 높아서 그렇다.

"세영아, 11시 방향."

홍세영이 그 말과 동시에 사라졌다. Invisible Cape의 특수 효과를 발동시켰다. 저쪽이 잠깐 사라졌다면, 이쪽도 모습을 숨기면 된다. 이에는 이다.

채쟁! 날카로운 검명이 울려 퍼졌다.

김민철은 눈을 크게 떴다.

지금 무슨 일이 벌어지고 있는 건지 모르겠다. 여자 두 명이 갑자기 사라졌고 또 갑자기 채쟁! 날카로운 소리가 들렸다. 한 번이 아니었다. 여러 번, 그 소리가 들렸다.

'무, 무슨 일이 벌어지고 있는 거야? 플래티넘 슬레이어는 왜 가만히 있는 거지?'

욱현이 하급 마법을 사용했다.

"파이어 볼!"

과거 50㎝의 파이어 볼보다 더욱 크기가 커졌다. 지름 80㎝

의 파이어 볼이 일직선으로 쏘아졌다.

콰과광!

물리력을 행사하는 메이지 정욱현의 파이어 볼이 여자의 30㎝ 길이의 손톱과 부딪쳤다. 그러나 여자의 몸에는 상처 하나 나지 않았다.

잠시 소강상태에 접어들었다. 슬레이어들도 의문을 표시했다. 감히 저기 끼어들지는 못했다. 끼어들어 봤자 방해만 될 것 같다. 저 정도 수준에 맞추려면 강남 스타일 정도는 와야 했다.

"플래티넘 슬레이어는 어째서 움직이지 않지? 인하 길드 최강의 전력이잖아."

"인하 길드 나머지 인원들을 전부 합쳐도 플래티넘 슬레이어보다는 약할 텐데 어째서……?"

"그러고 보니 저쪽 균형자도 움직이지 않고 있어. 무슨 일이 벌어지고 있는 거야?"

양쪽의 장이라고 할 수 있는 두 남자가 전혀 움직이지 않고 있다. 상식적으로는 이해가 안 되는 상황이다. 인하 길드 다수와 여자 균형자는 팽팽하게 맞섰다. 주위의 벽들이 부서지고 아스팔트가 깨져 나갔다. 여자의 움직임과 욱현의 마법 때문이었다.

쿵!

거센 충격파가 일었다. 하종원의 해머가 여자 균형자의 머리를 강하게 후려쳤다. 아주 잠깐, 시간이 멈춘 듯한 느낌과 동시에 원형의 충격파가 일대를 휩쓸었다. 초속 30m이상의 강풍이 불어닥쳤다. 충격이 꽤 컸는지 여자는 그 자리에 반쯤 무릎을 꿇고 쓰러졌다.

경찰들은 말할 것도 없고 상위 급 슬레이어들조차도 놀랐다.

"대, 대단하다. 역시 하종원이다."

"일단 맞추기만 하면 파괴력만큼은 타의 추종을 불허한다더니……."

남자 균형자가 입을 열었다.

"그대는 어째서 움직이지 않지?"

"내가 움직이면 그쪽이 움직일 것 같으니까 대비하고 있는 거지. 보다시피 우리 애들이 잘 싸우고 있고."

그리고 지금의 이 상황은 한국 유니온에 실시간으로 전송되고 있다. 시간이 지나면 지날수록 균형자에 대한 데이터와 정보를 더 모을 수 있을 거다. 적에 대한 정보는 많으면 많을수록 좋다. 남자 균형자의 눈동자가 황금색으로 살짝 빛났다.

"그대는 강하군. 느껴진다, 그대의 강함이. 소름이 돋을 정도야."

홍세영의 육감에 의하면 여자 균형자와 꼬맹이 균형자는 분명 몬스터로 인식이 됐다. 그러나 이 남자의 경우는 몬스터로도 인식이 안 됐다. 예전과 마찬가지로 그저 '?'다. 현석은 이 남자를 신경 쓸 수밖에 없었다.

"루라, 본 힘의 방출을 허가한다."

루라라고 불린 여자 균형자의 눈동자가 황금빛으로 일렁이는가 싶더니 이내 몸이 변화하기 시작했다. 루라의 입꼬리가 올라갔다. 루라의 몸이 변했다.

"모, 몬스터?"

김민철이 침을 꿀꺽 삼켰다. 그는 신참이고 아직 몬스터를 실제로 본 적은 없다. 그러나 저 여자 균형자가 몬스터인 것은 확실히 알겠다. 인간 크기의 사마귀 형태의 몬스터였다. 10㎝짜리 사마귀도 기겁하는 사람 많다. 그런데 10㎝가 아니고 2m가 넘는 사마귀다. 그런데 더 소름끼치는 건 그 사마귀가 사람의 언어까지 사용한다는 거다. 심지어 여성의 목소리다.

"너희 미물들에게 다시 한 번 사형을 명한다."

그 기괴한 광경에 김민철은 소름이 돋아 팔뚝을 쓸어내렸다. 정욱현이 크게 외쳤다.

"내가 소싯적에 애프킬라 외판원이었다!"

두두두두ㅡ!

헬기의 소리도 들려왔다. 상황이 상황인지라 군에서도 전투 헬기를 출전시켰다. 정욱현이 손가락으로 그쪽을 가리켰다. 그리고 진지하게 외쳤다. 박력이 넘쳤다.

"들리냐! 헬리콥터 농약 부대다! 이 해충 새끼야!"

CHAPTER 6

한국 유니온.

유니온장 박성형이 말했다.

"레드 등급의 M—arm으로는 타격이 힘들까?"

"지금 인하 길드가 대치하면서 최대한 데이터를 끌어모으고 있습니다. 시뮬레이션 결과가 곧 나올 겁니다."

성형은 예전에 현석에게 부탁했었다. 균형자에 대한 정보를 최대한 많이 얻어달라고. 그 때문에 잠깐 보자고 했었는데 그 사이 균형자가 인하 길드의 길드 하우스에 쳐들어왔다. 균형자가 적으로 규정되지는 않았지만 만약 적으로 규정된다면 레드 등급의 M—arm을 발포할 준비 태세도 갖췄다.

"현재 플래티넘 슬레이어는 움직이지 않고 대치하고 있습니다."

"그렇겠지. 균형자 중 가장 강한 놈을 견제하면서 적에 대한 정보를 모아야 할 테니까."

성형은 정보가 없는 상태에서 무턱대고 부딪치는 것만큼 어리석은 짓이 없다고 생각하는 사람 중 한 명이다. 현석 역시 비슷한 생각을 하고 있을 것이다. 인하 길드에 어떤 피해가 있었다면 모르겠지만 그런 게 아니라면 가장 강한 균형자를 견제하면서, 아마 정보를 최대한 모으고 있을 거다.

결과가 나왔다. 레드 등급보다 하위 등급의 M—arm으로 타격을 주려면 기관총으로는 어림도 없을뿐더러 LAU—3/A 와 같은 19연발 로켓포도 그다지 효과를 보지 못할 것 같다는 결과였다. 싸이클롭스를 일격에 죽이는 놈들이니 이런 결과를 예측하는 건 어렵지 않았지만 막상 그 결과를 받고 보니 입맛이 썼다.

"블루 등급의 M—arm을 사용하려면 그중에서도 항공 폭탄급은 있어야 할 것 같습니다. 최소 MK—82 이상은 필요할 겁니다."

성형은 군사 지식까지는 별로 없다. MK—82가 정확히 뭔지는 모르지만 그래도 꽤 화력이 큰 폭탄인 건 알겠다.

"레드 등급의 M—arm이면 일정 수준 타격이 가능합니다. 20㎜ 고폭형 소이탄 정도면 어느 정도 타격이 가능하다는 시뮬레이션 결과가 나왔습니다."

또 다른 보고가 올라왔다.

"유니온장님. 현재 세계 각국에서도 비슷한 일이 벌어지고 있다고 합니다."

그리고 또 보고가 올라왔다.

"균형자의 몸이 변했습니다. 아마도 본체인 것 같습니다! 적전력에 대한 재검토와 수정이 필요합니다!"

＊　　　　＊　　　　＊

미국 유니온.

위성으로 현재 상황을 살피고 있는 미 정부와 미국 유니온은 감탄할 수밖에 없었다. 에디가 침음성을 삼켰다.

"우리도 엄청나게 강해졌다고 생각했는데……."

보좌관 크리스도 고개를 끄덕였다.

"인하 길드의 실력 상승 폭은 저희보다 훨씬 크겠군요. 싸이클롭스를 일격에 죽이는 균형자와 호각을 이루며 싸우고 있습니다."

싸이클롭스는 이제 더 이상 무시무시한 개체가 아니다. 조심해서 슬레잉하면 슬레잉이 가능한, 하드 모드 규격의 몬스터다. 슬레이어들의 수준이 그만큼 높아졌다. 그래도 역시 위험한 개체임에는 틀림 없다. 그런데 그 싸이클롭스를 일격에 죽이는 균형자와 호각을 이루다니.

그런데 그때 급한 보고가 하나 올라왔다. 크리스가 안경을 고쳐 썼다.

"TS 길드에… 균형자가 방문했다고 합니다."

에디가 벌떡 일어섰다.

"뭐라고?"

TS 길드는 미국 유니온 내 최강의 길드다. 최강의 길드라는 말은 곧 최고의 전력이란 뜻이다. 그리고 그런 걸 모두 제쳐 놓고서라도 TS의 길드장 에디슨은 에디의 절친한 친구다.

"전투가 벌어졌나?"

"아닙니다. 에디슨과 대화를 나누고 있다고 합니다."

에디는 순간 멍해졌다. 오늘을 기점으로 하여, 아마 균형자는 몬스터로 분류가 될 가능성이 높았다. 지금 한국에서 행패를 부리고 있다. 뿐만 아니라 인간의 형태는 그저 겉껍데기에 불과했다. 실제 모습은 흉측한 괴물이었다. 그런데 대화라니.

"대화… 라니……. 도대체 모르겠군."

일본 유니온.

제1유니온 이치고의 유니온장 야마모토가 벌떡 일어섰다.

"유우와 균형자가 부딪쳤다고?"

"예, 가벼운 전투가 있었지만 지금은 소강상태라고 합니다."

유우는 일본 유니온 내 최고의 실력자다. 근접 전투 슬레이어이며 스페셜 슬레이어 다음으로 가장 강한 슬레이어라고 알려져 있었다. 야마모토도 한국의 상황을 알고 있었다. 저쪽은 치열하게 전투를 벌이고 있단다.

"그럼 지금은?"

"대화 중이라고 합니다."

"비슷한 일이 미국은 물론이고 중국. 그리고 E─유니온 쪽에도 벌어지고 있습니다."

중국 유니온.

중국 유니온의 유니온장 장위평의 집무실 창문이 열렸다. 바람이 불었고 장위평의 책상 위에 올려져 있던 종이들이 바람결에 흩날렸다. 목소리가 들려왔다. 남자의 목소리였다.

"그대를 시험하겠다. 그대의… 힘을 보여 봐라."

여자의 목소리도 들려왔다.

"진심을 다하지 않으면 죽게 될 것이다."

전투가 벌어졌다. 한, 중, 미, 일을 비롯하여 세계 각지에서 동시다발적으로 비슷한 일들이 벌어졌다.

그중에서도 가장 치열한 전투가 벌어진 곳은 한국이었다. 현석과 대치 중이던 남자 균형자가 느릿하게 박수를 쳤다.

"대단하구나, 인간들이여. 그대들이 이렇게 강할 줄은 미처 알지 못했다."

그리고 옆에 있던, 라단이라 불렸던 꼬마 형태의 균형자의 목을 뎅겅 잘라 버렸다. 붉은 피가 하늘로 솟구쳤다. 비록 몸과 분리되었지만 그래도 죽지는 않은 듯 라단이 입을 움직였다.

"무, 무슨 짓이야!"

"우리는 원래 대화를 원해서 이곳에 찾아왔다. 네 독단이 이런 사태를 불러들였다. 그 죄를 물은 것뿐이다."

"무슨 말도 안 되는 소리야! 알고 있었잖아! 너도 알고 묵인했던……."

콰직!

라단의 얼굴이 터졌다. 수백 조각난 살점과 뜨거운 피가 주위로 튀었다.

군과 경찰들, 그리고 슬레이어들도 이 끔찍한 광경에 인상을 찡그렸다. 잘려 나간 얼굴이 말을 하는 것도 끔찍했지만 이게 더 끔찍했다. 비위 약한 어떤 이들은 토악질을 하기도 했다. 남자의 눈이 황금빛으로 빛나기 시작했다.

"그럼… 이제부터 진지한 대화를 시작해 보도록 하지."

남자의 몸이 변하기 시작했다.

*　　　*　　　*

루라라고 불린 여자 균형자가 사마귀 형태로 변해 인하 길드원들과 대치했다. 거대한 사마귀 형태로 변한 균형자는 눈앞에 보이는 조무래기들을 향해 낫같이 생긴 팔을 한차례 휘둘렀다. 마치 현석이 윈드 커터를 쏘아내듯, 노란색 형태의 기파가 쏘아져 나갔다.

연수는 직감했다.

'이건 정말 위험하다!'

그리고 여태껏 유지하고 있던 방어 필드를 해제했다.

"방어 필드 폐쇄."

방어 필드는 넓은 범위에 걸쳐 방어를 하기에 유리한 스킬이다. 방어 필드를 해제한다는 소리는 넓은 범위가 아닌 단일 공격 혹은 좁은 면적의 공격에 맞대응하기 위함이다. 그 말을 들은 민서가 방어 계통의 버프를 연달아 써줬다.

"통합 필드 개방! 터틀—디펜시브! 디펜시브 파워 업!"

말로는 길어도 거의 2초도 안 되는 시간 동안 모든 일이 벌어졌다. 연수가 방패를 들어 올렸다. 예전 장위평으로부터 선물받은 특수한 아이템을 블루스톤으로 강화시킨 아이템이다. 세상이 예전에 말했던 '세계 10대 아이템'은 현재 '세계 12대 아이템'이 됐으며 현재 연수가 가진 '성자의 방패' 역시 그에 속하는 방어구였다. 이것은 중국 유니온의 장위평이 연수에게 선물해준 물건이기도 했다. 성자의 방패에 담겨진 1일 1회성 특수 스킬명을 말했다.

"성자의 가호."

연수의 은색 방패가 번쩍이기 시작했다. 하얀색 빛으로 물들었다. 주위의 슬레이어들이 감탄했다.

"저게… 세계 12대 아이템 중 하나인 성자의 방패야?"

"저 특수 스킬이 진짜 사기라던데."

"세계 12대 아이템 중 하나잖아."

"그런데 저거 수련 필드에서도 한 번도 안 썼다며?"

"저 여자 균형자가 그렇게 강하다는 건가?"

연수의 방패가 번쩍이는가 싶더니 이내 하얀색 장막이 펼쳐졌다. 은은한 빛을 내뿜는 하얀색 장막과 균형자가 쏘아낸 노란색 기파가 부딪쳤다.

그그그극—!

칠판을 손톱으로 긁는 듯한, 신경을 자극하는 주파수의 고주파음이 사람들의 귓가에 깊이 파고들었다.

[스킬. 성자의 가호 발동이 확인되었습니다.]

[대미지 감소율을 판정합니다.]

[대미지 감소율 40퍼센트.]

연수의 팔이 살짝 부풀어 올랐다. 몸이 뒤로 살짝 쏠렸다. 성자의 가호는 일정 비율만큼 대미지를 감소시켜 주는 특수 스킬이다. 그 범위는 0~70퍼센트까지 다양했다. 원래 0~50이었는데 블루스톤으로 강화하면서 70퍼센트까지 증가했다.

연수의 H/P가 30퍼센트 가까이 떨어져 내렸고 평화와 민서가 동시에 힐을 외쳤다. 연수의 H/P가 다시 빠르게 차올랐다. 그때, 여태까지 상황을 지켜보기만 하던 남자 균형자가 짝! 짝! 짝! 박수를 쳤다.

"대단하구나, 인간들이여. 그대들이 이렇게 강할 줄은 미처 알지 못했다."

남자의 몸이 기괴하게 뒤틀리기 시작했다. 여자 균형자보다 족히 1.5배는 더 커다란 사마귀 형태의 몬스터로 변했다.

"그럼 이제부터 대화를 시작해 보도록 하지."

현석 역시 긴장하기 시작했다. 연수가 성자의 가호를 사용했고 터틀—디펜시브를 비롯한 방어 계열의 버프를 받았음에도 불구하고 H/P가 30퍼센트나 떨어져 내렸다. 제대로 막았음에도 저 정도면 그 파괴력은 실로 엄청난 수준이라 할 수 있었다.

그때, 군에서 지원을 나온 헬기가 접근했다.

"레드 등급의 M—arm 발포 허가 떴습니다."

"슬레이어들과의 위치는?"

"현재 6미터 이상 떨어진 거리에 있습니다. 안전권입니다."

"발포."

아파치 전투 헬기가 레드 등급의 M—arm 기관총을 발포했다. 적의 사살이 목적이 아닌, 데이터 수집이 목적이었다. 레드 M—arm으로 얼마만큼의 타격을 줄 수 있는지 알아보기 위함. 그 결과는 시뮬레이션 결과와 크게 다르지 않았다.

"실드에 타격이 있습니다. 실시간으로 정보를 전송함, 으아아악!"

콰광!

그리고 한차례 폭발이 일며 통신이 끊겼다. 현석은 간만에 긴장했다.

'빠르다……!'

남자, 아니, 이제 사마귀의 형태로 변한 균형자의 공격 속도는 굉장히 빨랐다. 공격 타입은 역시 낫같이 생긴 팔을 사용하여 노란색 기파를 쏘아내는 것. 헬기가 두 동강 나서 폭발했다.

'하지만 실드에 분명 타격은 있었어. 블루… 그도 아니면 레드 M—arm인가.'

현석과 균형자가 본격적으로 부딪치기 시작했다. 현석이 먼저 달려들었다. 균형자가 팔을 빠르게 뻗었다. 그 속도를 아까 이미 봤었다. 이미 대비하고 있었다.

'피할 수 있겠어.'

현석이 몸을 빠르게 숙였다. 머리카락에 뭔가가 닿는 느낌이 났다.

전투 필드 내에서 몬스터에 의한 공격은 슬레이어의 H/P를 깎는 것에 그친다. 실제로 머리카락이 잘리거나 하지는 않는다.

"빠르구나!"

그래도 일단 머리카락에 닿았으면 대미지로 인식은 된다. 대미지는 −0. 공격으로 인식이 안 됐다. 균형자의 공격이 현석의 회피율을 뚫지 못했다는 소리다.

"윈드 커터."

최하급 바람 계열 마법 윈드 커터가 앞으로 쏘아져 나갔다. 이걸로 대미지를 주려는 건 아니다. 틈을 만들기 위해 일부러 썼다.

'한 발자국만 더 앞으로 움직인다.'

앞으로 빠르게 접근했다.

"소용없다!"

균형자가 양팔을 교차시켰다. X자 모양의 노란색 기파가 앞으로 쏘아져 나갔다.

"스톰 오브 윈드 커터."

스스슥―!

뭔가가 베어나가는 듯한 가벼운 소리와 함께, 노란색 기파가 조각조각 나서 갈라졌다. 현석의 스킬이 균형자의 공격을 무마시킨 거다.

"으악! 이, 이거 뭐야! 피해!"

"디펜더! 막앗!"

"조심하라고! 이봐! 저리 비켜!"

"힐! 힐 좀 줘!"

"죽을 뻔했어."

그래도 이 자리에 남아 있는 슬레이어들은 한국 내 최상위급에 근접한 슬레이어들이다. 그런데 직접 공격도 아니고 플래티넘 슬레이어가 막아낸, 균형자의 공격 파편에 의해 심각한 대미지를 입을 뻔했다. 그나마 디펜더들이 활약해서 다행이지 힐러나 헬퍼가 얻어맞았으면 죽었을지도 모를 일이다.

"저, 저기 봐……."

어느 길드의 길드 하우스인지는 모르겠지만 담벼락이 잘려 나갔다. 시멘트임에도 불구하고 말이다.

"저딴 무식한 공격을 잘라낸 거야 지금······?"

외력 작용이 아니다. 이건 스킬 자체의 특수성인 것이 분명했다.

"공격을 잘라 버리는 마법이라니······."

"플슬은 역시 명불허전이네."

콰과광!

폭발음이 터져 나왔다. 어느새 균형자와 거리를 좁힌 현석이 주먹을 꽂아 넣었다. 균형자의 배와 현석의 주먹이 부딪쳤다.

콰과광!

이미 기세를 잡았다. 일단 한 번 뻗은 주먹을 회수하자마자 또 다른 주먹을 뻗었다. 일반인들의 눈으로는 제대로 보이지도 않을 속도였다. 현석은 약간 허탈해졌다.

'뭐야, 싸울 만하잖아.'

만약 이 균형자가 엄청나게 강한 개체라면 자신의 공격이 빗나가야 하는 게 맞다. 몬스터에게도 명중률과 회피율이라는 시스템이 적용되니까.

'아니면······ 본 힘을 감추고 있는 건가?'

그럴 가능성도 있다. 지금 이게 본체인지 아닌지는 판단할 수 없다. 균형자가 현석에게 얻어맞으면서도 기회를 틈타 하늘 높이 떴다.

"잘 막아야 할 것이다."

사마귀 형태의 균형자는 날개 비슷한 것을 양옆으로 펼쳤다. 아무래도 체공 시간을 늘려주는 것 같았다. 하늘에 뜬 균형자가 노란색 기파를 쏘아냈다. 순식간에 수십 개를 쏘아댔다. 그 공격은 인하 길드를 향하고 있었다. 현석은 인하 길드 쪽으로 몸을 움직여 막아낼 수 있는 건 막고 튕겨낼 수 있는 건 튕겨냈다. 하늘 위에서 균형자가 말했다.

"루라, 나는 돌아가겠다."

"하, 하지만!"

"그대가 플래티넘 슬레이어인가. 움직이지 않는 것이 좋을 것이다. 주위의 수많은 인간의 죽음을 목도하지 않고 싶다면."

분명 1:1로는 잡을 수 있다. 그건 확실했다. 그런데 주위의 슬레이어들과 인하 길드가 걸린다. 여태까지 키운다고 키웠다. 인하 길드도 분명 강하다. 그러나 균형자가 지나치게 강했다.

그리고 현석은 지금 육현이 준비하고 있는 걸 안다. 균형자들은 모를 거다. 육현이 계속 입속으로 무언가를 중얼거리고 있었다.

"그대의 힘은… 상상 이상이다. 인정하지. 상부에서 그대를 주시하는 이유를 이제 좀 알겠다."

현석은 인상을 살짝 찡그렸다. 그러면서 육현을 힐끗 쳐다봤다. 육현은 계속 입속으로 무언가를 중얼거리고 있었다.

'상부… 라고? 몬스터들끼리도 상부와 하부가 나누어져 있

나? 확실히 조직이 있다는 뜻이겠군.'

남자가 말을 이었다.

"그대의 처분은 확실한 명령서로 결정하겠다. 그대는 상부의 명령을 기다리고 있으라. 본인에겐 결정권이 없음이니."

그때, 정욱현이 외쳤다.

"좆 까라, 이 곤충 새끼들아! 헬 파이어!"

그와 동시에 김연수와 욱현의 앞을 가로막아 섰다. 그리고 민서가 외쳤다.

"대미지 업!"

주변 일대가 붉게 타오르기 시작했다. 준비만 10분이 넘게 걸리는, 욱현이 펼칠 수 있는 최고위 마법이다. 붉은 원형의 마법진이 생겨남과 동시에 그 위로 10미터가 넘는 불기둥이 치솟아 오르기 시작했다.

원래부터 거리가 좀 있었던 슬레이어들은 더 뒤로 물러섰다.

"앗, 뜨, 뜨거워!"

"뜨겁다고? 마법이?"

파티원이 아닌 슬레이어들에겐 외력이 작용했다. 불은 당연히 뜨겁다. 물리력을 작용시키는 메이지, 신 슬레이어를 대표하는, 초기 능력치부터가 월등한 메이지가 10분 동안 준비한 데다 최상위 헬퍼 민서의 도움이 추가됐다. 거기에 결정적으로.

"스톰 오브 윈드 커터."

현석이 윈드 커터를 연속해서 뿜어냈다. 쏘아낸 정도가 아니라 이건 뿜어낸 거다. 스톰 오브 윈드 커터는 원래부터 윈드 커터 7개가 한꺼번에 쏟아져 나간다. 그걸 난사했다.

헬파이어가 더욱 무섭게 치솟기 시작했다. 바람 계열의 마법과 불 계열의 마법이 서로 시너지 효과를 내고 있는 거다.

크아아아아악!

비명 소리가 들려왔다. 여자 균형자 루라의 비명 소리였다. 위성으로 한국의 상황을 지켜보던 미국 유니온장 에디가 벌떡 일어섰다.

"지, 지금 저게 슬레이어의 힘이 확실한가? 트럭이 있는 게 아니고?"

"저번에도 말씀드렸지만… 저 메이지의 이름은 정욱현. 가장 먼저 각성한 신 슬레이어라 짐작됩니다. 화염계 메이지이며 물리력을 행사하는 특별한 능력을 갖고 있습니다. 거기에 플래티넘 슬레이어와 함께 하면서 엄청나게 강해졌다고 합니다. 능력 상승 폭이 플래티넘 슬레이어를 제외하면 최고입니다."

"인하 길드에 또 엄청난 괴물이 들어갔군."

"또한 화염계 마법은 곤충 형태의 몬스터에게 매우 치명적일 거라 생각합니다. 물리력을 행사하니까요. 곤충 계열의 몬스터에겐 상극이라 판단됩니다."

경찰관 김민철은 너무 놀라 뒷걸음질 치다가 엉덩방아를 찧었다.

"어, 어떻게 저런 일이……?"

"일어나 신입. 정신 똑바로 못 차려?"

그러나 그를 혼내는 또 다른 경찰관 역시 다리가 떨리는 건 매한가지였다. 10미터가 넘는 불기둥으로 이루어진 화염 마법. 그도 이런 말도 안 되는 건 처음 본다. 거기에 윈드 커터 폭풍이 불어닥쳤고 불길이 더욱 활활 불타올랐다.

김민철은 턱이 덜덜 떨려왔다.

"어, 어떻게 저 사람들은 저 안에서도 멀쩡할 수 있습니까?"

멀쩡할 수 있다. 파티원들끼리는 서로의 공격 영향을 안 받는다. 현석이 불길 속으로 뛰어들어 갔다. 일반인들의 눈으로는 제대로 보지도 못할 속도였다.

김민철은 눈을 몇 번이나 비볐다. 소문으로는 많이 들었다. 우스갯소리지만 플래티넘 슬레이어가 숨을 쉬면 몬스터가 죽고 숨을 내뱉으면 죽던 슬레이어가 살아난다고 들었다. 또 바람을 불면 폭풍이 일고 바다가 갈라진다는 허무맹랑한 얘기들도 많이 들었다. 그런데 이 광경을 실제로 보니 마냥 우스갯소리로 치부할 수가 없었다. 어떻게 인간의 힘으로 이런 걸 해낼 수 있는지 모르겠다.

"이건 말도 안 돼… 어떻게 사람이……"

*　　　　*　　　　*

세계 몬스터 대응 기구 M—20과 유니온장들이 만남을 가졌다. 이번의 논제 역시 균형자들을 몬스터로 분류하느냐 분류하지 않느냐에 관한 것이었다. 몬스터가 맞긴 맞다. 홍세영의 육감으로도 몬스터로 분류됐다.

"하지만 그들은 매우 강합니다. 게다가 인간에게 피해를 주지 않았죠. 괜히 그들을 자극할 필요는 없다고 봅니다."

"그래도 그들이 언제 돌변하여 사람을 공격할지 모릅니다. 그렇다면 선제공격이 답일 수도 있습니다."

"그렇다고는 해도 그들의 본거지가 어디인지 아시는 분 있습니까? 선제공격도 그 본거지를 알아야 의미가 있는 것이죠."

"그들은 분명 엄청난 자원을 드롭할 것이 분명합니다. 잡아야 합니다."

그리고 침묵하고 있던 유니온장들이 입을 열기 시작했다. 그간 있었던 일들에 대하여 설명했다.

"뭐라고요? 균형자들이 각국을 대표하는 슬레이어들을 찾아왔다고 했습니까?"

미국 유니온장 에디가 대답했다.

"예. 각국 공통으로 이루어진 현상이죠. 그들은 이상한 말들을 늘어놓았습니다. 균형을 깨뜨리는 힘을 가진 자는 종을 따지지 않고 적으로 분류한다고 했습니다."

말을 해놓고 나서 인상을 대놓고 찡그렸다. M—20쯤 되면 적어도 모두 이번 상황에 대해 파악하고 있을 거라고 생각했다. 한 나라에서 일어난 일도 아니고 전 세계에서 동시다발적으로 이루어진 일인데 아직까지도 파악을 못하고 있는 건 여러모로 문제가 있는 거다.

'세계 기구면 뭘 하나? 정보 파악 능력도 뒤떨어지고 현실감 각도 없고… 무엇보다 슬레이어들도 아닌 일반인들인데. 그냥 대표자들 모아놓고 우리가 세계 기구이네, 하면 되는 건가? 일 참 쉽게들 하는군.'

이래서야 과거 간부들이 일반인이었던 중국 유니온과 별다를 게 없지 않은가. 다른 유니온장들도 그와 비슷한 생각이겠지만 표정으로 불쾌함을 드러내지는 않았다. 일본 유니온장 야마모토가 말을 이었다.

"우리 일본의 경우, 스페셜 슬레이어와 유우에게 한 쌍의 남녀가 찾아왔습니다. 치열한 전투가 벌어졌었습니다."

거기까지만 말을 했다. 그리고 장위펑은 말을 아꼈다. 성형이 말했다.

"플래티넘 슬레이어에게 찾아왔습니다."

모두가 성형의 말에 주목하기 시작했다. 플래티넘 슬레이어. 그 이름이 가지는 무게는 결코 가볍지 않으니까.

아무리 M─20 대표단이고 각국 유니온장쯤 되는 사람들이라고는 해도 '플래티넘 슬레이어'가 갖는 이름값보다 높은 사람은 이 자리에 아무도 없었다.

"프, 플래티넘 슬레이어에게도 균형자들이 갔습니까?"

"역시 전 세계 최상위 급 슬레이어들에게 그들이 찾아간 것이 맞군요. 어떻게 됐습니까?"

성형이 놀라운 말을 이었다. 주위를 한 번 살펴봤다. 모두가 성형에게 주목했다. 숨소리마저 들릴 만큼 주위가 조용해졌다.

"…플래티넘 슬레이어는 그들을 격퇴했습니다. 두 마리는 슬레잉에 성공했고 한 마리는 도망쳤습니다. 모두 레드스톤을 드롭하는 개체였습니다. 싸이클롭스가 드롭한 레드스톤보다 훨씬 더 밀집도가 높은 레드스톤이었습니다."

모두가 '아……!' 하는 탄식을 냈다. 플래티넘 슬레이어에 의해 확인이 됐다. 레드스톤을 드롭하는 개체. 그것도 싸이클롭스의 레드스톤보다 훨씬 가치 있는 레드스톤을 드롭한단다. 레드스톤이 어디 보통 물건이던가. 최근에는 물량이 그래도 조금 풀려서 개당 900억 정도에 거래되고 있다. 싸이클롭스의 레드스톤이 그렇다는 말이다. 그렇다면 균형자의 레드스톤은 훨씬 더 비싼 가격에 거래될 거다. 말 그대로 걸어 다니는 보물이다.

성형이 말을 이었다.

"그리고 균형자의 시체까지도 얻을 수 있었습니다. 아직 정확히 말씀드리기는 어렵지만… 이 시체는 인류가 균형자를 잡는 것을 훨씬 수월하게 만들어줄 수 있는 단서가 될 겁니다."

그리고 한 가지 주의점을 더 말했다.

"저희가 파악한 바로… 이번에 슬레이어들이 만난 균형자는 그들의 조직 내에서도 최하급. 혹은 그에 준하는 말단 몬스터인 것 같습니다. 정확하진 않습니다만… 정황이 그러합니다. 각

국이 서로 긴밀히 협조하여 균형자에 대한 정보를 모아야 할
것입니다."

같은 시각. 전 세계의 하드 모드 슬레이어들에게 알림음이
들려왔다.

[균형자들이 하드 모드 슬레이어를 적대 세력으로 규정합니
다.]

하드 모드의 본격적인 시작을 알리는 알림음이었다.

*   *   *

하드 모드 슬레이어들을 적대 세력으로 규정했다. 하드 모드
슬레이어들은 이것을 쉬쉬하고 있는 상황이며 일반인들은 아직
모른다. 다만 유니온 측에서는 하드 모드 슬레이어들을 적으로
규정한 것이 아니라 인류를 적으로 규정했다고 발표하는 것이
낫겠다는 것으로 의견이 좁혀지고 있는 중이었다.

"이 사실이 정확하게 밝혀지면… 대중들의 지지를 얻을 수
없습니다. 정부의 협조도 요원한 일이겠죠."

"맞습니다. 균형자들이 하드 모드 슬레이어들만 노린다는
건… 발표해선 안 됩니다."

"그렇습니다. 하드 모드 슬레이어들은 절대로 잃어서는 안

될 패입니다."

비록 균형자와 전쟁이 일어난다고 해도 그건 어쩔 수 없었다. 레드스톤 하나가 900억에 거래되고 있다. 이런 보물을 득할수 있는 하드 모드 슬레이어들은 실질적인 유니온의 힘이다. 그들을 잃으면 아무것도 못한다. 하드 모드 슬레이어들은 지켜야만 한다. 알림음은 이랬다.

[균형자들이 하드 모드 슬레이어를 적대 세력으로 규정합니다.]

그런데 알림음은 거기서 끝이 아니었다.

[퀘스트. 균형자들의 습격 조건이 충족됩니다.]

그랬는데 약간의 변화가 생겼다.

[현 슬레이어들의 능력치를 고려합니다.]
[유예기간 산정 중.]
[2년의 유예기간을 산정합니다.]
[이 기간은 단축되거나 연장될 수 있습니다.]

균형자들이 하드 모드 슬레이어를 적대 세력으로 규정했다.

그리고 균형자들의 습격이 있을 거라는 퀘스트 알림음을 띄웠다. 하드 모드 슬레이어 전원이 받은 알림음이다. 그러나 거기에는 2년의 유예기간이 주어진단다. 변동 가능하다고는 하지만 일단 기본적으로는 2년이었다.

"일단… 습격이라는 게 어떻게 이루어질지는 모르겠지만, 하드 모드 슬레이어를 적대 세력으로 인정했다는 사실을 공표하는 건 조금 미루는 것이 좋겠습니다."

"2년의 유예기간이 있으니 조금은 더 두고 보기로 하죠."

불행인지 다행인지는 모르겠지만 '균형자들의 습격' 퀘스트는 약 2년간 미뤄졌다.

*　　　*　　　*

세영은 아침 산책을 마치고 돌아오는 길에 우편함을 봤다. 우편함에는 편지 몇 통이 있었는데, 오늘도 또 비슷한 내용의 편지들이 있었다.

그대에게 정말 큰 관심이 있다.

세영은 인상을 찌푸렸다. 요즘 초, 중, 고등학생들을 중심으로 유행하고 있는 편지란다. 균형자들의 특이한 말투가 인터넷상에 퍼지면서 이런 말투를 사용하여 집집마다 우편으로 꽂는

놀이가 유행하고 있는데, 그 끝에는 항상 이 편지를 7장 복사하여 돌리지 않으면 반드시 죽는다는 내용이 꼭 적혀 있었다.

이것은 종이 편지 말고 카톡이나 문자 메시지를 비롯하여 SNS의 게시글을 통해서도 한창 퍼지고 있는 중이었는데 전 세계적으로 일어나고 있는 하나의 열풍이었다.

그대를 찾아가겠다.

아니나 다를까, 편지 마지막 부근에는 이러한 내용도 있었다.

나는 그대가 죽는 것을 원치 않는다. 그날, 부디 살아 있기를 빌겠다. 그날은 나도 나를 제어할 수 없다. 그대가 만약 죽지 않는다면, 나는 그대에게 나의 모든 것을 바치겠다. 나, 리나 J. 알리세인 퓨리티어의 이름으로 약조하노니.

세영은 피식 웃었다. 하루에도 이런 편지나 메시지가 몇 통씩 온다. 그나마 슬레이어 타운이 형성된 지역이라 이런 장난을 치는 사람들이 별로 없어서 좀 덜한 거다.

현석이 걸어왔다.

"뭐해?"

"아무것도."

"그건 뭐야?"

"장난 편지."

"아~ 그 균형자들 말투를 흉내 내서 마구 뿌려진다는 그 편지? 현대판 행운의 편지라던가?"

세영은 고개를 끄덕였다. 현석도, 세영도 별로 신경 쓰지 않았다.

한편, 민서에게 한 통의 전화가 걸려왔다. 전화를 받았다. 반가운 목소리가 들려왔다. 몇 년 만에 듣는 목소리라 더 반가웠다.

"여보… 세요? 어, 어? 은영 언니? 우와! 진짜 오랜만이야! 그럼! 진짜지! 우와! 언니 완전 무지무지무지 반가워! 응응! 아 진짜? 알았어! 우와. 여태까지 몰랐어! 평민 길드로 활동하는 거 알았으면 연락했어야지! 음. 하긴. 내 이름이 좀 흔하긴 해. 그래도! 바보 언니야! 응. 알았어. 내일? 응. 시간 돼. 오빠도 내일 시간 될 거야. 물어볼게. 그 아저씨 맨날 한가해! 오빠도 언니 맨날 보고 싶어 했어! 알았어. 오빠랑 같이 갈게! 응! 빠이빠이!"

        *   *   *

현석이 평화를 불렀다.

"평화야."

"네?"

"차림이……."

평화는 머리띠를 하고서 앞치마를 한 상태 그대로 현석의 방으로 올라왔다.

"아, 설거지하고 있었어요."

평화의 얼굴이 좀 붉어졌다. 오, 옷이라도 좀 예쁘게 갈아입고 올 걸, 하고 스스로를 자책했다.

"굳이 그렇게 직접 안 해도 된다니까… 뭐 어쨌든 매일 고마워."

아닌 게 아니라 평화는 요리를 참 잘했다. 평화는 자기가 요리를 한 날은 꼭 뒷정리까지 자기가 맡아서 한다. 아까도 평화의 닭볶음탕 맛에 반해 저녁을 세 그릇씩이나 먹었다. 평화가 고개를 살짝 숙였다. 목덜미와 귓불까지 빨개졌다. 앞치마를 꾹 말아 쥐었다.

'치, 칭찬받았어! 오빠한테 칭찬받았어!'

고개를 숙인 평화의 입가에 미소가 새겨졌다. 그리고 한참이나 지나서 겨우 대답했다.

"아, 아니에요. 좋아서 하는 일인데요 뭐."

좋아서 앞에 '오빠가'라고 붙이고 싶었다. 다시 말해, '오빠가 좋아서 하는 일인데요!'라고 말하고 싶었다. 하지만 그건 머릿속으로만 했다. 현석이 피식 웃었다.

"한슬에 아이디 있다고 했었지?"

"네? 네."

한슬은 주로 레이드 파티를 구하는 데 이용되는 국내 최대 슬레이어 사이트다. 현석은 한슬에 아이디가 없다. 애초에 다른 파티를 구할 필요가 없으니까. 민서와 평화는 거기에 아이디가 있다. 평민 길드 역시 가끔 레이드 지원을 나가곤 했으니까. 평민 길드뿐만 아니라 종영 콤비 역시 레이드 지원을 나가곤 하긴 했는데 아무래도.

"아무래도 평화, 너한테 맡기는 게 가장 나을 것 같아서."

평화가 아무래도 가장 믿음직스러웠다. 냉기를 풀풀 풍기는 홍세영이나 촐랑대는 종원보다야 역시 차분하고 내조(?) 잘하는 평화가 일을 맡기기에 부담이 없었다. 평화의 심장이 쿵쾅대기 시작했다.

'나, 나 또 칭찬받았어!'

주먹을 불끈 쥐었다. 행복해졌다.

"무슨 일인데요?"

"파티를 좀 구했으면 해. 지금은 시범 운영 개념이니까. 일단 헬퍼 3명 정도랑 트랩… 아. 트랩퍼 는 내가 따로 구할게."

헬퍼 3명. 그리고 트랩퍼 1명을 구해 달라고 하려고 했는데 트랩퍼는 적당한 사람이 떠올랐다. 그래서 헬퍼만 구해 달라고 했다.

"헬퍼요? 민서랑 제가 있는데……."

"아. PRE—하드 던전을 공략할 거거든. 그런데 거기 몬스터는 별로 문제가 안 되는데… 시간이 오래 걸려서 그동안 전투 필드를 유지할 수 있는 사람들이 필요하니까. 헬퍼 3명 정도만 충원하면 될 것 같아. 네가 맡아서 구해줄래?"

평화는 고개를 세차게 끄덕였다.

"알았어요. 제가 구해볼게요!"

평화는 문을 열고 밖으로 나왔다. 아무도 보지 않는 것을 확인한 평화는 제자리에서 세 번이나 방방 뛰었다. 그리고 자신의 방으로 가 침대에 누워서도 몸을 마구 튕기며 어쩔 줄 몰라 했다. 물론 주위에 아무도 없는 것을 확인도 했다.

"오빠가 날 믿고 일을 맡겨줬어!"

현석이 뭔가를 직접적으로 부탁한 적은 이번이 처음이다. 누군가가 평화에게 '왜 부탁을 받은 일이 그렇게 기쁜 일이냐?'라고 묻는다면 평화는 대답 못할 거다. 왜 좋은지 모르겠는데 그냥 좋다.

한편, 한슬에서는 한바탕 소동이 일었다.

─플래티넘 슬레이어. PRE─하드 던전. 헬퍼 용병 구함. 인원: 3.

다른 사람도 아니고 플래티넘 슬레이어가 용병을 구한단다. 헬퍼 용병인데 인원은 3명.

—말도 안 돼. 장난은 그만 합시다.

　—플래티넘 슬레이어? 플래티넘 슬레이어가 왜 여기서 파티
를 구함?

　—개소리하지 맙시다. 여기가 놀이터도 아니고.

　슬레이어의 세계는 일반인들에게 있어서 별나라의 얘기다.
그리고 슬레이어들의 세계에서도 플래티넘 슬레이어는 별나라
의 얘기다.

　강남 스타일 정도는 되어야 어찌어찌 대화를 섞어볼 만한 그
런 위대한(?) 높이에 있는 슬레이어가 바로 플래티넘 슬레이어
인데 여기서 헬퍼를 구한다는 건 말도 안 되는 일이었다.

　오죽하면 유니온 내 플래티넘 슬레이어 전담 팀 고강준이 성
형에게 보고를 올리기도 했다.

　"유니온장님, 그거 아십니까?"

　"한슬에 올라온 플래티넘 슬레이어 파티요?"

　"어? 어떻게 아셨어요?"

　"안 그래도 지금 말하려고 했는데. 그거 사실입니다."

　"아니. 그게 진짭니까?"

　"그래요. 일단 시범 운영 한 번 해본다던데. 벌써 게시물이
올라갔나 보군요."

　고강준은 잠깐 생각에 빠져들었다.

　"플래티넘 슬레이어가 굳이 그런 방법을 사용할 필요 없지

않습니까? 저희한테 연락만 해도……."

유니온에 연락만 해도 최상위 급 헬퍼들을 분류하여 지원을
해줬을 거다. 헬퍼들 역시 좋아할 거고. 무려 플래티넘 슬레이
어와의 슬레잉이 아닌가. 그거 싫어할 슬레이어는 거의 없다.
성형이 피식 웃었다.

"플래티넘 슬레이어에게도 그만의 생각이 있겠지요."

"…그렇습니까?"

"보고는 끝났습니까?"

고강준은 성형에게 고개를 숙여 보이고 나와서 현석에게 연
락했다.

─한슬에 올라온 글 확인해 보셨습니까? 지금 한바탕 난리
가 나고 있습니다.

"아, 그래요?"

평화에게 파티를 구해 달라고 말은 해봤는데 게시물이 올라
간 건 아직 확인하지 못했다. 현석은 외출 준비 중이었으니까.

─듣자 하니 헬퍼 3명을 구하신다고…….

그럼 맞다. 헬퍼 3명. 정확하게 현석이 맞추려던 숫자다. 현석
이 문득 뭔가가 생각난 듯 말했다.

"아. 뭐 혹시 인하 길드는 한슬에서 파티를 구하면 안 되는
거였나요?"

그런 규정 같은 게 있을 리 없다. 있다고 해도 현석이 원하면

뜯어고쳐야 할 판이다. 감히 규정 따위가 플래티넘 슬레이어를 강제할 수는 없는 노릇이니까. 다만 인하 길드와 플래티넘 슬레이어가 이렇게 무작위로 헬퍼와 파티를 구할 줄은 몰랐다. 고강준은 약간 당황했다.

―아, 아니, 그런 건 아닙니다만……. 저희 팀에 연락을 주시면 저희 팀이 최상의 헬퍼들로 구성… 아니, 그게 아니라…….

고강준은 당황해서 잠깐 말을 더듬었다. 그러다가 크흠, 헛기침을 하더니 말을 이었다.

―골드 등급의 헬퍼들로 선별하여 지원해 드릴 수 있는데요. 아마 자원하는 헬퍼들이 널리고 널렸을 겁니다. 다른 사람도 아니고 플래티넘 슬레이어와의 파티라면 쌍수를 들고 환영할 텐데요.

꼭 그럴 필요 없다. 사실 던전 몬스터의 난이도는 낮다. 어디까지나 현석의 기준이지만 말이다. 그냥 전투 필드만 잘 유지시켜주면 된다. 닭 잡는데 소 잡는 칼을 쓸 필요가 없다. 전투 필드만 펼쳐 주면 되는 일에 괜히 비싼 돈 주고 고급 인력을 쓸 필요는 없지 않은가.

뿐만 아니라 지금은 일부러 헬퍼들만 선별했다. 효용성은 크되 맷집이 약한 이들을 데리고 일단 성공적으로 클리어할 수 있다는 것이 증명되는 것이야말로 '대(對) 균형자 계획'의 첫 번째 단추가 될 테니까 말이다.

고강준이 무안한 듯 말했다.

—저희는 플래티넘 슬레이어 전담 팀인데, 밥값도 못하고 있는 것 같아서 송구스럽네요.

"아… 그렇게 느끼실 수도 있겠네요. 의도한 건 아니었어요. 그 부분은 죄송하게 됐습니다."

—저희가 선별해서 보내드릴까요?

그런데 또 플래티넘 슬레이어 전담 팀에서 알아서 구해주면 그건 그것 나름대로 좋다. 저쪽에서 알아서 해준다면, 저쪽에서 비용과 보상도 알아서 해줄 가능성이 높다. 아마 그럴 거다. 그런데 평화의 뒷모습이 떠올랐다. '너한테 믿고 맡길게'라는 말을 듣고 평화가 얼마나 좋아했던가.

"평화가 알아서 잘 구할 겁니다. 평민 길드로 활동도 했었고."

—플래티넘 슬레이어께서 그렇게 말씀하신다면야…….

현석과 함께하는 헬퍼들은 정말로 땡 잡은 거다. 적어도 고강준은 그렇게 생각했다.

—아참. 이왕에 하시는 거. 후진 양성을 위해서 모집하는 거라고 하시죠? 플래티넘 슬레이어의 이미지도 있고 하니까.

"그 계획 추진 중입니다."

—예… 예? 뭐라고요?

"아직 정확한 방안은 나오지 않았습니다만 유니온장님이랑 협의 중입니다."

플래티넘 슬레이어 전담 팀의 고강준은 좀 힘이 빠졌다. 이미 자신이 생각한 것 이상을, 유니온장과 플래티넘 슬레이어는 생각하고 진행하고 있다는 뜻이 아닌가. 화가 나는 건 아니었지만 무력감이 조금 느껴졌다. 예전 블리자드 사건 때도, 플래티넘 슬레이어가 어떻게 블리자드를 슬레잉했는지 그는 알지 못했었다. 유니온장은 알고 있었고. 좀 슬퍼졌다.

─그렇… 군요.

현석이 말했다.

"죄송합니다. 아직 구체적인 얘기가 나온 게 아니라서 팀장님께 말씀드리지 못했네요."

의도한 건 아닌데 고강준을 무시하고 모든 일을 처리하고 있는 모양새가 되어버렸다. 이성적으로 생각해서 현석이 미안할 이유는 없지만 그래도 인간적으로는 조금 미안함을 느꼈다.

한편, 한슬에서 일어난 소동은 이제 소동이 아니라 폭동이 됐다. 댓글이 폭주했다. 대부분은 믿지 못하겠다는 반응이었으며 한슬 측에 신고 접수가 실시간으로 빗발쳤다.

"형, 확인해 봤어?"

"그래. 플래티넘 슬레이어 맞단다. 진짜야 진짜."

"말도 안 돼. 그 사람이 뭐가 아쉬워서 헬퍼를 고용해?"

"하여튼 사실 확인됐어. 아직도 시끌시끌하냐?"

"신고가 빗발치고 있어. 계정 블록 먹여야 한다고 난리도 아니네. 그 게시물은 조회 수 30만 넘었어. 심지어 외국 슬레이어들도 소문 듣고 찾아오고 있는 판국이야."

한슬의 운영자가 유니온 간부 중 한 명이라는 말은 예전부터 돌았다. 그 소문은 사실이다. 플래티넘 슬레이어 전담 팀의 팀장 고강준의 친동생 고강민이 바로 그다. 어쨌든 고강준으로부터 사실 확인을 받은 고강민이 직접 진화에 나섰다. 서버가 폭주할 지경에 이르러서 고강민이 직접 공지를 내걸었다.

—확인 결과. 3987644 게시물 '플래티넘 슬레이어. PRE—하드 던전. 헬퍼 용병 구함. 인원: 3'은 사실로 밝혀졌습니다. 이는 당 사이트에서 한국 유니온을 통해 직접 확인받은 사실이며 플래티넘 슬레이어가 후진 양성을 위하여 PRE—하드 던전을 함께 클리어하는 계획의 일환으로 헬퍼 3명을 직접 고용하고 싶다고 밝혔습니다.

서버가 정말로 폭주 지경에 이르렀다. 사이트에서 공지로 내걸었다. 그 게시물은 진짜였다.

"말도 안 돼! 진짜 플래티넘 슬레이어가 헬퍼를 구한다고?"

"PRE—하드 던전 여태까지 딱 한 번 클리어 됐잖아!"

"그것도 플래티넘 슬레이어가 깬 거고. 와~ 대박이다. 진짜 대박이다. 이거 경쟁률 엄청 빡세겠는데?"

헬퍼들은 흥분하기 시작했다. 플래티넘 슬레이어와 함께하는 슬레잉은 그야말로 엄청난 거다. 슬레잉계의 로또라고 해도 과언이 아니다. '불가능 업적' 혹은 소문으로만 존재하는 '결코 불가능한 업적' 등을 얻을 수 있게 해주는 유일무이한 슬레이어가 아니던가. 3명을 구하는 데 3천 명이 몰렸다.

슬레이어의 총 숫자가 2만 명이고 그중 헬퍼의 숫자가 3천 명 가량이라는 것을 감안하면 거의 모든 헬퍼들이 지원했다고 보면 됐다. 그런데 이제 3천 명을 넘어섰다. 국내 헬퍼들의 숫자보다 더 높아진 거다. 그리고 그 숫자는 계속해서 높아졌다.

소문을 접하게 된 외국 슬레이어들까지 일단 신청부터 하고 봤다. 전 세계적으로 이슈가 된 건 한순간이었다. 전 세계의 슬레이어들에게 이 소문이 퍼져 나갔고 한슬 서버가 폭파 지경에 이르렀다.

심지어 헬퍼 아니고 전투 슬레이어인데 지성 스탯 높다며 홍보하는 사람들도 있을 정도였다.

*   *   *

민서는 외출 준비를 끝마쳤다. 이제 20살 됐다고 화장을 하긴 했는데 좀 어색했다. 현석의 눈에는 그 어색함마저도 귀엽게 보였지만. 민서가 현석과 팔짱을 꼈다.

오늘은 기분이 무척 좋았다. 반가운 얼굴을 보러 가는 거니까.

"오빠. 오빠가 의도한 거야? 지금 난리도 아니던데? 일부러 그런 거야?"

"대충은."

일부러 바로 슬레잉에 나서지도 않았다. 사실 현석이 헬퍼를 3명 고용하고 싶었으면 빨리 아무나 고용해서 대충 슬레잉에 나섰어도 됐다.

수련 필드를 거치기 전에도 클리어가 가능했던 PRE—하드 던전이었다. 그런데 굳이 이렇게 쇼를 벌인 까닭은 따로 있었다.

"전 세계의 사람들이 좀 알아야 하거든."

"무슨 뜻이야?"

"그런 게 있어."

"치, 가만 보면 오빠 날 좀 애 취급 하는 거 같아."

현석도 부정하지는 않았다. 현석의 눈에는 한없이 어리게만 보였다. 민서가 배시시 웃었다.

"은영 언니 진짜 오랜만에 본다. 오빠는 나보다 더 오랜만에 보지?"

"응."

민서가 헤헤 웃었다. 눈이 반달 모양을 그리며 작아졌다.

"예전엔 은영 언니랑 오빠랑 잘 되라고 속으로 응원했었는데. 나 그 언니 좋아."

'근데 지금은 경쟁자들이 좀 강하네' 하는 말은 속으로 삼켰다. 유씨 남매는 간만의 반가운 얼굴을 보러 외출했다.

한편, 홍세영이 키티 연필을 꺼내 들었다. 표정이 무척 안 좋았다. 분홍색 키티 다이어리에 글씨를 적었다. 글자가 평소보다 좀 컸다.

적 출현.

뭔가를 더 쓰려고 했는데 뚝. 연필심이 부러졌다.

CHAPTER 7

현석은 불과 2년 전까지는 평범한 사람이었다. 잘났다면 잘 났다고 할 수 있겠지만 그래도 평범의 범주를 지나치게 뛰어넘 지는 않았었다. 학창 시절도 평범했다. 대인관계도 원만한 편이 었고 공부도 잘했다. 공부뿐만 아니라 예체능 과목에서도 꽤 좋은 성적을 거뒀다.

어느 한 분야에 아주 특출하지는 않았었지만 많은 분야에 약간씩 두각을 보였었다. 덕분에 학창 시절 인기도 많았다. 당 시 현석이 중학교를 다닐 때에는 '연애'에 대한 정확한 개념이 좀 희박했다. 친구들끼리 돌려가며 여자 친구를 사귀는 건 일 상다반사였고 조금만 마음에 들어도 사귀다가 또 조금만 마음에 안 들면 헤어지고를 반복했었다. 비단 현석의 문제가 아니라 학교 분위기 자체가 그랬었다.

현석이 민서와 외출하기 하루 전, 종원이 말했다.

"이야. 은영이한테 연락왔다며?"

"어. 내일 보기로 했어."

"그 왈가닥을 홍세영이랑 붙여놓으면 볼 만하겠는데? 그런데 어떻게 민서 연락처를 알고 연락했다냐? 10년 넘게 연락 안 됐잖아."

"평민 길드 리스트가 유니온에 등록되어 있잖아. 거기 너랑 나도 이름에 올라가 있고. 유현석, 하종원, 유민서 이 세 명의 이름이 동시에 올라가 있으니 알아차렸겠지."

"와. 그래도 보고 싶긴 하네. 예쁘긴 예뻤는데."

현석은 어린 시절부터 친구가 많았다. 정말 죽마고우라고 말하긴 좀 힘들지 몰라도 하여튼 친구라고 부를 수 있는 사람들은 꽤 됐다. 그중에서 약간 특이한 친구가 있긴 했다.

이름은 최은영. 초등학교 때부터 현석과 같이 자라온, 이를테면 소꿉친구였다. 중학교에 들어가서도 현석과 친했다. 서로를 남녀로 보지 않는 그런 친구 사이였는데 중학교 3학년이 넘어가면서부터 은영이 현석을 멀리하기 시작했다.

종원이 그때의 기억을 떠올렸다.

"네가 여자 친구 사귀고 나서부터 좀 멀어졌잖아."

"그랬었지."

중학교 3학년 때부터 조금씩 멀어지다가 고등학교를 다른 학교로 진학하게 되면서 멀어졌었다. 현석은 머리를 긁적거렸다.

'그땐 나도 나름 순수했는데.'

은영과 거리가 멀어지게 된 건 현석의 탓도 있었다. 종원은 모르는 모양이지만 은영은 16살. 그러니까 중학교 3학년 때 현석을 좋아한다고 고백했었다. 지금 생각하면 참 웃기는 일이긴 한데 어쨌든 16살이라고 해서 감정이 없는 건 아닐 테니까. 적어도 그 나이대에선 정말로 중요하고 가슴 떨리는 일임에는 틀림없었다.

그런데 문제는 그때 현석이 사귀고 있던 여자 친구가 은영의 친구였다는 것이었다. 그 당시 나름 순수했던 현석은 그냥 친구로 지내자고 말했었다. 은영과는 워낙에 막역한 사이여서 욕설도 많이 사용했다. 하도 어린 시절의 기억이라 정확히 기억은 잘 안 나는데 '미친 좆 까는 소리하고 있네. 내가 너랑 사귀겠냐? 어후, 씨발 존나 끔찍하다'와 같은 식으로 말했던 것 같다.

그 당시 추억들을 떠올려 보니 어처구니없는 것들이 워낙에 많아서 피식피식 웃음이 새어 나왔다.

'그땐 아무 생각 없었는데… 은영이 그때 충격 좀 받았었겠네.'

지금 생각해 보면 그랬다. 당시 아무리 막역한 사이였다고는 해도 은영은 굉장히 부끄러워했던 것으로 기억한다. 물론 당시엔 은영이 부끄러워하는지도 몰랐지만 말이다. 부끄러워하면서 '야, 씨팔 너 그냥 나랑 존나 사귈래?'라고 말했었다. 10년도 더 지난 일이다. 10년하고도 5년이 지났다. 고등학교 때에는 거의 보지 못했고 20대 초반에 동창회에서 본 걸 제외하면 은영을 본 적이 없었다.

현석이 물었다.

"너도 같이 볼래?"

"난 민혜랑 데이트가 있어서."

현석이 피식 웃었다.

"그래라, 그럼."

*　　　*　　　*

서울, 연신내. 커피숍.

"오랜만… 이야."

현석은 은영을 쳐다봤다. 사실 너무 놀라서 말이 안 나왔다. 어린 시절 왈가닥 소녀는 여기 없었다. 외적인 분위기만 놓고 보자면 홍세영과 약간 비슷했다. 아주 격식을 차린 건 아니지만 세미 정장 풍 검정 스커트와 하얀 블라우스. 그리고 검은색 하이힐을 신은 그녀는 수줍게 말을 건넸다.

"그러네. 오랜만이네. 아 참. 나 군대 간 사이에 민서 많이 챙겨줬다며? 고맙단 말도 못했네."

"아냐. 내가 좋아서 챙긴 건데 뭐."

예전에는 민서가 언니, 언니하면서 쫄래쫄래 쫓아다녔었다.

은영이 살포시 웃었다.

"그때도 애기였지만 지금도 애기네."

현석이 다리를 꼬고 앉았다. 팔짱을 끼고서 인상을 살짝 찡그렸다.

"너 지금 이거 가면이냐, 아니면 성격이 변한 거냐?"

은영도 마찬가지로 다리를 꼬고 앉았다. 목소리가 좀 두꺼워졌다. 은영이 피식 웃었다.

"사람 성격이 어디 그렇게 쉽게 변하겠냐?"

현석도 은영을 따라 피식 웃었다.

"이제야 좀 최은영답네. 왈가닥 최은영."

"야, 그래도 좀 여성스러워졌거든?"

"그거야 가면이지."

"너 옛날처럼 한번 맞아 볼래? 민서 앞에서 맞아봐야 정신을 차리지."

참고로 현석은 하드 모드 슬레이어지만 통합 필드가 비가시 상태로 유지된다. 현석은 통합 필드를 언제나 켜놓고 활동한다. 대신 혹시 모를 사고에 대비하기 위해 대미지 컨트롤을 통해 공격력을 −100퍼센트로 조정해 놓고 있다. 싸이클롭스의 몽둥이에 얻어맞아도 아무렇지도 않을 현석이 엄살을 부렸다.

"어이쿠, 사양이다. 너한테 맞았다간 뼈가 부러질 거다."

"퍽이나. 근데 너 운동 열심히 했나 보다. 몸 좋네."

"칭찬해 줘도 뭐 떨어지는 거 없다. 그래도 나이 먹었으니까 욕은 안 할게. 너도 나이가 나인데 욕은 하지 마라. 우리 민서 앞에서 욕은 안하는 걸로. 오케이?"

민서는 현석과 은영을 번갈아가면서 쳐다보며 배시시 웃었다. 뭐랄까. 이 분위기가 마음에 들었다. 자기는 모르는 옛 시절 오빠의 모습을 보는 것 같아서 기분이 좋고 또 옛날 언니 모습을 보는 것 같아서 기분이 좋았다. 사실 현석과 은영이 가장 친했을 당시. 그러니까 중학교 시절에 민서는 겨우 4살이었고 그때는 잘 기억도 안 난다.

민서가 은영과 친해진 건 초등학교 이후였다. 은영은 현석과는 멀어졌지만 이따금씩 어린 민서를 챙기곤 했었다. 현석이 군대에 갔을 때, 은영이 민서를 많이 챙겨줬다.

현석이 킥킥대고 웃었다.

"우리 나이에 욕하는 여자면 남자들이 안 데려간다."

"그럼 네가 데려가시던가."

"웃기고 있네."

몇 차례 농담이 오고 갔다. 어린 시절의 친구란 건 이래서 좋다. 이해관계가 얽혀 있지 않고 그냥 편하게 볼 수 있는 그런 친구니까. 물론 은영을 단순히 친구라고 하기엔 좀 애매하긴 했지만 어쨌든 오랜만에 봤고 반가운 얼굴이라는 건 틀림없는 사실이었다.

"그런데 너희 둘은 남매가 동시에 슬레이어로 각성했네? 흔치 않잖아 이런 경우."

"그렇긴 하지."

더욱 흔치 않은 건 한 명이 플래티넘 슬레이어라는 것. 그러나 은영은 현석이 플래티넘 슬레이어라는 건 몰랐다. 어디까지나 평민 길드 소속이라는 것 정도만 알지.

"알아보니까 현석이 넌 평민 길드에 이름만 올려져 있던 것 같던데? 활동 기록도 거의 없고."

"그렇긴 해. 평민 길드 일은 민서랑… 평화라는 애랑 둘이서 꾸리고 있으니까."

"왜? 너는 슬레잉 안 해?"

"음… 자주 하는 편은 아니지."

거짓말은 아니다. 현석은 남들처럼 열심히 뛰어다니지 않는다. 대신 굵직굵직하고 커다란 사건을 해결한다. 이를테면 상대 불가능한 개체 싸이클롭스나 방어력 최강의 자이언트 터틀. 혹은 몬스터 웨이브나 블리자드 같은 그냥 몬스터라기보다는 재앙에 가까운 것들을 슬레잉해 왔다. 그리고 그런 것들은 자주 나타나지도 않는다. 그러니까 현석의 말이 아주 거짓말은 아닌 셈이다.

현석이 피식 웃었다.

"그래도 평민 길드를 알아본 거 보면 왜? 평민 길드 고용하려고? 너도 슬레이어냐?"

"아, 응. 너희도 알지? 플래티넘 슬레이어가 직접 사람구한다고 올린 거."

현석과 민서는 뜨끔했다. 현석이 플래티넘 슬레이어이니 말이다.

"그래서 헬퍼들이 전부 그쪽으로 쏠렸어. 어떻게 3천 명이 지원을 해? 한국 헬퍼의 전원이 거기로 쏠린 셈이잖아? 플슬이 대단한 건 원래 알고 있지만 아무리 그래도 그렇지. 덕분에 우린 헬퍼 구하기가 너무 힘들어졌어."

"그, 그렇지?"

"그래서 지원 가능한 헬퍼들을 찾아보다가 민서의 이름을 발견한 거야. 거기 네 이름과 하종원 이름도 있어서 금방 알아차렸지. 진작에 찾아볼걸. 요 귀여운 녀석."

은영이 민서의 볼을 잡고 죽— 잡아당겼다. 민서가 화장 지워진다고 반항했지만 그 반항은 오래가지 못했다. 얼마 뒤 민서가 쿡쿡대면서 웃었다.

"종원 오빠 요즘 되게 잘 나가. 언니가 아는 그 종원이 유명한 그 종원 맞아."

"응. TV로 몇 번 보긴 했어. 잘 나가더라."

"촐랑대고 약해 보이고 욱현 오빠 앞에선 엄청 쪼는 데다가 좀 느리기까지 한데 실제로 세긴 세."

"옛날에 개 별명이 미친개였는데… 그 집요한 성격 고쳤나 모르겠네."

현석과 민서. 그리고 은영은 옛 추억들을 떠올리면서 한참이나 수다를 떨었다. 그녀가 장난스레 말했다.

"아이씨, 플래티넘 슬레이언지 뭔지 걸리기만 해봐. 묵사발을 내줄테니."

컥, 하고 현석이 헛기침을 했다.

"왜 그래?"

"아무것도 아냐."

"사실 뭐, 평민 길드처럼 수준 높은 길드까지는 필요 없고. 그냥 헬퍼 좀 구하고 싶은데 여의치가 않네. 걱정 마. 민서 너 보고 도와달라고 만나자고 한 거 아냐. 그냥 반가워서 보고 싶었던 거지."

헬퍼 구하기가 너무 어려워졌다. 혹시라도 다른 데 지원 가 있는 동안 플래티넘 슬레이어가 원정을 가기라도 하면, 그 천금 같은 기회를 잃을까 해서 헬퍼들이 지원 나가는 걸 자제하고 있는 상황이란다. 어이없지만 그런 어이없는 상황이 실제로 일어났다.

현석은 조금 당황해하고 있는 사이 은영이 말했다.

"야, 커피로 되겠냐? 술이나 한 잔 할래?"

"술?"

"그래. 가볍게 소주나 한 잔 하지 뭐. 메뉴는 막창."

*   *   *

현석은 길드 하우스로 돌아왔다. 민혜와 데이트를 나갔다던

종원이 현석을 반겼다.

"왔냐?"

"너 민혜 씨랑 데이트 한다더니? 벌써 들어왔냐?"

"아, 뻥이었어. 너 그거 진짜 몰랐냐?"

"뭘?"

"은영이 어릴 때 너 좋아했던 거. 나름 첫사랑일 텐데 나는 빠져줘야지. 민서한테도 말해줬어야 했는데."

종원이 킥킥대고 웃었다. 옆에 서 있는 민서가 입을 쩍 벌렸다.

"지, 진짜 그랬어, 오빠?"

"어라? 민서 너도 몰랐어? 은영이 첫사랑이 쟤야 쟤 유현석."

"흠. 어쩐지."

민서는 음, 음, 하고 고개를 끄덕였다.

"그리고 동창한테 들은 건데 걔 고등학교 이후로 남자 한 번도 안 만났대. 그게 유현석 때문일 수도 있다는데. 확실하진 않아. 음? 표정이 왜 그래? 뭔 일 있었냐?"

"아니 은영이 언니가 오빠한테 그럼 네가 나 데려가든가 뭐 이런 말도 했고 그냥 결혼할 상대 없으면 나랑 하지? 막 이렇게 장난쳤거든. 그때부터 좀 이상하긴 했는데."

현석이 민서의 머리를 살짝 쥐어박았다.

"그냥 술 취해서 헛소리 한 거지."

하지만 현석은 안다. 마냥 헛소리는 아니었다. 중간중간 은영이 자신을 바라보는 눈빛에는 분명 호감이 담겨 있었다. 민서가 생글생글 웃으면서 말했다.

"그 왜, 오빠는 백수니까 언니가 먹여 살리겠다고도 했잖아?"

종원이 고개를 갸웃했다.

"현석이가 백수인 줄 아냐?"

"응. 평민 길드에 이름만 올려놓고 평일에도 빈둥대는 아저씨 이미지일걸? 한심하다고 그랬어."

"하긴. 평소엔 빈둥빈둥 놀고 있으니까. 틀린 말도 아니지."

종원은 현석의 어깨를 툭툭 두드렸다.

"그럼 잘해봐라 한가한 백수 놈아. 다만 평화랑 세영이 조심해라. 그중에서도 세영이는 나도 모른다."

글로벌 대기업 글록사의 대표이사 유현석은 백수 취급받았다.

그리고 다음 날, 은영은 한 통의 연락을 받았다. 민서였다.

─언니. 헬퍼 구했어?

"아니. 혹시나 해서 말하는 건데. 너는 안 돼. 너는 수사슴같은 거 잡기엔 너무 고급 인력이야. 이런 식으로 괜한 도움받고 싶지 않아."

은영이 칼같이 선을 그었다. 민서가 다른 제안을 했다.

─다른 제안을 하나 하려고 하는데, 들어볼래?

"제안?"

민서의 제안은 별거 없었다. 민서는 평민 길드 외에도 인하 길드라는 길드에 소속되어 있는데 이곳에서 슬레잉을 진행할 거라고 했다. 어차피 은영이 헬퍼를 구하는 건 슬레잉을 진행하기 위해서다.

─어차피 슬레잉할 거면 우리랑 같이 해도 되는데. 실력은 진짜 좋아. 언니한테도 엄청 좋을걸?

그냥 좋은 게 아니다. 이건 천금 같은 기회다. 한국뿐만 아니라 전 세계 헬퍼들이 '한슬'로 모이는 이유가 바로 플래티넘 슬레이어와 함께 슬레잉을 하기 위해서다. 하지만 은영은 고개를 저었다.

"나도 길드에 속해 있는데 나만 빠져나가서 다른 길드랑 활동할 수는 없잖아?"

─왜? 중복 길드 대부분 허용되잖아?

"그렇긴 하지만… 그래도……."

분명 중복 길드는 허용되는 제도다. 실제로 최상위 급 슬레이어들은 종영 콤비나 평민 길드처럼 따로 움직이기도 한다. 그러나 그건 어디까지나 최상위 급 슬레이어들 얘기다. 그 외에 다른 길드들은 중복 길드 제도를 싫어한다. 대놓고 하지 말라고는 말하지 않지만 그래도 약간 눈치가 보이는 정도. 은영 같은 경우는 약간 다르긴 했다.

─오빠가 거기 길드원 몇 명이냐는데?

"세 명……."

은영의 목소리가 조금 작아졌다. 아직 정말 소규모 길드다.

실력도 별로다. 수사슴 몬스터를 목표로 하고 있다. 수사슴만 잡아도 어지간한 회사원들보다는 많이 버니까. 그나마 이 길드도 요즘 유지하기가 힘들었다. 안 그래도 길드원 둘은 다른 길드로 가고 싶어 했다. 갈 자리가 따로 있다고 들었다. 그래서 은영은 더 힘을 내야 했다. 겨우 구한 2명마저 잃을 수는 없지 않은가.

ㅡ오빠가 그냥 다 오래.

"응? 하지만……"

'잘라야지. 이런 식으로 도움 받고 싶진 않아'라고 생각은 하면서도 막상 거절하기가 힘들었다. 다른 이유가 있는 게 아니었다. 현석과 함께 슬레잉을 할 수 있다고 생각하자, 그러면 같이 있을 수 있다고 생각하자 갑자기 저도 모르게 두근하고 말았다. 그래서 한 번에 거절을 못했다.

'정신 차려! 최은영.'

수화기 저편에선 민서의 목소리가 들려왔다.

ㅡ오빠가 허락했으면 끝인데 뭐.

이건 좀 이상했다. 분명 현석은 그냥 이름만 올리고 있는 슬레이어가 아닌가. 현석이 결정권을 가지고 있다는 건 말이 안 되는 일이었다. 민서가 그냥 하는 말일 것이 분명했다. 어쨌든 제안을 해준 민서의 뜻은 고마웠다.

"길드원들끼리 얘기해 보고 다시 전화할게."

은영은 자신 혼자서 결정할 문제가 아니라는 생각에 일단 대답을 유보했다.

전화를 끊은 민서는 현석에게 물었다.

"오빠가 직접 얘기하면 되는데 왜 나한테 그랬어?"

"음. 그냥."

민서가 눈을 흘겼다.

"오빠. 솔직히 말해봐. 언니랑 왜 연락 끊어진 거야? 오빠가 찼어? 나쁜 아저씨!"

"그런 거 아니야."

"그럼 언니가 오빠 찼어? 그게 더 기분 나빠!"

"민서야. 오빠 피곤하다."

민서는 입술을 삐죽 내밀었다.

"오빠."

"응?"

"평화 언니야, 세영 언니야, 아니면 은영 언니야? 악!"

현석이 민서의 머리를 살짝 쥐어박았다. 아프게 때리진 않았지만 민서는 악! 비명을 질렀다.

"까분다. 그런 거 아니랬지."

"근데 왜 굳이 은영 언니 불러? 헬퍼도 아니잖아."

현석은 피식 웃었다.

"네가 좋아하니까."

"응?"

"네가 은영이랑 있으면 되게 좋아 보여서 그렇지."

민서는 평화와 세영과도 스스럼없이 잘 어울린다. 그런데 현석이 본 바로, 은영과 같이 있을 때 제일 편해 보이고 즐거워 보였다. 오랜만에 봐서인지는 모르겠지만 어쨌든 그래 보였다. 현석은 방 안 침대로 돌아왔다. 누워서 어두컴컴해진 천장을 바라봤다.

'미치겠군.'

민서는 그 이유에 납득했다. 하지만 그게 전부가 아님을, 현석은 잘 알고 있다. 은영이 '네가 나 데리고 살든가'라고 무심하게 말할 때. 아무렇지도 않은 척했지만 아무렇지도 않지는 않았다. 설레고 심장이 쿵쾅댈 정도는 아니었지만 그래도 동요가 전혀 없지는 않았다. 오랜만에 본 은영은 여전히 편하고 왈가닥 기질이 남아 있었지만, 그 편함과 익숙함이 현석에겐 굉장히 좋게 다가왔다. 10년의 공백이 전혀 느껴지지 않을 만큼 말이다.

'평화랑 세영이는 싫어하려나.'

싫어하는 게 아니라 적으로 인식했다. 현석은 피식 웃었다. 오히려 여자들을 함부로 만나고 다닐 때가 마음은 더 편했던 것 같다. 말 그대로 섹스하려고 만났던 여자들은 별로 신경 쓰지 않아도 되니까. 그런데 평화나 세영은 아니었다. 호감은 있지만 같은 길드 내에서 삼각관계가 형성되는 게 싫어서 일부러 어느 정도 거리를 두고 있다. 평화와 세영도 마찬가지다. 현석에게 적극적으로 대쉬하거나 하지는 않는다. 약간 애매한 관계다. 하지만 은영은 다르다.

'차라리 은영이랑 만나면⋯⋯.'

아직 모르겠다. 부질없는 생각이라며 고개를 휙휙 젓고 침대에 누웠다. 이번 슬레잉은 '대 균형자 계획'의 첫 번째 단추일 뿐이다. 처음부터 계획했던 건 아니었지만 이 단추에 은영이 추가됐다.

'오히려 잘됐어.'

한편, 강남 스타일의 길드 하우스에는 한바탕 소동이 일었다. 강남 스타일의 헬퍼 문영준이 펄쩍펄쩍 뛰었다.

"봤어? 나 이런 헬퍼야."

"아니 영준 형이 원래 대단한 거야 알죠. 우리가 플슬에 비하면 엄청 약해서 그렇지 그래도 우리 강남 스타일인데⋯⋯."

"알게 뭐야! 그래 봤자 플슬한테 비하면 좆밥인데. 쩔 받는 날이다!"

한국 내 최고 길드라는 강남 스타일 길드원들은 자신들의 헬퍼가 부러워졌다.

"실력도 운도 톱 급이네요, 영준 형님은."

"그렇지?"

문영준은 크하핫, 크게 웃었다. 지원자가 3천 명이 넘게 몰렸었는데 그 경쟁률을 뚫고 올라간 걸 보면 실력과 운 모두를 겸비했다고 봐도 될 정도였으니까.

한편 은영이 길드장으로 있는 '체리' 길드. 아직 변변한 길드 하우스도 없는 그 길드의 길드원 두 명은 투덜거렸다.

"아니. 정확하게 뭘 어떻게 하는지 물어봤어야죠. 뭘 잡으러 가는지도 안 물어보면 어떡합니까?"

"그리고 유민서요? 그 평민 길드의 유민서? 믿을 수가 없네요. 진짜 연락 받은 게 맞긴 맞아요?"

은영은 죄송하다며 사과했다. 현석과 민서. 둘과 같이 슬레잉을 간다는 사실에 너무 흥분해서 기초적인 것도 확인을 안 했다. 이건 명백한 실수였다. 있을 수도 없고 해서도 안 되는 실수.

'아 진짜 내가 왜 그랬지?'

가끔 그럴 때 있다. 정말 당연히 해야 할 건데 깜빡하는 경우, 지금 상황이 그랬다. 체리 길드는 원래부터 끈끈한 길드는 아니었다. 은영 외에 다른 두 슬레이어는 은영과 어울리는 걸 꺼려했다. 은영의 실력이 별 볼 일 없었기 때문이다. 물론 그 두 슬레이어도 딱히 대단한 슬레이어라고 하기는 힘들었지만. 어쨌든 그들은 이번에 꼬투리를 제대로 잡았다.

"제가 다시 전화해서 물어볼게요."

둘은 원래부터 건수 하나 잡으려고 기다리고 있었다. 기다렸다는 듯 같이 말했다.

"됐어요. 그냥 각자 갈 길 가죠."

"이런 기초적인 것도 제대로 확인 못 하는 길드장님 밑에서 슬레잉 못하겠네요."

은영은 고개를 떨구었다. 대기업에서 나온 게 좀 후회도 됐다. 입술을 살짝 깨물었다. 눈물이 나오려는 걸 겨우 참았다. 빛바랜 반지를 만지작거렸다. 현석은 기억 못 하지만 현석과 맞춘 만 원짜리 싸구려 우정 반지였다. 그때 같이 이름도 새겼었다.

이 반지를 만지작거리는 건 은영이 슬플 때 나오는 버릇이다. 현석의 이름은 은영의 손가락이 머금은 세월에 완전히 지워져 있었다.

*　　　*　　　*

은영은 거실 소파에 앉았다. 오늘은 아무래도 잠을 자기 그른 것 같았다. 소꿉친구이자 첫사랑이었던 유현석을 만났다. 아무렇지도 않을 것 같다고 생각했는데 막상 만나고 보니 그게 아니었다. 그동안 일부러 피해왔다. 혹시 마주칠까 SNS도 안했다. 이제 좀 괜찮아졌나 싶어서 만나봤는데 전혀 괜찮지 않았다. 오히려 훨씬 심해졌다. 취기 때문이라고 스스로를 자꾸만 속여보지만 소용 없었다.

'일부러 멀어졌었는데……'

과거에는 일부러 멀어졌다. 현석에게 고백하고 차이고 난 그 이후부터 현석을 보는 게 왠지 꺼려졌다. 지금 돌이켜 보면 현석에게 더 이상 소꿉친구이자 왈가닥 소녀로 남고 싶지 않았던 것 같다. 더 정확히 말하면 여자이고 싶었던 것 같다.

'나한테 또 기회가 있을까?'

소파에 앉아 TV를 멍하니 바라봤다. 그때, 같이 살고 있는 룸메이트인 동갑내기 친구 전소미가 들어왔다. 회식이라도 한 건지 소주 냄새가 폴폴 풍겼다.

"은영아. 언니 왔다!"

"술 마셨어?"

"응. 너 근데 걱정거리 있어? 얼굴이 영 아니네. 무슨 일 있었어?"

있었다. 현석을 만나기도 했고 길드원 2명에게 버림도 받았다. 하지만 애써 내색하지는 않았다.

"아… 별거 아냐."

전소미가 피식 웃었다. 피식 웃으면서 딸꾹질도 같이 했다.

"너 또 첫사랑 생각하면서 청승떠는 거 아니지?"

"무슨 소리 하는 거야?"

전소미는 최은영 옆에 턱하니 앉았다.

"야, 정신 차려 기집애야. 너 모태솔로라는 거 그 첫사랑이란 개똥같은 인간이 알긴 알아?"

"취했으면 얼른 발 닦고 잠이나 자라."

"너도 진짜 징하다 징해. 어떻게 15년 전 첫사랑을 아직도 못 잊고 남자도 못 만나냐? 어휴. 그 남자 한번 봐봐. 추억이랑 다르게 배불뚝이 아저씨 다 됐을 걸? 기억 속에서나 아름다운 거야 첫사랑이란 건."

아니었다. 오히려 예전보다 더 멋있어졌다.

"어라? 이거 봐라? 너 발끈하려고 그랬지? 네 첫사랑이 진짜 네 기억 속 첫사랑이겠어? 생각해 봐, 걔도 이제 30대 아저씨다!"

"그러는 우리도 30대거든?"

"나는 그렇다 쳐도 너는 아니지. 그 얼굴에 그 몸매가 어딜 봐서 30대냐? 이 모습을 보면 누가 고딩 때 그 미친년이라고 생각하겠어? 성신여고 미친년 최은영이 이렇게 변하다니."

"시끄러워. 잠이나 자."

전소미는 알딸딸하니 제법 기분이 좋은 건지 한참을 떠들어 댔다.

"솔직히 요즘 같은 때. 잘만 찾으면 못 찾을 게 또 뭐냐? 그 인간, 언니가 좀 찾아줘? 뭐 하기야 네가 못 찾아서 안 찾았겠냐마는……."

"아니, 소미야. 내 말부터 들어봐. 그게……."

그렇게 수다를 떨다가 은영이 오늘 있었던 일을 사실대로 말했다. 전소미가 벌떡 일어섰다.

"야, 미쳤어?"

여태까지 기분이 좋아 헬렐레하던 전소미는 여기 없었다. 인상을 잔뜩 찡그렸다.

"뭐가?"

"백수라며? 슬레이어인데 노력도 안하고 빈둥빈둥 놀고 있다며? 심지어 동생한테 빌붙어 산다고? 그런 남자는 최악이지. 우리 나이를 생각해. 남자 얼굴이랑 몸매 좋다고 만나는 건 좀 아니잖아. 이제 결혼을 생각하고 만나야 하는데."

겉으로 드러난 사실만 놓고 보면 정말 최악의 남자다. 다만 그 남자는 플래티넘 슬레이어이며 M—arm을 주력 상품으로 하고 있는 글로벌 대기업 글록사의 대표이사다. 게다가 하는 일도 별로 없다. 그 말은 즉, 가정에도 충실할 수 있다는 뜻이다. 돈 없이 놀면 백수지만, 돈 많이 벌면서 놀면 능력 있는 거다. 전자와 후자는 하늘과 땅처럼 다르다. 어쨌든 소미와 은영은 그런 속사정은 모른다. 은영이 말했다.

"돈은 내가 벌면 되잖아."

"와. 이 기집애가 진짜 뭘 잘못 쳐 드셨나. 안 돼. 이건 무조건 안 되는 거야. 첫사랑? 웃기지 말라 그래. 내가 진짜 괜찮은 남자 소개해 줄게, 차라리. 너 정도면 소개해 달라는 남자가 줄을 설 텐데 뭣 하러 그런 찌질이 놈팽이를 만나? 언니 진심 화났다 지금. 능력이 부족해, 외모가 딸려. 네가 도대체 부족한 게 뭐야? 재벌들도 줄을 서겠구만!"

전소미는 자신의 일 마냥 한창 울분을 토해내다가 이내 신경질을 냈다.

"아니 내 말은 걔가 좋다는 게 아니라 그래도 그렇게 나쁜 느낌은 아니었……."

"웃기지 마! 내가 널 하루 이틀 봐? 너 이미 걔한테, 아니, 옛날부터 개만 좋아했거든? 그냥 미친년처럼 그놈만 봤잖아. 이년이 정말 미쳤나. 너 하여튼 절대 안 돼. 언니가 허락 못해."

*　　　*　　　*

골드 등급 슬레이어로만 이루어진 한국 최고의 길드 강남 스타일. 그리고 그 강남 스타일의 길드 하우스는 목동에 위치하고 있다. 그곳에서 한바탕 소동이 일었다.

"오예! 됐다!"

"뭔 소리에요?"

"나 플슬이랑 같이 던전 깰 거다."

"오! 그거 됐어요? 3명밖에 안 뽑는다던데?"

"내가 이런 헬퍼야. 앞으로 알아 모시도록 해."

"아니 영준 형이 원래 대단한 거야 알죠. 우리가 플슬에 비하면 엄청 약해서 그렇지 그래도 우리 강남 스타일인데."

거짓말이 아니다. 실제로 강남 스타일은 골드 등급 슬레이어로만 이루어진 최상위 급 길드이며 한국 내 톱이다. 일반 슬레이어들에게 선망의 대상이다.

"알게 뭐야! 그래 봤자 플슬에 비하면 좆밥인데. 쩔 받는 날이다!"

그리고 이 말도 거짓이 아니다. 다들 부러워했다.

"어쨌든 나 플슬이랑 사냥 간다. 길장한테 얼른 자랑하러 가야지. 길장이 졸라 부러워하겠지?"

"와~ 부럽네요. 플슬이랑 던전 깨러 간다니. 진짜 대박이다… 쩔 잘 받고 와요."

던전은 원래 엄청 위험하다. 아무리 강남 스타일이라고 해도 긴장해야만 한다. 게다가 플래티넘 슬레이어가 공언하기로 'PRE—하드 던전'이라고 말했다. 싸이클롭스도 슬레잉이 가능해진 이 시점이지만, PRE—하드 던전은 제대로 된 공략법도 나오지 않은 던전이다. 하지만 최상위 급 슬레이어들은 안다. 플래티넘 슬레이어는 확실하지 않은 일에는 어지간하면 잘 안 나선다. 그러니까 이렇게 공개적으로 사람을 모았다는 건 분명 안전하게 클리어할 수 있다는 확신이 있는 거다.

"안녕하세요? 헬퍼 문영준입니다. 예전에도 뵀었죠?"

강남 스타일의 헬퍼 문영준은 '강남 스타일'의 길드원으로 소개하지 않았다. 어차피 그거야 현석도 아는 사실이고 얼굴은 이미 서로 알고 있다. 여기서 내가 그 유명한 강남 스타일이요라고 해봐야 좋을 게 없다.

'이 길드 구성은 진짜 사기라니까.'

앞에는 전격의 워리어 하종원이요, 그 옆에는 PvP 1인자 히든 클래스 홍세영, 게다가 그 옆에는 전 세계에서 최고로 꼽는 최상위 트랩퍼 이명훈. 그 옆에는 버퍼—테이머 히든 클래스 유민서가 있으며 그 옆에는 그나마 만만한 화염계 메이지 정욱현이 있는데 근육이 만만치 않다. 무엇보다도 바로 앞에 무려 플래티넘 슬레이어가 있다 보니 여기서 '강남 스타일'이라고 위세 떨어봐야 소용도 없고 오히려 초라한 기분만 들 것 같다. 무엇보다도 여긴 강남 스타일의 헬퍼 문영준으로 온 게 아니라 플래티넘 슬레이어가 모집한 헬퍼 집단이니까 딱히 강남 스타일이라고 밝힐 필요도 없고.

"안녕하세요? 저는 원거리 딜러 최은영이라고 합니다."

음. 원거리 딜러도 모집을 했었던가. 문영준은 고개를 갸웃했다. 그가 기억하기로 플래티넘 슬레이어는 헬퍼만 모집했었던 것 같다.

'못 보던 사람인데… 뭐, 아무렴 어때.'

사실 상관없다. 원딜이든 근딜이든 하여튼 전투 슬레이어의 숫자가 많아지면 헬퍼인 그에겐 좋은 거다. 거기다가 플래티넘 슬레이어가 직접 모집한 사람이니 실력은 두말할 필요도 없을 거다.

'플슬이 모은 사람인데. 그래도 강남 스타일보단 낫겠지.'

아니다. 강남 스타일보다 나은 슬레이어는 그리 흔하지 않다. 한국에는 거의 없다고 보면 된다. 어차피 전투 필드만 유지시켜 주면 되는 역할이라 실력 순으로 뽑지 않았다. 전투 필드 유지시간 기준으로 뽑았다.

심지어 최은영은 필요해서 뽑은 것도 아니다. 그냥 현석이 같이 데려가자, 해서 얻어걸렸다. 운과 실력을 전부 겸비했다고 자찬하던 문영준이 알면 좀 배 아플 일이지만.

남자 둘도 있었다.

"들어보셨을지 모르겠지만 강&용 헬퍼 콤비입니다."

강남 스타일의 헬퍼 문영준은 강&용 콤비 같은 거 모른다. 스스로를 낮추어 생각하고는 있지만 그래도 강남 스타일이다. 종영 콤비나 평민 길드 정도는 알지만 그 외에 다른 길드나 헬퍼들은 잘 모른다. 병장쯤 되면 이등병들 이름 잘 기억하지 못하는 것과 같았다. 그냥 형식상 대답해 줬다.

"아, 소문은 많이 들었습니다. 반갑습니다."

김강훈, 이용상이라 이름을 밝힌 30대 중반의 두 남자는 제법 쾌활해 보였다. 강&용 콤비라는 이름에도 제법 자부심이 있는 듯 보였고. 그리고 현석이 데려온 이채림이라는 트래퍼도 함께 했다. 이채림은 예전 현석이 임시 팀을 구성했을 때에는 교란형 슬레이어였고 이후 트래퍼로 전직하게 되면서, 과거 자이언트 터틀이 처음 나타났을 때에 큰 도움을 줬던 트래퍼다.

현석은 '대 균형자' 계획에 있어서 헬퍼 3명은 물론이고 이채림이 상당히 중요한 역할을 할 거라고 생각했다. 어쨌든 3명의 헬퍼, 1명의 트래퍼, 1명의 원딜이 추가된 인하 길드는 PRE—하드 던전으로 향했다. 현재까지 명훈이 발견해 낸 PRE—하드 던전은 총 11개였고 그중 1개를 이미 클리어했다.

현석이 말했다.

"오늘부터 던전 10개를 최대한 빠른 시간 안에 클리어할 겁니다."

강남 스타일의 헬퍼 문영준은 휘유~ 휘파람을 불었다. 플래티넘 슬레이어와 함께하는 슬레잉이라면 분명 거대 스케일일 거라고 생각은 했다만 이 정도일 줄은 몰랐다.

"이야. 스케일이 다르네요. 노멀 던전도 제대로 못 찾는 트랩퍼가 태반인데."

그에 반해 은영은 조금 이상한 걸 느꼈다. 아까부터 느낀 건데 이상하게 현석이 길드장 노릇을 하고 있는 것 같다. 그녀도 얘기는 들었다. 여긴 플래티넘 슬레이어가 있는 곳이다. 그렇다면 당연히 플래티넘 슬레이어가 나서서 지휘해야 하는 것이 아닐까라는 생각이 잠깐 들었다.

'저 남자는 과묵하네……'

최은영은 누가 플래티넘 슬레이어인지 단번에 알아차렸다. 엄청난 근육, 강대한 기골. 그렇지만 상당히 호감 가는 외모. 그리고 무엇보다도 아이템을 따로 착용하지 않은 저 모습은 분명 플래티넘 슬레이어였다.

정욱현은 고개를 갸웃했다.

'뭐야? 왜 자꾸 날 힐끗힐끗 쳐다봐?'

뭐랄까. 호감이 있어서 쳐다보는 건 아닌 것 같고 뭔가 궁금한 게 있는 것 같은 모양새였다. 민서가 말하길, 자기가 응원하는 언니들 중 한 명이란다. 저 여자의 첫사랑이 현석이란다. 그래서 건드릴 생각도 안 했다. 분명 예쁜 건 맞는데 플래티넘 슬레이어의 여자(?)를 건드릴 생각은 추호도 없었다. 그건 근육과는 별개의 문제다.

현석이 말을 이었다.

"아, 저희 소개를 깜빡했네요. 제 이름은 유현석, 인하 길드의 길드장입니다."

인하 길드원들도 짧게나마 자신의 역할들을 설명했다.

"엄청 강한 근딜 하종원입니다."

"근딜 홍세영이에요."

"부족하지만… 디펜더 김연수입니다."

"힐러 강평화예요. 잘 부탁드릴게요."

"헬퍼 유민서입니당!"

민서가 헤헷, 하고 짧게 웃자 슬레이어들은 저도 모르게 슬며시 웃고 말았다. 그에 반해 은영은 살짝 긴장했다. 드디어 플래티넘 슬레이어의 차례가 왔다.

"메이지 정욱현이요."

정욱현에 대해 원래 알고 있던 문영준을 제외한 모두가 컥! 소리를 냈다. 강&용콤비의 김강훈이 쿨럭, 기침을 했다.

"메, 메이지요?"

"예. 메이지인데요."

"그, 그렇군요."

최은영은 혼란에 빠졌다. 저 사람이 메이지란다. 그런데 좀 이상했다. 하종원, 홍세영, 김연수, 강평화, 유민서는 원래 유명해서 알고 있었고 정욱현은 메이지라고 했다.

'그럼… 플래티넘 슬레이어는……?'

그럼 플래티넘 슬레이어가 도대체 누구일까. 생각해 봤다. 아니, 사실 답은 이미 정해져 있었다. 받아들이기 힘들었을 뿐. 애초에 그가 플래티넘 슬레이어일거라고는 아예 생각도 못하고 있었을 뿐이다.

'서, 설마……?'

말도 안 돼! 소리칠 뻔했다. 민서가 분명 '백수에 가까운 슬레이어'라고 말했다. 그래서 예상도 못했다. 그런데 상황이 말해주고 있었다. 유현석이 플래티넘 슬레이어라고. 마음 같아선, '야, 잠깐 나 좀 봐. 얘기 좀 해'라고 말하고 진짜 맞냐고 물어보고 싶었지만 그럴 분위기가 아니었다.

'말도 안 돼……'

인정하기 싫은 이유는 하나 더 있었다. 솔직히 말하면 이게 진짜 이유다. 정말 인정하기 싫었다.

'네가 진짜 플래티넘 슬레이어면……'

현석이 백수라면, 정말 집에서 빈둥빈둥 놀고 있는 능력 없는 놈이라면 어떻게든 대쉬해서 꼬셔 볼 텐데 만약 플래티넘 슬레이어라면 얘기가 달라진다.

길드원 2명조차도 제대로 건사 못하는 자신과 플래티넘 슬레이어. 격이 너무 안 맞는다. 다른 건 모르겠는데 현석과의 거리가 너무 멀어져 버릴 것 같아서 인정하기가 싫었다. 애써 현실을 부정했다.

'그럴 리 없어. 쟤가 무슨 플래티넘 슬레이어야?'

PRE—하드 던전 입구 앞. 알림음이 들려왔다.

[PRE—하드 던전에 입성하시겠습니까? Y/N]

＊　　　＊　　　＊

헬퍼들의 역할은 확실했다. 돌아가면서 전투 필드를 계속 펼쳐 주는 거다. 이 던전은 위험하지는 않으나 시간은 오래 걸린다고 했다. 분명 그렇게 설명을 들었다. 강남 스타일의 헬퍼 문영준은 혼란에 빠졌다.

'겨우 세 시간 만에 룸 2개를 클리어했다. 분명 시간이 오래 걸린다고 했던 것 같은데?'

분명 시간이 오래 걸린다고 했는데 룸 2개를 클리어하는 데 겨우 3시간 걸렸다. 이건 좀 이상했다. 원래 이렇게 난이도가 낮은 건가 싶었다.

"헬퍼 분들은 디펜더 뒤에 밀착해서 따라오시기 바랍니다."

현석이 명훈을 보호하고 정욱현이 그 옆에 서서 최하급 몬스터들을 행동 불능 상태에 빠져들게 만든다. 그리고 하종원과 홍세영이 가장 뒤로 빠져서 디펜더의 부담을 덜어주고 있으며 디펜더인 연수가 힐러와 헬퍼들은 보호했다.

은영은 현석의 뒷모습을 쳐다봤다. 이젠 확실히 알았다. 유현석이 플래티넘 슬레이어였다.

첫 번째 룸에서 나타난 트윈헤드 트롤을 불러 모아 마법 한 방으로 가볍게 처리하는 말도 안 되는 기적은, 플래티넘 슬레이어가 아니면 일으킬 수 없다. 아무리 현실을 부정하고 싶어도 부정할 수 없었다.

'유현석이… 진짜 플래티넘 슬레이어였다고……?'

혼란스러워졌다.

'여긴 던전 안이야. 잡생각 하지 말고 정신 똑바로 차리자. 어차피 유현석 잊었잖아.'

6번 째 룸. 거기에는 싸이클롭스가 4마리 있었다. 강&용 콤비는 덜덜 떨었다. 상대 불가능한 개체 싸이클롭스가 무려 네 마리다. 아무리 플래티넘 슬레이어가 유명하다고는 해도 그래도 싸이클롭스가 네 마리나 있으면 좀 위험하지 않겠는가.

"저, 저기 길드장님. 네 마리는 좀 위험하지 않을까요?"

"예?"

일반 슬레이어들에게 플래티넘 슬레이어의 세계는 별세계다. 잘 모르니까 이런 말이 나오는 거다. 문영준이 피식 웃었다.

"필드보다 훨씬 약해요, 던전 내 싸이클롭스는."

"아니, 그래도 무려 네 마린데……."

세간에는 소문이 퍼져 있는 상태다. 플슬이 웨이브를 막아낼 때 아주 힘겹게 막아냈다든가, 부상을 심하게 입었다든가, 싸이클롭스와 싸울 때 크게 다쳤다든가. 확인 안 된 소문들이 엄청나게 많이 퍼져 있다. 강&용 콤비 역시 그런 소문으로만 플래티넘 슬레이어를 접해봤다. 대단하다는 걸 알긴 아는데 그래도 그 무시무시한 싸이클롭스 네 마리를 상대하기는 좀 어렵지 않을까 싶었다.

"괜찮습니다. 싸이클롭스를 한곳에 모을 거예요. 저랑 좀 더 떨어져 주세요. 혹시라도 어그로 튀면 위험하니까."

물론 그럴 일은 별로 없다. 키클롭스쯤 되면 모를까, 싸이클롭스는 대충 싸워도 된다. 위험하면 윈드 커터 혹은 스톰 오브 윈드 커터를 난사해서 싸이클롭스가 헬퍼나 힐러를 공격하기 전에 처리하면 그만이다. 그래도 주의를 줘서 나쁠 건 없다. 안전한 건 좋은 거니까.

강&용 콤비의 얼굴이 핼쑥하게 질렸다.

"그, 그래도……."

"그, 그런……."

무서웠다. 여긴 미쳤다. 싸이클롭스를 한곳에 모을 생각이라니. 제정신이 아닌 것 같았다.

"욱현이 형. 부탁합니다."

욱현이 숨을 크게 들이마셨다. 안 그래도 목소리가 큰데, 그 목소리가 룸 안에 쩌렁쩌렁 울려 퍼졌다. 싸이클롭스가 그 소리에 반응했다. 강용식은 다리에 힘이 풀릴 뻔했다.

'제, 제길… 지, 진짜 미쳤어 여긴. 미친 곳이야!'

쿵! 쿵! 쿵! 쿵!

규격 외, 상대 불가능한 개체 싸이클롭스 네 마리가 달려들었다. 현석이 윈드 커터를 사용했다. 그는 물론 근딜도 가능하지만 원딜도 가능하다. 이왕에 싸울 거면 가까이 붙는 거보다 멀리 있을 때 처리하는 게 낫다. M/P도 넉넉하고.

무시무시한 기세로 달려들던 싸이클롭스는 가까이 오기도 전에 전멸. 최하급 마법 윈드 커터는 플래티넘 슬레이어에 의해 규격 외 몬스터조차 썰어버리는 엄청난 클래스의 마법이 되어버렸다.

'윈드 커터는… 분명 최하급 마법일 텐데?'

'이, 이 도대체 이게 무슨……!'

초고렙 중에서도 저 하늘 위에 높이 떠있는 초고렙. 플래티넘 슬레이어를 마주하게 된, 나름대로 강&용 콤비라는 이름에 자부심이 있던 용병 헬퍼들은 기가 죽었다.

'싸이클롭스가 저, 접근하기도 전에 네 마리나 죽었다고?'

'지, 지금 내가 꿈을 꾸는 건가?'

그들의 심정을 알 리 없는 현석이 말했다.

"보스 룸은 정말 위험한 놈이 나올 가능성이 큽니다."

강&용 콤비는 도망치고 싶었다. 싸이클롭스를 상대할 때는 정말 대충 상대했다. 주의를 주긴 했는데 형식상으로 대충 줬다. 그런데 이번엔 진심 같다.

싸이클롭스도 대충 상대하는 사람이 이번엔 정말 위험한 놈이 나올 가능성을 언급했다. 차라리 기절하고 싶은 마음이 들었다.

보스 룸. 예전에는 키클롭스가 등장했다. 그러나 모든 보스 몬스터가 키클롭스일 가능성은 그렇게 높지 않을 거라고 생각했다.

보스 룸이 있고 보스 몬스터 레이드가 있는 건 같은데, 그 보스 몬스터는 듣도 보도 못한 다른 몬스터일 확률도 있었다.

어차피 무슨 몬스터가 나오든 현석 자신에게는 큰 위협이 되지 않겠지만 다른 인원들에게는 아니다. 혹시라도 광역기라도 익힌 몬스터가 튀어나오면 정말 위험할 수도 있다.

몬스터가 정말 위험하다기보다는 위험한 공격이 날아올 수도 있다는 사실 때문에 현석이 주의를 줬다.

"모두 제 뒤로 붙으세요."

알림음이 들려왔다.

[PRE—하드 보스 몬스터 레이드에 참여하시겠습니까? Y/N]

안 그래도 겁에 질려 있는 강&용 콤비를 더욱 겁나게 만드는 알림음이 추가로 들려왔다.

[PRE—하드 보스 몬스터 레이드를 포기해도 던전 내에서 탈출이 가능합니다.]
[던전 탈출 시 던전 클리어 보상은 주어지지 않습니다.]

다른 건 몰라도 '포기해도 된다'라는 것만 머릿속에 박혔다. 저 무시무시한 플래티넘 슬레이어가 주의를 줄 정도인 데다가 시스템에서 겁나면 탈출하라고 경고하는 이 보스 몬스터 룸은 정말 겁났다.

현석이 말했다.

"그럼 시작하겠습니다."

CHAPTER 8

그 강한 플래티넘 슬레이어가 경고를 줬고 시스템을 겁을 줬다. 그렇게 위험한 놈이라고 그래서 얼마나 위험한가 싶었다.

　'플래티넘 슬레이어가 무섭다고 한 놈이면… 도대체 얼마나 강하다는 말이야?'

　'우리 여기서 죽는 거 아니야? 던전 안에서 죽으면 말 그대로 살인멸구인데……'

　그렇게 생각했었다.

　[보스 룸에 진입합니다.]

　[보스 몬스터 레이드가 시작됩니다. 5초 전.]

강&용 콤비에게 그 5초는 공포의 시간이었다.

[3초 전.]

강&용 콤비는 주저앉고 싶었다. 온몸이 떨려왔다.

현석이 앞을 향해 달렸다. 이미 PRE—하드 던전의 보스몹 레이드가 어떻게 진행되는 지 안다. 그리고 들어 왔을 때 보스몹이 뭔지도 알았다. 그와 동시에 공략법이 결정됐다.

[2초 전.]

강&용 콤비는 주먹을 꽉 말아 쥐고 입술을 잘근잘근 씹었다.

"우, 우리 죽는 거 아니지?"

"아냐. 플래티넘 슬레이어님이 이, 있잖아."

그리고 레이드가 드디어 시작됐다.

[보스 몬스터 레이드가 시작됩니다.]

강&용 콤비가 속으로 '제발, 제발'을 외침과 동시에 보스 몬스터 레이드가 시작됐다. 시작되자마자 현석은 강공을 퍼부었다. 아무래도 보스 몬스터가 무엇인지 이미 파악하고 있는 것 같았다. 현석이 저만치 앞에서 '키클롭스니까 접근하지 마'라고 말하는 걸 들었지만 강&용 콤비는 키클롭스에 대해 모른다.

이 순간이 빨리 지나가면 좋겠다는 생각을 했을 무렵.

[PRE─하드 던전이 클리어되었습니다.]

[조금 어려운 업적으로 인정됩니다.]

[조금 어려운 업적에 대한 보상으로 보너스 스탯이 +10 주어집니다.]

믿을 수 없는 알림음이 들려왔다. 그러니까 정리하자면, '제발, 제발. 빨리 지나가면 좋겠다'라고 생각함과 동시에 보스몹 키클롭스가 사망했다.

강&용 콤비는 다리에 힘이 풀려 주저앉았다.

'가, 강하다며?'

그렇게 강하다고 해놓고선 불과 2초도 안 되어 때려잡는 게 말이 되는가 싶다. 강하다고 한 적은 없었다. 위험할 수도 있다고 했지. 현석에겐 약하지만 이들에겐 위험할 수도 있다. 딱히 틀린 말도 아니었다. 어쨌든 살았다.

'뭐, 뭐야? 끝난 거 맞지? 무슨 트랩 아니지?'

이 던전 안에 와서 정말 고생 많이 했다. 물론 직접적으로 고생한 건 아니다. 인하 길드가 앞에서 알아서 다 처리했다. 그리고 강&용 콤비는 뒤에서 따라가기만 했다. 그러나 그것만으로도 엄청 힘들었다. 갑자기 어디서 튀어나올지 모르는 작살, 창, 활 등 날카롭고 뾰족한 것들의 향연은 애교였다. 몬스터 디지즈를 발병시키는 그린 등급 최하급 몬스터들이 들이닥치고 말로만 들었던 Possesion Ghost를 비롯한 강화된 웨어울프, 거기에 싸이클롭스가 무려 4마리씩이나 등장하면서 모골을 송연하게 만들었었다. 그래서 아주 많이 긴장했는데 이제 긴장이 풀렸다.

'하… 살았… 다!'

결과적으로 한 건 없지만, 강&용 콤비는 이들 중 심력을 제일 많이 소모했다. 그리고 의아한 건 은영도 마찬가지였다.

'그렇게 위험한 수준은 아니었던 것 같은데……'

그 모습들을 보며, 정욱현은 흐뭇한 미소를 지으며 고개를 끄덕였다. 이들은 필시 자신이 처음 느꼈던 그 혼란스러움과 당황스러움을 동시에 느끼고 있을 거다. 엄청 긴장했는데 2초도 안 돼서 끝났다. 혼란스러울 만도 했다.

'그래. 혼란스럽겠지. 나도 어이없었으니까.'

동병상련이라고 하기엔 좀 거창하지만 하여튼 그런 기분이 들었다. 어쨌든 던전을 클리어하고 나왔다. 던전 보상 중 업적 보상은 함께 공유한다. 모두가 보너스 스탯을 받았다. 그러나 던전 보상 중 물질 보상. 그러니까 몬스터스톤 120개와 레이드 보상은 철저하게 공헌도 위주로 나뉜다.

키클롭스를 슬레잉했을 때, 현석에게 알림음이 들려왔었다.

[보스 몬스터 키클롭스를 사냥했습니다.]
[공헌도를 판정합니다.]
[유현석 슬레이어의 100퍼센트 공로로 인정됩니다.]
[보스 몬스터 슬레잉 소요 시간. 00분 01초.]

처음 키클롭스를 슬레잉했을 때엔 1분 18초가 걸렸는데 그
것보다 훨씬 빨리 클리어했다.

[키클롭스의 공격 횟수: 0회.]
[슬레이어의 공격 횟수: 4회.]
[전체 타격 횟수에 대한 유효 타격 횟수: 4회]
[전체 방어 횟수에 대한 유효 방어 횟수: 0회]
[공격 성공률 100퍼센트 인정.]
[퍼펙트 클리어로 인정됩니다.]

처음 듣는 알림음도 있었다. '퍼펙트 클리어'란다. 한 대도 얻
어맞지 않고 슬레잉을 하면 퍼펙트 클리어로 인정되는 것 같았
다. 키클롭스의 습성도 어느 정도 파악했겠다 냅다 두들겨 팼
더니 퍼펙트 클리어가 떴다.

[퍼펙트 클리어에 따른 보상이 주어집니다.]

[업적 등급 판정 중]

[결코 불가능한 업적으로 인정됩니다.]

이것마저 결코 불가능한 업적으로 인정되면서 페널티를 제외하고 추가 스탯을 20만큼 받았다. 인하 길드원들은 모두 궁금해했다.

'공헌도 100에 의한 레이드 등급 판정. 분명… 이번엔 1초? 2초? 하여튼 훨씬 빨리 끝냈어. 어쩌면 더 높은 등급을 받았을 수도 있어.'

하지만 그 사실을 대놓고 묻지는 않았다. 여기엔 인하 길드원들 말고 다른 인원들도 있었으니까. 현석이 물었다.

"키클롭스를 슬레잉해서 나온 보상으로 레드스톤이 있습니다. 공헌도 100 판정을 받았으며 이 스톤은 제 소유로 하겠습니다. 이의 없으시죠?"

이의가 있을 리가 없다. 뒤에서 벌벌 떨면서 따라와 전투 필드만 열심히 펼쳐 주고 블루스톤을 각각 3개씩 얻었다. 요즘 블루스톤은 개당 70억 선에서 거래되고 있다.

그러니까 뒤꽁무니 쫓아다니면서 210억을 번 거다. 강&용 콤비는 이제 정신을 차렸고 속으로 만세를 불렀다.

'이, 이게 꿈이야 생시야?'

슬레이어가 됐을 때 꿈을 꿨었다. 부자가 되어 잘 먹고 잘 살고 싶은 게 그들의 꿈이었다. 그 꿈을 이뤘다. 사실 이 꿈은 누구나 꿀 수 있는 꿈인데 실제로 이루기는 아주 어려운 꿈이다. 로또에 당첨돼도 20억 정도 받는 게 현실인데 그 10배를 지금 한 순간에 벌었다.

'이게 끝이 아니잖아? 10개는 더 깬다며?'

속으로 만세를 불렀다. 플래티넘 슬레이어를 사랑하고 싶었다. 물론 하는 일은 전투 필드를 펼치는 것 밖에 없지만 앞으로 1개씩만 더 받아도 10개고 2개씩만 더 받으면 20개다. 20개면 1,400억이 넘는다. 평생 놀고먹어도 되는 돈이다.

'이래서… 플슬 플슬 하는 거구나.'

'플래티넘 슬레이어 만세다. 씨팔!'

그들은 소박한 꿈을 이뤘다. 참고로 현석은 그 20배에 레이드 보상도 따로 받는다. 이번 레이드 보상은 정말 엄청났다. 남들은 현석을 보며 만세를 부르고 있을지 모르겠지만 현석도 속으로 만세를 부르는 중이었다. 던전 클리어의 보상은 더 있었다. 바로 공헌도 100에 따른 레이드 등급 특전이었다.

[레이드 등급 'SSS'로 인정됩니다.]
[레이드 등급 'SSS'에 따른 특전이 주어집니다.]

레이드 등급 'SSS'. 더블 S도 아니고 트리플 S를 받았다. 칭호 스탯 +1과 더불어 보너스 스탯 100개를 받았다. 솔직히 소리를 지를 뻔했다.

보너스 스탯 100개. 결코 불가능한 업적을 일궈내도 50개 주는 경우가 허다한데 100개면 정말 엄청난 거다. 현재 100개에 만약 칭호 스탯 +1 스탯을 사용하여 '불가능을 개척하는 자'를 올린다면 아무리 최소로 따져도 300스탯 이상의 공짜 스탯이 생긴다.

'거기에 칭호 잔여 스탯이 이제 +2다.'

이게 진짜 알짜배기다. 보너스 스탯 100도 물론 크지만 칭호 스탯은 그 하나하나가 스탯 수백, 수천 개의 값어치를 하는 스탯이니까 말이다. 현재 보너스 스탯이 960개 주어지는 장사 +7 칭호를 하나만 올려도 보너스 스탯이 천 개 넘게 오를 거다.

트리플 S 레이드 등급. 솔직히 기대는 했지만 이렇게 커다란 보상을 가지고 올 줄은 몰랐다. 만약 레이드 등급이 중복 적용됐다면 균형자도 쉽게 잡을 수 있었을 거란 아쉬움도 들긴 들었다.

'하기야… 레이드 등급에 따른 특전이 중복 적용되면 진짜 사기지.'

종원이나 명훈이 현석의 생각을 알았다면 '넌 안 그래도 사기야!'라고 소리쳤을 지도 모를 일이다. 객관적으로 살펴봐도 사기가 맞다. 한편, 은영은 현석을 멀뚱멀뚱 쳐다봤다. 적어도 스스로는 멀뚱멀뚱 쳐다본다고 생각했다. 민서가 은영 옆에 서서 팔꿈치를 툭 치며 귓속말을 했다.

"언니."

"응?"

"그렇게 대놓고 울 오빠 쳐다보면 미움받는다?"

"무슨 소리야?"

"그렇게 사랑에 빠진 소녀의 눈으로 오빠 보지 마. 강력한 경쟁자가 둘이나 있다고. 특히나 세영 언니한테 잘못 보이면 진짜 큰일 나. 엄청 무서운 언니야."

스스로는 멀뚱멀뚱 쳐다본다고 봤는데 민서가 보기엔 아니었나 보다.

"얘는? 그런 거 아냐."

그날 차를 타고 이동하면서 PRE—하드 던전을 2개나 더 깼다. 강&용 콤비는 신을 우러러보듯 현석을 우러러봤다. 일생일대의 소박한 꿈을 하루 만에 일궈준 엄청난 슬레이어였다. 괜히 사람들이 플래티넘 슬레이어, 플래티넘 슬레이어하는 이유를 이제야 좀 알 것 같았다.

집에 돌아온 은영은 침대에 누워 한참을 생각했다.

"좋아."

벌떡 일어섰다. 방문 밖으로 나와 냉수를 벌컥벌컥 들이마셨다. 룸메이트인 전소미가 고개를 갸웃했다.

"야, 너 왜 그래? 왜 그렇게 파이팅 넘쳐?"

"소미야, 내 고등학교 때 별명이 뭐였지?"

"뭐긴 뭐야? 미친년이지."

"왜 미친년이었지?"

"그거야 뭐든지 하나에 꽂히면 미친 듯이 해대니까 그랬지."

"결심했어."

"뭘?"

"나 진짜 소꿉친구로는 만족 못 하겠어."

"아~ 그 찌질이 놈팽이?"

전소미는 무슨 별일이냐는 듯 어깨를 으쓱하고선 TV를 봤다. 오히려 당황한 건 은영이었다.

"뭐야? 안 말려?"

"10년 넘게 참았으면 많이 참았지. 언젠가는 이럴 줄 알았는데 뭔 소리야?"

"저번에는 그렇게 말렸잖아."

"그거야 그냥 하는 말이지. 널 어떻게 말리냐? 10년 동안 한 남자 좋아한 애를. 넌 못 말려 어차피. 그냥 포기야."

"사회적 격차 같은 거. 능력 같은 거 좀 차이나면 어때? 그렇지?"

소미는 한숨을 푹 내쉬었다. 외모와 능력을 모두 갖춘 은영 같은 친구가 하필이면 동생한테 얹혀사는 찌질이를 10년 넘게 좋아했단다. 하지만 이미 포기했다. 못 말린다, 이건.

"그래. 차이 나도 상관없다! 번듯한 직업 있고 또 능력 있는 사람이 줄을 서는데… 너도 참. 네 정신세계를 모르겠다."

소미는 괜히 열불이 났다.

'저 계집애는 뭐가 저렇게 좋아? 뭘 저렇게 방실방실 웃어?'

＊　　　＊　　　＊

PRE—하드 던전을 클리어하는 건 좋았다. 그게 이후에 있을 대규모 퀘스트 '습격'을 대비하는 가장 기초적인 강화 방법이자 전 세계를 향한 첫 번째 단추였으니까. 그런데 문제가 발생했다.

한국 유니온. 플래티넘 슬레이어 전담 팀의 고강준이 헐레벌떡 뛰어들어 왔다. 박성형이 고강준을 쳐다봤다.

"무슨 일이죠?"

"큰일입니다."

플래티넘 슬레이어 전담 팀의 팀장이 이렇게 직접, 헐레벌떡 뛰어올 일은 별로 없다. 있다고 한다면 플래티넘 슬레이어에게 뭔가 일이 일어났을 때 정도다. 최근 PRE—하드 던전을 클리어하고 있는 모양인데 무슨 일이라도 생긴 건가 싶었다.

저번에는 헬퍼 3명과 트랩퍼를 대동하더니 이번엔 인원을 좀 더 늘렸다. 한국 유니온으로부터 인원을 선별받아 약 40명 정도가 함께 돌아다니고 있다.

여담이지만, 한국 유니온의 입지와 힘이 더욱 막강해진 것도 사실이다. 무려 플래티넘 슬레이어와의 안전하고도 엄청난 슬레잉을 함께할 수 있도록 다리를 놔준 게 한국 유니온이었으니까 말이다. 물론 공짜로 '쩔'을 해주는 건 아니었다. 이 구체적인 방안은 유니온에서 냈고 슬레이어들의 동의를 얻어 통과시켰다. 어쨌든 지금 중요한 건 그게 아니었다. 성형이 말했다.

"차분히 설명을 해보세요."

"인하 길드 하우스가 습격당했습니다."

"뭐라고요?"

성형이 벌떡 일어섰다.

인하 길드 하우스가 습격당했다. 곳곳에 설치되어 있는 고화질 CCTV가 범인을 확실히 잡아냈다. 남녀 한 쌍.

"균형… 자들? 설마 습격 퀘스트가 발동한 겁니까? 아직 시간이 안 됐을 텐데?"

퀘스트 시작 시간까지는 아직 여유가 있었다.

"모르겠습니다. 다른 슬레이어들도 긴장 상태에 접어들었습니다. 인하 길드 하우스만 골라 공격한 것으로 미루어 보아… 복수일 가능성도 배제하지 못하고 있습니다만……."

'몬스터가 복수라니. 가지가지 하는군.'

성형은 인상을 찡그렸다. 균형자들이 일반 몬스터들과 다르다는 건 안다. 싸이클롭스를 일격에 죽이는 무력을 비롯하여 인간 형태의 모습을 가지고 있으며 또한 인간의 언어까지 사용할 줄 안다.

그러나 인간 사회와 비슷한 사회를 가지고 있는지는 역시 확실하지 않았다. '상부'라는 말을 사용했던 것으로 보아 조직 체계가 있을 것 같기는 한데 추측에 지나지 않았다.

그리고 요즘 들어 나오고 있는 말인데 균형자들이 비록 인간의 언어를 사용하는 몬스터이기는 하나 지능 자체는 그렇게 높지 않은 것 같다는 얘기들도 나오고 있었다. 그들이 움직이는 모양새나 하는 행동들을 보면 그리 똑똑하다고 보기에는 힘들었으니까.

"언론 통제해 주세요. 괜히 불안감을 조성할 우려가 있습니다."

"이미 처리했습니다."

한편, 길드 하우스로 돌아온 현석은 인상을 찡그렸다.

"이게 무슨……."

상황 파악은 어렵지 않았다. 한국 유니온으로부터 연락이 왔으니까. 균형자들의 공격이 있었다고 했다. 로브를 뒤집어쓰고 있어서 누군지 확인할 길은 없지만 예전 현석에게 패해 도망쳤던 그 균형자일 확률이 높다고 했다.

'복수인가?'

복수일 확률이 높았다. 지금 확인해야 할 것은, 균형자들이 노리는 것이 자신이냐 아니면 자신과 관련된 모든 것이냐는 거였다. 성형으로부터 연락이 왔다. 그 연락을 받은 현석이 말했다.

"일단 모두 강남 스타일 길드 하우스로 가 있어."

"오빠는?"

"일단 그들이 노리는 게 나인지, 아니면 너희까지 포함되는지 알아봐야 할 필요가 있어."

강남 스타일의 길드 하우스는 가깝다. 주위를 철통같이 경계하고 있으면 균형자가 나타났을 때 재빠른 대처가 가능하다. 여태까지의 상황으로 미루어 짐작해 보면 균형자들은 떼로 움직이지 않는다. 본격적으로 '습격'이 발생하면 어떻게 바뀔지 모르는 일이지만 말이다.

'일단은… 나와 약간 떨어진 상태로 사태를 주시할 필요가 있겠어. 여차하면 잔여 스탯과 칭호 효과를 다 올려 버리는 방법도 생각해 놔야겠네. 그러면 훨씬 강한 상대도 상대가 가능할 테니.'

정욱현이 고개를 끄덕였다.

"지금 상황에선 그게 가장 현명하겠네. 만약 우리한테 쳐들어온다고 해도 길드장님이 빠르게 대처하실 수 있을 테고. 우리 힘으로 어느 정도 시간 끄는 건 가능하니까."

현석은 강남 스타일의 길드 하우스와 가까운 신축 오피스텔에 잠시 몸을 맡겼다. 혹시라도 싸움이 일어날 수 있어서 오피스텔을 그냥 통째로 사버렸다. 아무도 없도록 말이다. 현석은 최대한 분노를 가라앉혀 보려고 숨을 들이마시고 내뱉고를 반복했다.

집에 아무도 없는 틈을 타서 쑥대밭으로 만들어 놨다. 그때, 만약 인하 길드원들만 있었으면 누군가 죽었을지도 모를 일이다.

'우리의 대처가 너무 안일했나?'

시스템은 완벽한 정보를 제공하지 않는다. 그래서 인간들이 스마트 도감도 만들어내고 M—arm도 만들어내지 않았던가. 아무래도 하드 모드는 그렇게 쉽게 넘어갈 것 같지가 않다.

'제기랄……'

안전하고 편하게. 안정적으로 사는 것이 최고라고 생각했는데 그게 좀 어려워진 것 같다. 쉽고 편한 길을 놔두고 어려운 길을 가야 할 것 같은 기분이 들었다.

'하드 모드는 그렇게 호락호락하진 않겠어.'

안전제일주의자 현석이 몸을 일으켰다. 나중에 공격이 시작된다는 시스템 알림만 듣고 너무 쉽게 생각했던 것 같다. 바람이 불어왔다. 아까까지만 해도 창문은 분명 닫혀 있었는데 말이다. 목소리가 들려왔다.

"여기 있었구나. 처형받아 마땅할 인간이여."

목소리가 이어졌다.

"저 미물입니다. 미물임에도 불구하… 컥……"

툭. 뭔가가 땅에 떨어졌다. 녹색 피가 뿜어졌다. 방금까지 말을 하던 남자 균형자의 목이었다. 바닥에 떨어진 그것이 말했다. 현석도 익히 봤던 얼굴이었다. 예전에 현석과 싸웠던 하급 균형자였다.

"이게 도대체 무슨……"

"너는 살 자격이 없다. 한낱 미물에 불과한 인간에게 도망쳐

나오다니. 수치를 알라."

"이 개……."

꽈득!

남자가 말을 하는 얼굴을 밟았다. 목을 잃은 얼굴이 뭉개졌다. 균형자를 죽인 균형자가 말했다.

"그대가 플래티넘 슬레이어라 불리는 인간인가?"

예전 현석을 찾아왔던 세 명의 균형자 중 가장 강했던 균형자를 또 일격에 죽인 균형자가 나타났다. 더 상위 개체였다. 퀘스트 창을 확인해 보니 습격 퀘스트는 아직 발동되지 않았다. 그렇다면 본격적인 습격 퀘스트는 아닐 터였다.

그때, 새로운 알림음이 들려왔다.

[퀘스트: 습격의 서브 퀘스트가 발동합니다.]

＊　　　＊　　　＊

많은 것이 바뀌었다. 몬스터들이 나타난 것만 해도 이미 많이 바뀐 건데, 몬스터들도 계속 변화했다. 처음에는 인간에게 적대감을 갖는 몬스터들만 나타나다가 이후에는 예티처럼 납치 및 강간을 하는 몬스터가 나타났다.

그에 이어 이번엔 아예 인간의 언어를 사용하며 인간처럼 행동하는 몬스터가 나타났다. 과거에 처단자라고 불렸고 시스템이 균형자라 부르는 몬스터였다.

"그대가 플래티넘 슬레이어라 불리는 인간인가?"

현석은 잘 때를 제외하고 전투 필드를 켜놓는다. 전투 필드를 펼치는 것 자체로 엠피가 많이 소모되기는 하지만, 자체 회복 속도가 소모 속도보다 빨라서 괜찮다. 평소에 파워 컨트롤을 −100퍼센트로 조절해 놓으면 실수로라도 사람을 죽일 염려는 없으니까. 더군다나 현석의 경우는 통합 필드를 펼쳐 놓는다고 하더라도 언제나 비가시 상태다.

'균형자… 인가.'

현석은 약간 혼란스러웠다. 모습은 인간에 가깝다. 저 황금색 눈동자와 붉은 머리카락이 좀 유별날 뿐 인간이나 다름없었다. 게다가 이렇게 대화까지 걸어올 때면 어떻게 대꾸해야 할지 조금 헷갈렸다.

그때, 알림음이 들려왔다.

[퀘스트: 습격의 서브 퀘스트가 발동합니다.]

퀘스트창을 열어 봤다.

[습격─서브 퀘스트: 균형자에 대해 파악하라]

현재 슬레이어들은 균형자들에 의해 적으로 규정되었습니다. 그러나 슬레이어들은 균형자들에 대해 아는 바가 전혀 없습니다. 균형자들의 '습격'이 발발하기 전에 균형자들에 대한 정보를 최대한 많이 모으는 것을 추천합니다. 퀘스트 클리어의 클리어 여부와 클리어 등급은 본 시스템에 의해 결정됩니다.

퀘스트가 발생했다. 활이 새로운 정보를 전해줬었다. 퀘스트 '습격'이 일어나려면 몇 가지 선결 조건이 있어야 한다고 했다. 그중 하나이거나 아니면 습격 퀘스트를 클리어하는 데에 도움을 주는 서브 퀘스트인 것 같았다.

'균형자에 대해 파악하라고……?'

현석은 눈앞의 균형자를 쳐다봤다.

'그런데 인간 흉내를 내고는 있지만… 인간과는 확실히 다르다.'

만약 인간이었다면 저 힘을 가지고 세계 정복이라도 했을 거다. 지금의 인간이 그러하듯 지구를 지배했을 지도 모를 일이다. 예전의 대화로 미루어 보아 조직 체계 비슷한 것이 있는 것임에는 틀림없었지만 정확한 건 파악을 해봐야 한다.

'사람을 향해 언제나 반말을 사용했어.'

그렇다는 말은 아마 자신들이 더 상위의 존재라고 생각하고 있을 확률이 높다.

'그렇다면… 이쪽은 정중하게 대하는 게 맞겠지.'

마음을 정한 현석이 입을 열었다.

"그쪽 분의 이름은 뭐죠?"

남성의 모습을 한 균형자가 대답했다.

"본인의 이름은 라파스텔 P. 칼리아스다."

"균형자입니까?"

"그렇다."

의외로 쉽게 대답을 해줬다. 딱히 머리를 굴릴 필요도 없이 질문에는 재깍재깍 대답을 해줬다. 마치 게임 속 NPC처럼 말이다.

"그렇다면 균형자가 도대체 뭡니까?"

"그대는 곧 죽는다."

현석도 긴장을 풀지는 않았다. 긴장을 푼 정도가 아니라, 기회가 보이면 바로 습격할 수 있을 정도의 준비를 끝내놓은 상태다. 자신을 라파스텔 P. 칼리아스라고 소개한 균형자가 말을 이었다.

"곧 죽을 목숨이니 궁금한 것은 알고 죽는 것도 나쁘진 않겠지. 우리는 세계의 균형을 유지하기 위해 태초부터 존재해 온 고귀한 족속이다."

"그렇… 습니까?"

속으로는 꼴값을 떨어라, 라고 생각은 하고 있지만 그래도 겉으로는 티를 내지 않았다.

"그대의 힘은 인간세계의 균형을 망가뜨린다. 우리는 균형을 지키는 자. 그대의 목숨을 취하여 세계의 균형이 맞는다면 우리는 거리낌 없이 그대의 생명을 앗아갈 것이다."

한 가지 새로운 정보를 알아냈다. 균형자. 스스로 세계의 균형을 맞춘다고 주장하는 몬스터다. 이제 균형자가 어떤 속성을 지녔는지는 대충 알 것 같다. 균형자는 최소 하드 모드 이상의 몬스터이며 레드스톤을 드롭한다. 그렇다면 싸이클롭스와 동 모드의 몬스터일 확률이 높았다. 싸이클롭스보다는 훨씬 강한.

현석이 공손한 태도로 물었다.

"죽기 전에 질문이 하나 더 있습니다."

"질문을 허락한다."

"라파스텔 P. 칼리아스라고 했습니까?"

"이것이 그대의 질문인가?"

"당신보다 강한 균형자들이 존재합니까?"

"물론이다."

라파스텔 P. 칼리아스는 퀘스트 클리어를 위해 찾아온 튜토리얼 모드의 도우미처럼, 상당히 많은 것을 설명해 줬다. 설명이 균형자들의 규모과 세력 구도에 접어들었을 때 현석은 침을 꿀꺽 삼켜야만 했다.

'설마… 그 정도였다니.'

보통 드라마를 보든 영화를 보든, 보스가 먼저 움직이는 법은 별로 없다. 항상 졸개들부터 움직인다. 몬스터가 나타나는 것도 그랬다. 가끔 본체가 허약한 Possesion Ghost 같은 경우도 있지만 나타난 시기가 늦으면 대체적으로 더 강했다. 그런데 문제는 균형자들도 마찬가지라는 것이었다.

'이거 진짜… 엄청난 퀘스트였네.'

현석이 느끼기에도 엄청난 퀘스트다. 물론 지금 당장 발동하는 퀘스트는 아니지만 그래도 슬레이어들은 목숨을 걸고 이 퀘스트에 준비를 해야만 했다. 습격 퀘스트는 여태까지와는 차원을 달리하는 퀘스트였다. 몬스터 웨이브와는 비교도 안 될 만큼 강력했다. 이 균형자의 말이 거짓이 아니라면 말이다.

균형자가 말했다.

"시간이 너무 지체되었다. 그대에게 내릴 수 있는 자비는 여기까지다. 따라와라."

현석은 균형자를 쳐다봤다. 균형자가 차분히 말을 이었다.

"나는 긍지 높은 균형자다. 힘없는 인간들을 말려들게 하지는 않겠다. 그러나 그대가 움직이지 않겠다면 이곳에서 사형을 집행해도 괜찮겠지."

얼씨구. 현석은 속으로 혀를 찼다. 예전에 나타났던 균형자들은 주위의 사람들이 다치든 말든 신경 쓰지 않았었다. 이 균형자의 경우는 조금 다른 듯했다. 이들이 말하는 사형 집행을 하려면 아무래도 주위에 피해가 갈 수 밖에 없다는 걸 분명히 인지했다. 전투 필드 내에서 슬레이어에 의한 공격은 H/P 감소 외에 다른 물리력을 행사하지 않지만, 균형자의 경우는 아니니까.

"그렇다면… 좋은 장소를 제가 알고 있습니다."

현석이 장소를 제안했다.

"거리는 좀 멀어도 상관없습니까? 어차피 죽을 거라면 그 자리 정도는 제가 골랐으면 좋겠는데요."

균형자가 고개를 끄덕였다.

"…자리를 옮기죠."

*　　　*　　　*

현석이 걸음을 멈췄다.

"여기입니다."

"일찍 죽고 싶지는 않은 모양이군. 삶에 대한 의지. 존중한다."

이곳은 목동 내에 위치한 공영 주차장. 목동 내에 위치해 있고 당연한 말이지만 목동과 그리 멀리 떨어진 곳이 아니다. 그럼에도 불구하고 일부러 멀리 돌아왔다. 옥상 위를 뛰어다니면서 엄청난 속도로 이동했는데 3시간이 넘게 걸렸다. 그 오랜 시간 동안 묵묵히 따라온 균형자도 대단하다면 대단했다.

"일찍 죽고 싶은 사람이 어디 있겠습니까?"

그런데 그때, 균형자의 몸에 붉은색 점들이 생겨나기 시작했다. 그와 동시에 마법을 구현했다.

'스톰 오브 윈드 커터.'

현석이 스톰 오브 윈드 커터를 쏘아냈다. 움직일 수 있는 모든 방위를 점하고 날아드는 바람의 칼날. 균형자는 그것들을 모두 쳐 내려는 듯 팔을 크게 휘둘렀다.

현석이 씨익 웃었다.

"혼자 싸운다고는 안했는데."

광역기인 스톰 오브 윈드 커터를 사용한 건 일종의 꾀였다. 큰 공격을 해서 큰 방어를 유도한다. 이 균형자의 성격과 패턴을 분석해 본 결과, 이런 큰 공격은 절대 피하지 않을 거란 계산이 있었다. 적어도 첫 번째 공격에서는 말이다. 현석이 계속 약한 모습을 보였던 것도 방심을 이끌어내기 위함이었고 그 작전은 제대로 통했다. 균형자의 몸에 붉은색 레이저빔 수십 개가 새겨짐과 동시에.

큭!

균형자가 짧은 신음을 흘렸다.

"그대는 정녕 비겁한 놈이로구나."

목숨이 왔다 갔다 하는데 비겁 같은 거 없다. 일단 사는 게 제일 중요하다. 균형자가 얼만큼 강할지 모르는 입장에서 안전을 기하는 건 당연한 일이다.

"그대에게 진정 사형을 내리겠다."

본체로 변화하려는 듯했다. 현석은 계속해서 도발했다.

"그럼 언제는 사형 안 하려고 했나?"

균형자들의 지능은 생각만큼 높지는 않은 듯했다. 지능이 낮은 건지 아니면 긍지가 높은 건지 아직 판단하기엔 이르지만, 여태까지의 행보를 살펴보면 그랬다. 겉으로는 유유자적한 태도를 유지하면서도 눈에 힘을 줬다. 온몸에 힘이 들어갔다. 2년

전, 싸이클롭스를 처음 슬레잉할 때처럼 팽팽한 긴장감이 온몸을 옥죄었다. 과거 인하 길드 하우스로 쳐들어왔던 균형자보다 훨씬 강한 균형자다. 얼마만큼 강할지 모른다. 약할 수도 있지만 반대로 강할 수도 있다.

그런데 균형자가 본체로 변화하지 못했다. 본체로 변하지 못한다면 힘이 훨씬 약해진다. 현석이 회심의 미소를 지었다.

'성공… 이다!'

* * *

이미 한 번 찾아왔는데 두 번 찾아오지 말라는 법 없고, 두 번 찾아왔는데 세 번 찾아오지 말라는 법 없다. 그래서 미리 준비했다. 현석은 귀 뒤쪽에 초소형 송수신기를 달았다.

"어차피 죽을 거라면 그 자리 정도는 제가 골랐으면 좋겠는데요."

장소는 목동에 있는 공영 주차장. 유니온과 군 당국이 협조하여 시민들을 통제했다. 현석이 일부러 시간을 끄는 동안 뺄 수 있는 차들은 뺐고 저격수들을 배치했다. 이미 한국 유니온과 입을 맞춰놓은 상황이다. 한 번 당했으면 그걸로 족하다. 여태까지 알려진 바에 의하면 균형자는 레드 등급의 몬스터다. 더 강한 개체가 있을 수도 있지만 지금까지는 그랬다.

예전 현석과 인하 길드가 균형자와 맞부딪쳤을 때, 균형자의 시체를 얻을 수 있었다. 물론 슬레잉을 한 건 아니었다. 슬레잉을 하면 아이템이 드롭되고 시체가 사라진다. 하지만 균형자가 직접 죽이면 달랐다. 그 시체를 얻을 수 있었다.

그리고 그 시체와 레드스톤을 수거하여 연구를 해본 결과, 레드스톤을 함유한 일종의 백신―과학자들은 백신이 아니고 N3570이라는 괴상한 이름을 붙였지만 현석은 그냥 백신이라고 했다―이 가죽의 세포분열과 변형을 막는다는 것이었다. 분명 생체 활동이 중지되었음에도 불구하고 세포분열을 계속하는 것이 관측됐고 거기서 힌트를 얻었다. 그리고 그 백신을 이번에 실험해 봤다. 결과는 대성공이었다.

본체로 돌아가지 못한 균형자가 소리를 질렀다.

"이 쓰레기 같은 새끼가!"

눈에 황금색 핏발이 서고 목과 이마에 핏줄이 튀어 올랐다. 본체로 돌아가려고 어지간히 용을 쓰는 모양이었다.

현석이 씨익 웃었다.

"근데 뭔가 착각하고 있는 것 같은데."

한 발자국 앞으로 움직였다. 균형자는 이를 악물고 본체로 돌아가려 안간힘을 썼다.

"내가 왜 굳이 이렇게 연극을 해가면서 시간을 끌었겠어?"

"닥쳐라! 한낱 미물에 불과한 인간 주제에!"

균형자들은 아마도 하드 모드 규격의 몬스터일 확률이 높다. 하지만 중요한 건 현석은 하드 모드에, 강제로 진입됐다. 여태까지 스탯 초과로 인해 상위 모드로 강제 진입하게 되면 해당 모드의 몬스터는 현석에게 원샷 원킬이었다. 오죽하면 숨만 쉬어도 죽는다는 말이 나돌까.

'지금 상태면… 충분히 잡을 수 있겠어.'

현석은 일부러 시간을 더 끌었다. 데이터를 더 모으기 위해서다. 현대 사회에 있어서 슬레이어들과 과학은 떼려야 뗄 수 없는 관계다. M—arm이 발달하면 슬레이어의 안전도 확보할 수 있다. 저격수들이 다시 한 번 백신을 발사했다.

현석이 아주 작게 말했다.

"저대로 두면 폭주할 거 같네요. 이제 그만 잡겠습니다."

조심하라는 말이 들려왔다. 그런데 약간 변화가 일어났다. 완전히 본체로는 변하지 못하고, 두 팔만 사마귀의 팔 같은 형태로 변했다. 백신이 균형자의 변화를 완전히 억제하지는 못한 것 같았다.

"사형을 명한다!"

균형자의 팔이 왼쪽에서 오른쪽으로, 횡으로 크게 휘둘러졌다. 예전 현석에게 죽었던 균형자가 쏘아냈던 기파와는 비교도 되지 않을 정도였다. 노란색의 날카로운 기파가 어마어마한 속도로 쏘아졌다. 균형자가 억지로 힘을 끌어올렸다. 오버 출력이다. 균형자의 어깨가 살짝 찢어졌고 붉은 피가 뚝뚝 떨어져 내렸다. 힘을 억지로 끌어낸 것에 대한 부작용인 듯했다. 그런 부작용을 감수하고 쏘아낸 기파다. 결코 만만치 않았다.

노란색 기파는, 현석이 미처 피할 시간도 없을 만큼 엄청난 속도로 현석을 향해 이빨을 드러냈다. 노란색 기파가 품고 있는 에너지는 엄청났다. 아스팔트 바닥이 흉물스럽게 찢겨져 나가고 끝에 살짝 닿은 자동차들이 예리하게 잘려 나갔다.

크하하하!

균형자의, 만족스런 웃음소리가 들려왔다. 반쯤 너덜너덜해진 팔이 조금씩 아물기 시작했다.

"한낱 미물 주제에 본인을 이토록 곤경에 처하게 한 것에는 경의를 표한다. 그러나 그대……"

말이 잠깐 끊겼다. 다시 말을 하려고 했으나 말을 잇지 못했다. 현석의 모습이 보였다. 아스팔트가 그렇게 거칠게 찢겨 나가고 먼지 폭풍이 일었는데 현석의 몸에는 상처 하나 없었다.

"아, 그러니까 균형자는 너희들의 기준에서 지나치게 강한 놈들을 죽이는 거고, 조직 체계가 있고 12왕이라는 놈들이 있고, 그 하위에 전투단이라는 게 있고, 너는 그 전투단의 단원 중에 한 명이고, 12왕이라는 놈들이 하나하나의 본거지를 가지고 있는데 본체로 돌아가지 못하면 힘을 제대로 쓰지 못한다는 거네. 그리고 본체로 돌아가지 못한 공격의 충격 수치는 40만 정도 되는 것 같고."

일부러 하나하나 짚었다. 시스템이 그렇게 시켰다. 뭔가 더 말할 것이 있나 생각해 봤으나 딱히 떠오르는 게 없었다.

[퀘스트가 클리어되었습니다.]

[클리어 등급을 판정합니다.]

[클리어 등급: A]

[서브 퀘스트 보상으로 '어두운 지도'가 주어집니다.]

현석이 말했다.

"뭔가 잘못 짚고 있는 게 있는데."

현석의 몸이 순식간에 사라졌다. 현 상황을 실시간으로 주시하고 있던 유니온장을 비롯한 군 당국의 관계자들 역시 깜짝 놀랐다. 움직임을 놓쳤다.

"지금 도대체 무슨 일이 일어나고 있는 건가?"

"현재 상황 파악 중입니다! 플래티넘 슬레이어는 공격에 적중되었으나 별다른 피해를 입지 않았던 것 같습니다. 현재 균형자에 대한 정보가 갱신되었으며, 바, 발견 되었습니다! 균형자의 위쪽입니다!"

현석이 몸을 빠르게 움직였다. 주먹을 들어 올렸다.

"널 못 때려서 못 친 줄 아냐?"

현석의 어깨에 앉은 활이 불타올랐다. 크게 불타올랐다.

—맞아! 이 병… 뚜껑 같은 녀석아!

현석이 균형자의 머리를 강하게 후려쳤다.

콰과광!

흡사 폭탄이 터지는 듯 천둥과도 같이 커다란 소리가 터져 나왔다.

콰과광!

콰과광!

콰과광!

폭발음은 한 번이 아니었다. 현석은 주먹질을 자주 하지 않는다. 어지간하면 한 방에 끝나서 그렇다.

"플래티넘 슬레이어가 현재 연속해서 공격을 하고 있는 중입니다. 균형자가 방어하는 와중에 먼지가 피어올라 시야가 가려졌습니다. 잘 보이지 않습니다!"

"빨리 파악해!"

약 3초의 시간이 흘렀다. 유니온과 군 관계자들이 상황을 파악하기도 전에, 송수신기로부터 현석의 목소리가 들려왔다. 박성형에게 말을 하는 것 같았다.

―성형이 형님. 듣고 있어요?

무전이 이어졌다.

―제대로 싸워보니까 별거 아니네요. 방금 이놈은 단원 급. 그리고 이 위에 단장이라는 놈들이 있고 그 위에 왕이라는 놈들이 있다네요. 단원 급은 약합니다. 슬레이어들이 협공하면 잡을 수 있겠어요.

몬스터 대응 관리 본부의 본부장 강찬석이 고개를 갸웃했다.

"아까 본체로 변하지 못했을 때의 충격 수치가 몇이라고 했지?"

"40만이었습니다."

"싸이클롭스의 충격 수치가 몇이었지?"

"…약 10만가량 됩니다."

"…내가 지금 잘못 들은 거 아니지? 생각보다 약하다고 했지?"

전파 송수신을 담당하던 32세 문상인은 황급히 다시 기록을 확인했다. 그런데 다시 확인할 필요도 없었다.

─괜히 쫄았네요.

이 말이 들려왔기 때문이다. 충격 수치 10만의 싸이클롭스. 불과 몇 달 전까지만 해도 규격 외 몬스터였다. 엄청나게 강한 몬스터인데, 단순 공격력 수치만으로도 그 몬스터의 4배만큼의 힘을 가진 몬스터 보고 약하단다.

'이, 이걸 대단하다고 해야 할지 어이없다고 해야 할지.'

이건 다분히 플래티넘 슬레이어의 주관이다. 약한 몬스터가 아니다. 정말 엄청나게 강한 몬스터다. 단순 수치, 그것도 제대로 힘을 펼치지도 못했는데 40만의 충격 수치라면 가늠할 수 없을 만큼 강한 몬스터다. 서브 머신건 총탄 하나의 충격 수치가 약 7천 정도 한다는 것을 감안하면 그야말로 경이로운 수치가 아닐 수 없었다. 그 경이로운 수치를 가벼운 것으로 만들어 버리는 저 플래티넘 슬레이어가 비정상이었다.

"플래티넘 슬레이어의 주관적인 사담은 전부 제한다. 객관적인 사실만 종합하도록 해."

말 그대로 초보 존에 와서 열심히 놀고 있는 고렙의 느낌이랄까. 초보들은 진땀을 빼며 힘들게 잡고 있는 몬스터를 '뭐야 이놈 약하잖아?' 하고 쉽게 쉽게 사냥하는 느낌이었다.

어쨌든 플래티넘 슬레이어의 말도 안 되는 무력에 의해 균형자가 또 하나 슬레잉됐다.

〈인류를 적으로 공표한 균형자. 플래티넘 슬레이어에 의해 사살.〉

그리고 또 하나의 소식이 알려졌다.

〈한국 유니온, 전 세계 유니온 소집.〉

아시아의 조그만 나라에 불과한 한국이, 슬레이어 숫자가 겨우 2만을 조금 넘는 소규모의 유니온이 전 세계의 유니온장을 소집했다. 놀라운 건 미국 유니온은 물론이고 전 세계의 유니온들이 그 소집에 응했다는 거다.

각국 유니온장들이 한국행 비행기에 몸을 실었다. 비록 숫자는 적지만 한국 유니온의 위세는 어마어마했다.

미국 유니온장 에디가 말했다.

"크리스, 우리도 가야겠지?"

"가야 합니다. 플래티넘 슬레이어가 이번에 균형자와 싸우지 않았습니까?"

"치사한 놈들이 전파를 차단해서 우리가 제대로 된 정보를 얻지 못하도록 만들었지."

"플래티넘 슬레이어를 섭외하지 못한 저희 잘못입니다. 그가 미국에 있었다면 상황은 달라졌었겠죠."

분명 그럴 것이다. 만약 플래티넘 슬레이어가 미국에 속해 있었다면, 미국 유니온은 이미 전 세계 유니온을 통합했을 거다. 에디는 그렇게 생각했다.

'미래에는 분명… 플래티넘 슬레이어를 가진 유니온이 세계의 중심이 될 거야.'

에디가 한숨을 쉬었다.

"한국 유니온이 대단한 건 맞지만… 미국도 아니고 한국에서… 그것도 미리 소집한 것도 아니고 날짜 정해놓고 올 테면 와라라는 이 소집에 응해야 한다는 게 자존심 상하는군."

크리스가 안경을 고쳐 썼다.

"어쩔 수 없습니다. 한국 유니온에는 플래티넘 슬레이어가 있으니까요. 억울하면 그를 손에 넣으면 됩니다."

'대 균형자 계획'이 이제 두 번째 단계에 돌입했다.

CHAPTER 9

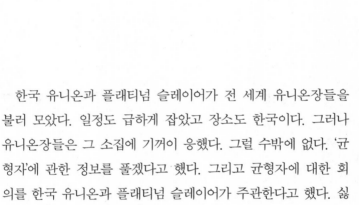

  한국 유니온과 플래티넘 슬레이어가 전 세계 유니온장들을 불러 모았다. 일정도 급하게 잡았고 장소도 한국이다. 그러나 유니온장들은 그 소집에 기꺼이 응했다. 그럴 수밖에 없다. '균형자'에 관한 정보를 풀겠다고 했다. 그리고 균형자에 대한 회의를 한국 유니온과 플래티넘 슬레이어가 주관한다고 했다. 싫으나 좋으나 유니온장들은 한국행을 택했다.

  박성형이 회의를 주관했다. 그는 영어를 잘 못한다. 한국어로 말했다.

  "균형자들에 대한 정보를 공유하겠습니다."

  모두가 침묵했다. 균형자들은 싸이클롭스마저도 일격에 죽이는 엄청난 능력을 가지고 있다고 밝혀졌다. 그런데 플래티넘 슬레이어가 이번에 그 균형자들을 슬레잉했고 레드스톤을 취득함으로써 그들이 몬스터라는 것이 확실해졌다.

"…그리하여 균형자는 확실히 몬스터입니다."

모두가 고개를 끄덕였다. 모두가 그 사실은 안다. 균형자가 너무 강해서 딱히 건드리지 않고 있을 뿐이다. 몬스터라고 공표해 봐야 슬레잉할 수 없다면 소용없으니까. 괜히 애꿎은 희생만 늘어난다.

박성형이 말을 이었다.

"그리고… 각국의 이익을 위해서도 균형자는 반드시 몬스터여야만 합니다. 모두가 동의하시리라 생각합니다."

사실이 그렇다. 균형자들이 사실은 인류를 위해 아주 도움이 되는 존재라고 해도 상관없었다. 어쨌든 그들은 레드스톤이라는 천혜의 자원을 드롭하는 개체이다. 지금까지 파악된 개체 수만 해도 10개체가 넘는다.

"그들은 12개의 큰 조직을 이루고 있으며 그 수좌를 12왕이라고 부릅니다. 12왕이 각각의 단을 거느리고 있는데 여태껏 여러분들이 만났던 균형자들은 단원 급이라는 것을 밝혀냈습니다."

성형의 말을 들어보자면 그들은 분명 조직 체계를 가지고 있고 아마 파악된 숫자보다 훨씬 많은 숫자가 있을 거다. 그렇다면 그게 다 모두 자원이고 돈이다. 무조건 사냥해야만 하는 개체라는 소리다. 가능하다면 말이다.

미국 유니온장 에디가 손을 들어 발언권을 얻었다.

"한국 유니온장님의 뜻은 확실히 알았습니다. 사실 저희들도 모두 비슷한 생각을 하고 있다고 생각합니다. 그렇지 않습니까? 실제 몬스터이고 아니고를 떠나서 분명 돈이 되는 개체니까요. 몬스터가 아니더라도… 몬스터여야만 합니다."

에디가 주위를 한 번 둘러봤고 20여 개국의 유니온장들이 고개를 끄덕였다.

"그러나… 현실적으로 플래티넘 슬레이어. 그리고 SS 슬레이어. 마지막으로 스페셜 슬레이어를 제외하면 균형자를 슬레잉할 수 있는 수단이 거의 없습니다. 아, 인하 길드 정도 되면 잡을 수 있겠군요."

SS슬레이어가 속한 중국 유니온의 유니온장 장위평 그리고 스페셜 슬레이어가 속한 일본 유니온장 야마모토는 입을 다물었다.

'분명… SS슬레이어가 플래티넘 슬레이어와 동일 인물이라는 걸 파악하고 있을 텐데.'

'미국 유니온쯤 되면 스페셜 슬레이어가 플래티넘 슬레이어라는 걸 알고 있을 텐데.'

박성형 옆에 앉은 플래티넘 슬레이어는 별다른 표정 변화 없이 상황을 지켜봤다. 균형자에 관한 정보를 플래티넘 슬레이어가 전해준 거니, 유니온장들의 모임인 이 자리에 있는 것도 이상한 일은 아니었다.

E—유니온(유럽 유니온들의 연합체)의 장로(각국의 유니온장을 장로로 부르고 있다) 중 한 명인 마리오가 동의했다.

"그렇습니다. 우리들의 능력으로는 균형자를 슬레잉할 수 없습니다."

"그렇죠. 괜히 가만히 있는 균형자들을 자극할 필요는… 적어도 아직까지는 없다고 봅니다."

"게다가 우리 E—유니온에는 하드 모드 슬레이어가 그렇게 많지 않습니다. 균형자들이 적으로 규정한 건 하드 모드 슬레이어밖에는 없을 텐데요."

"하지만 앞으로 하드 모드 슬레이어들이 계속 늘어날 텐데 그럼 그때마다 균형자들에게 하드 모드 슬레이어들을 내줄 수는 없는 노릇 아닙니까?"

"일단은 힘을 길러야 한다는 거지요."

사실 모두가 틀린 말은 아니었다. 균형자들은 분명 전 인류를 적으로 삼겠다고 한 게 아니다. 하드 모드에 접어든 슬레이어들만을 그 타깃으로 했다. 그렇다면 그들을 제외한 다른 사람들은 균형자의 위협에서 한 발자국 벗어나 있는 상황이다. 회의장이 소란스러워졌다. 박성형이 박수를 두어 번 쳤다.

짝! 짝!

박성형이 박수를 침과 동시에 유니온장들의 시선이 집중되며 회의장이 다시 조용해졌다.

"제가 정리하겠습니다. 언젠가는… 그러니까 충분한 힘이 쌓일 때까지는 균형자들을 적으로 삼아선 안 되지만 그들을 슬레잉할 수 있는 능력이 된다면… 그땐 균형자들과 싸워도 된다. 이게 종합적인 결론 맞습니까?"

다들 고개를 끄덕였다. 성형이 주위를 한 번 더 둘러봤다. 그때, 플래티넘 슬레이어인 유현석이 입을 열었다.

"제가 파악한 바에 의하면 대략적으로 스탯 300정도면 솔로잉은 어려워도… 길드 단위로 싸운다면 균형자들과 충분히 자웅을 겨룰 수 있습니다."

모두가 경악에 물들었다. 스탯 300이란다. 말이 스탯 300이지 그게 어디 쉽던가. 엄청나게 어려운 거다. 현재 최상위 급으로 분류되고 있는 슬레이어들의 스탯이 약 200 정도 된다. 그나마도 수련 필드에서 훨씬 강해져서 이제 갓 200 정도 됐다. 그런데 300이라니. 수련 필드가 또 생기지 않는 이상 거의 불가능에 가깝다. 아니, 불가능하다.

"스, 스탯 300이라니……."

"그건 너무 무리한 조건이군요."

현석이 팔짱을 꼈다.

"저희가 아무런 대책 없이 유니온장님들을 소집했겠습니까?"

"……."

모두가 조용해졌다. 현석의 말이 맞다. 아무리 플래티넘 슬레이어고 한국 유니온이라고 해도 각국의 유니온장들을 이렇게 쉽게 불러낼 수는 없는 노릇이니까.

현석이 약속했다.

"각국의 정예 길드원들을 제가 책임지고 성장시켜 드리겠습니다. 각국의 저력에 따라 다르지만 스탯 600 정도까지는 무난하게 올릴 수 있을 겁니다."

"뭐, 뭐라고요?"

"그, 그게 정말입니까!"

모두가 입을 쩍 벌렸다. 그중 몇몇은 자리에서 벌떡 일어서기까지 했다. 회의장 전체가 경악에 물들었다. 최상위 급 슬레이어들이 어떻게 해서든 안면이라도 트고 싶어 하는 플래티넘 슬레이어가 스탯 600을 조건으로 걸었다. 말도 안 되는 조건이다. 600까지 그렇게 쉽게 올릴 수 있었으면 다른 슬레이어들 전부 그렇게 올렸다. 거의 불가능한 조건이다. 성형은 이 상황을 예측한 듯 제자리에 앉아 유니온장들을 쳐다보기만 했다.

"물론입니다. 당연히 그에 상응하는 대가는 받아야겠지요. 아무리 인류를 위한 일이라지만 저도 무상으로 제 노동력을 제공할 수는 없으니까요."

성형이 세부적인 내용을 발표했다. 플래티넘 슬레이어에게도 상당히 유리한 것처럼 보이기는 했다. 그러나 플래티넘 슬레이어에게 유리한 것 이상으로 자국 슬레이어들에게 유리했다. 회의장이 조용해졌다. 각국 유니온장들이 서로 눈치를 살폈다.

'기, 기회다 이건. 무슨 수를 써서라도 우리가 우선권을 따내

야 해!'

현석이 말했다.

"아시는 분들은 아시겠지만 저희 길드는 최근 PRE—하드 던 전들을 클리어했습니다."

안정성마저도 확인했다. 가장 약체라 할 수 있는 헬퍼와 약한 근딜(최은영)을 데리고 인명 사고 없이 클리어에 성공했고 그 이후 강남 스타일과 슬레잉을 하면서 단 한 번도 사망자가 발생한 적이 없었다. 다시 말해, 이미 임상 실험도 끝났다.

"저희 길드가 한국 내에서 클리어한 PRE—하드 던전이 여태 까지 총 14개입니다. 평균적으로 15개의 스탯을 받았습니다. 감이 오십니까? 아, 제 경우는 모드 규격 초과 페널티 때문에 스탯을 거의 못 받습니다."

물론 사기다. 50프로 제한인데 칭호 효과로 뻥튀기된다. 그러나 이게 사기인지 아닌지, 유니온장들은 알 수 없었다.

"……"

모두가 침을 꿀꺽 삼켰다. PRE—하드 던전. 한국에서 슬레잉 하고 있다는 말만 들었지 그걸 플래티넘 슬레이어로부터 직접 언급받을 줄은 몰랐다.

"한국에 14개의 던전이 있었습니다. 앞으로도 발견이 될 테고요. 그렇다면… 미국은 어떨까요? 중국은요?"

모두가 눈을 크게 떴다. 한국은 땅이 좁다. 그 좁은 땅덩어리에 무려 14개의 PRE—하드 던전이 있다고 했다.

'이, 이건 대박이다!'

'PRE—하드 던전을… 같이 깬다면……! 쉬운 업적 보상만 뜬다 하더라도 전력이 엄청나게 강화돼! 스탯 600도 결코 허황된 수치가 아니다!'

현석은 속으로 웃음을 겨우 참았다. 지금 '쩔'을 해주겠다고 말은 하고 있지만 사실 이건 현석에게도 매우 유리한 조항이다. 던전을 깨면 보통 쉬운 업적이나 어려운 업적 정도가 뜬다. 단일 던전을 깨서 불가능 업적이 떴을 때는 없었다. 그 정도 업적은 평균적으로 스탯을 5개 정도 준다.

'겨우 5개밖에 안 되지만 그래도 티끌모아 태산이야.'

겨우 5개가 아니다. 일반적인 슬레이어들에겐 5개는 엄청난 보상이다. 다시 한 번 언급하지만 최상위 급 슬레이어들의 스탯이 겨우 200이 될까 말까다. 참고로 설명하면 현석의 많은 칭호 중 딱 하나 '장사+7' 칭호만 해도 보너스 스탯이 960이다.

모두가 그 의견에 동의했다. 플래티넘 슬레이어가 직접 나서서 도와준다니. 후진 양성을 위해 힘쓴다는 말이 있었는데 아무래도 그 말이 사실인 모양이다. 유니온장들은 일단 그렇게 생각할 수밖에 없었다. 현석이 또 사기를 쳤다.

"스탯을 별로 못 받는 상황이니, 저는 PRE—하드 던전을 클리어해도 별로 이득이 없습니다."

모두가 고개를 끄덕였다. 당연히 그럴 거라고 생각했다. 이미 오래 전에 하드 규격 몬스터인 싸이클롭스도 잡을 수 있던 슬레이어가 아닌가. 게임도 그렇다. 고레벨 유저가 저레벨 사냥터에서 아무리 사냥해 봐야 경험치도 돈도 별로 안 된다.

"하지만 균형자들의 습격을 앞에 두고 있는 이 시점에 저 혼자 강해지는 것에는 한계가 있겠죠. 한국 유니온장님과 협의한 결과, 이것이 최선이라고 생각했습니다. 모두 동의하십니까?"

동의하고 자시고 할 것도 없다. 이건 무조건 받아들여야 한다. 물론 자국의 모든 슬레이어들을 강화할 수는 없겠지만 그래도 최상위 급 길드 몇 개만 강해져도 엄청난 이득이 된다. 그 길드가 또 다른 던전들을 돌면서 자국 슬레이어들을 강화시키면 되니까 말이다. 그리고 '혜택을 받을 길드'를 선택하는 것 역시 유니온장의 재량이 될 테니 유니온장의 입지가 엄청나게 높아질 것이 분명했다.

'이건 반드시 잡아야 하는 황금 줄이다!'

모두가 동의했다. 현석이 말을 이었다.

"지금 당장 이 자리에서 우선순위를 결정하기는 조금 어렵겠군요. 약간 생각할 시간이 필요하겠습니다."

그리고 또 모두가 눈치를 살폈다.

'이건 무언의 압박이다. 우선권을 따낼 수 있는 기회를 주는 거겠지.'

'누가 얼마만큼 잘 보이느냐에 따라 우선순위가 달라지겠지.'

'우리 미국은 이미 공을 들여왔다. 우리가 유리해.'

'뭘 줘야 우리가 우선순위에 올라갈 수 있을까?'

각국 유니온장들의 머리싸움이 시작됐다.

*　　　*　　　*

세계의 유니온장들이 머리싸움을 하게 만들고 현석은 집에 돌아왔다. 인하 길드 하우스에도 한바탕 전쟁이 일어나고 있는 중이었다. 바로 강평화와 최은영의 전쟁이었다. 현석이 평화의 편을 들어줬다. 사실 누구의 편을 들고 자시고 할 문제도 아니지만 어쨌든 그 둘에게는 그렇게 느껴졌다.

"그래, 은영아. 넌 손님이잖아. 그냥 쉬어. 평화 요리 제법 맛있어."

그 말이 있자마자 평화는 반색을 했고 은영의 표정이 어두워졌다.

"그것 보세요. 은영 언니는 가서 쉬고 계세요. 요리는 제가 담당할 테니."

숨기려 하고는 있지만 평화의 표정에는 약간의 우월감 같은 것이 떠올랐다. 은영은 아무런 말도 못했다.

"……."

은영의 어깨가 파르르 떨렸다. 명분에서 밀렸다. 이곳은 확실히 인하 길드의 길드 하우스다. 자신은 손님이다. 손님이 집주인을 내쫓고 요리를 하는 건 아무래도 명분에서 밀리는 일이었다. 집주인이 부탁한 것도 아니고 말이다.

은영이 말했다.

"야, 그럼 네가 우리 집에 와. 내가 맛있는 거 해줄게."

"……."

이번엔 평화의 얼굴이 흙빛이 됐다. 만약 현석이 진짜로 간다고 하면 어쩌나 조바심이 들었다.

'아, 안 돼! 절대 안 돼!'

한쪽 구석에서 정욱현이 킥킥대고 웃었다. 정욱현 옆에서 활이 작게 말했다. 제 딴에는 현석에게는 안 들릴 정도로 작게 말했다.

─너 자꾸 기분 나쁘게 웃지 마. 콱 이빨을 뽑아 버릴라.

현석이 옆에 없을 때 활은 완전히 다른 모습을 보인다. 정욱현은 그것에 이미 익숙하다. 그런데 오늘은 평소보다 더 심했다.

"넌 언제나 신경질적인데 오늘따라 더 공격적이다?"

활이 육성으로 말했다.

─부들부들!

"뭐라고?"

─주인님은 내 거야. 저 여자들 다 싫어. 아무도 안 줘! 저 여우같은 넌들! 부들부들이다!

욱현이 씨익 웃었다.

"그럼 다 패버리고 네가 쟁취해."

활의 크기가 조금 작아졌다. 만약 사람의 형체를 가지고 있다면 아마도 어깨를 축 늘어뜨린 모양새였을 거다.

—그렇지만… 나쁜 짓 하면 주인님이 싫어하잖아. 저 암컷들은 물론 짜증나지만 주인님을 좋아하는 암컷들이니까 나쁜 짓은 하면 안 돼.

저녁 식사 시간에 홍세영까지 식탁에 합류하자 식탁은 전쟁터가 됐다. 세 명의 여자가 서로 불꽃 튀는 신경전을 벌이는데 연수를 제외한 다른 인원들은 재미있다며 킥킥대고 웃었다. 연수는 평소에도 마누라한테 잡혀 사는지라 식은땀을 줄줄 흘렸다.

종원이 민서에게 귓속말했다.

"야, 너네 오빠 인기 너무 좋은 거 아니냐? 단속 좀 해라."

민서가 헤헤 웃었다. 사실 민서는 약간 중립적인 입장이다. 평화는 평화 나름대로 좋고 세영은 세영 나름대로 좋다(사실 조금 무섭긴 하다). 은영은 또 은영 나름대로 좋다. 세 여자가 불꽃 튀는 신경전을 벌이고 있을 때, 민서가 모두를 KO시켰다. 평화가 정성들여 만든 떡갈비를 오물오물 씹으면서 말했다.

"울 오빠는 내 거야. 아무도 못 줘."

덕분에 모두가 크게 웃었다. 세 여자를 빼고 말이다. 세 여자가 동시에 생각했다. 장수를 잡으려면 말을 쏴라라는 말을 떠올렸다. 그날 밤, 평화가 민서에게 말했다.

"민서야. 내일은 뭐 먹고 싶어? 언니가 실력 발휘 좀 해볼게."

얼마 뒤 세영이 찾아왔다.

"괴롭히는 놈 있으면 말해. 죽일 테니."

그리고 또 얼마 뒤 은영도 찾아왔다. 은영은 아예 돌직구를 날렸다.

"나 너네 오빠 좋아해. 옛날부터 계속 좋아했어. 네가 언니 응원해 줬으면 좋겠어. 경쟁자들이 저렇게 엄청날 줄은 몰랐지만. 부족한 만큼 내가 열심히 하면 되지 뭐."

민서와 약간 얘기를 나누고서 은영은 자리에서 일어났다.

"아, 맞다. 언니 그거 알아?"

"뭐?"

"우리 이제 며칠 뒤에 해외로 갈 거야."

"여행?"

"아니, 일하러 간대."

전 세계 던전 싹쓸이. 그 말을 군이 밖으로 꺼내지는 않았다.

"내 생각엔 언니가 제일 유리한 것 같기도 해. 솔직히 세영 언니랑 평화 언니는 같은 길드라서 좀… 서로 눈치보고 재고 그래. 오빠도 일부러 거리를 두고 있고. 근데 언니는 아니잖아. 내가 오빠가 아니라서 잘은 모르겠지만 오빠가 마음만 먹었으면 언니 인하 길드 들어올 수도 있는데……."

분명 그렇다. 현석이 은영보고 인하 길드 들어오라고 하면 아무도 뭐라 할 수 없다. 플래티넘 슬레이어야말로 인하 길드의 중추이자 핵심이었으니까. 그러나 현석은 그러지 않았다. 은영이 고개를 저었다.

"절대 안 들어가. 난 쩔 같은 거 필요 없어."

남들이 다들 원하는 쩔. 그런 거 필요 없다고 생각했다. 쩔을 통해 받는 이득보다 인하 길드에 소속되어 현석과 거리를 두게 되는 손해가 더 크게 느껴졌다. 그리고 어차피 격차는 엄청 벌어졌다. 슬레이어로서의 능력은 못 따라간다. 그렇다면 다른 능력들을 키우면 된다고 생각했다. 씨익 웃었다.

"나 어제부터 요리 학원도 다녀. 평화 씨가 요리 엄청 잘하더라. 나 이래 봬도 고딩 때 별명이 미친년이었어. 한다면 한다고."

은영은 집에 돌아와서 문자를 하나 작성했다.

—나 너 좋아해. 해외 간다고? 잘 갔다 와. 진짜 재수 없어 너. 예전에도 그렇고 또 내가 먼저 고백하게 만들었네. 잘 갔다 와. 너 기다리고 있을 테니까.

그렇지만 몇 번을 고민한 끝에 결국 전송하지는 못했다. 2일. 그러니까 48시간이 흘렀다. 세계 유니온장들이 다시 한 자리에 모였다. 성형이 다시 회의를 주관했다.

"예전에 결정하지 못한 사안을 결정내리도록 하죠."

모두의 눈에 불꽃이 튀었다.

'플래티넘 슬레이어는 무조건 이쪽을 가장 먼저 선택할 것이다! 우리의 조건이 최고일 테니까!'

'우리는 명분을 갖고 있어. 우리가 가장 먼저 우선권을 따내야 한다.'

최고의 조건과 명분으로 똘똘 뭉친, 쩔을 받기 위한 유니온장들이 입을 열기 시작했다.

*　　　　*　　　　*

박성형이 회의를 주관했다.

"우선권에 대한 논의를 해보도록 하죠."

미국 유니온장 에디가 가장 먼저 발언권을 얻었다.

"저희 미국은 미국 내 던전 슬레잉을 무제한으로 허가하겠습니다."

물론 미국 국적 길드와 동행 시다. 그런데 이런 그렇게 크게 감흥이 없다. 타국 슬레이어에 대한 자국 던전의 슬레잉 권한 부여. 사실 엄청 대단한 거긴 한데 원래 인간은 자극에 익숙해지는 생물이 아니던가. 이미 중국과 일본에서도 이 제안 똑같이 받았다. 그럼과 동시에 SS 슬레이어와 스페셜 슬레이어의 이름도 받았고. 일본이 질세라 말했다.

"저희 일본은 그와 더불어 한화 1조원의 보상을 약속합니다. 또한 독도 영유권 문제에 있어서도 한 발 물러서겠습니다. 그리고 과거 위안부 사건에 대하여 철저한 사건 규명과 사과를 약속드립니다."

성형이 말했다.

"그건 일본 유니온장님의 독단으로 결정할 수 있는 문제가 아닌 것 같은데요."

"이미 정부 인사들과도 이야기가 끝났습니다. 여론만 조성하면 됩니다."

독도의 영유권을 주장해서 얻는 이득보다 플래티넘 슬레이어를 통해 자국 슬레이어들을 강화시키는 것에 대한 이득이 더 크다는 것에서 내려진 결론일 것이다.

아랍 유니온 '더 오일'의 유니온장 라쉬드 역시 입을 열었다.

"한국은 석유가 나지 않는다고 알고 있습니다. 우리 아랍 측에선 한국에 석유를 싼값에 양도할 수 있습니다. 물론 그 계약의 주체는 한국 유니온이 되겠지요. 이에 따른 한국 유니온이 갖게 될 이점들은 어렵지 않게 짐작하시리라 믿습니다."

아무리 몬스터스톤의 수량이 증가하고 있다고는 해도 기존의 석유를 완전히 버릴 수는 없는 노릇이다. 여전히 전 세계적으로 가장 많이 소모되는 자원이다. 향후 수십 년은 아마도 그럴 것이란 예상이 지배적이었다. 현대 사회에서 석유가 사용되지 않는 곳은 찾아보기가 힘들 정도다.

단순히 전기나 수도에만 쓰이는 게 아니라 나일론, 폴리에스테르 등의 섬유를 얻지도 못하고 아세톤 등의 화장품도 얻지 못한다. 스폰지, 페인트 등 안 쓰이는 곳이 없을 정도로 광범위하게 쓰이는 게 석유 자원이다.

"우리 E—유니온은 그보다 훨씬 더 가치 있는 조건을 제공할 수 있다는 것을 증명할 수 있습니다."

"가치 있는 조건이요?"

"각국 유니온장님들은 파악하고 계시겠지만 특정 아이템을 드롭하면 사라지는 몬스터들이 있습니다. 그 몬스터들은 우리 유럽에 특히 많이 발견되었습니다. 특수 형태의 몬스터 지도를 이미 수중에 보관하고 있으며 우리는 그것을 양도할 준비가 되어 있습니다."

중국 유니온장 장위펑이 견제했다.

"지도가 있다 해도 어차피 플래티넘 슬레이어가 아니면 슬레잉이 불가능한 개체들 아닙니까? 그건 양도라고 보기 어렵지요. 그림의 떡을 가지고 협상을 하시다니요."

모두가 고개를 끄덕였다. 사실상 플래티넘 슬레이어와 한국 유니온의 마음을 움직일 수 있는 건 '물질적 보상'이라고 보기에는 힘들었다. 특히나 플래티넘 슬레이어는 돈이 많을뿐더러 애초에 물욕이 별로 없는 사람이라고 파악된 상태다. 그러니까 돈으로는 해결을 보기가 힘들다. 하지만 인하 길드원들과 그 자신을 강화시킬 수 있는 아이템이라면 얘기가 달라진다.

각 나라가 자신의 나라에게 우선순위를 달라며 여러 보상과 약속들을 제시했다. 그러나 그 보상들은 거의 대동소이했다.

석유를 가진 나라는 석유와 관련하여, 기술을 가진 나라는 기술과 관련하여. 어쨌든 뭔가 보상을 제시했고 그 보상들의 메리트는 거의 비슷비슷해서 누구에게 우선순위를 주는가 하는 것이 좀 애매해졌다.

성형이 말했다.

"그동안의 우호 관계를 생각한다면 역시 미국 유니온이 가장 우선순위라 할 수 있겠지만⋯ 역시 쉽지 않은 문제군요. 잠시 휴식하도록 하겠습니다."

현석과 성형은 휴식 시간을 갖기로 하고서 잠시 얘기를 나눴다.

"뭔가 이상한 곳은 없었지?"

"예. 딱히 수상한 구석은 없네요."

사실 조건과 보상 같은 건 굳이 이렇게 안 하고 서류로 받아서 그걸 검토하는 게 더 효율적이다. 그러나 굳이 일부러 얼굴을 맞댄 이유는 따로 있었다. 예전부터 드는 의심이지만 유니온이 모르는 어떤 세력이 있을 수 있다.

여태까지의 정황을 근거로 살펴보면 분명 큰 세력을 뒤에 업고 있을 가능성이 있었다. 큰 세력이라 했을 때 가장 가능성이 높은 것이 바로 유니온들. 이들의 동태를 살펴보기 위해서 이들을 굳이 직접 불러 모았다.

"그보다 예상보다도 훨씬 반응이 좋네."

"균형자들이 나타났고 그들보다도 더 강력한 개체들이 나타날 수도 있는 시점에서⋯ 자국의 슬레이어들을 강화시키는 건 분명 더할 나위 없이 좋은 기회니까요."

"⋯⋯."

성형이 잠시 할 말을 잊었다. 저 말 분명히 맞긴 맞다. 자국 슬레이어들이 강화되는 건 매우 좋은 기회다.

"왜 그런 눈으로 보세요?"

"아, 아니다."

분명 좋은 기회인 건 맞는데, 그 좋은 기회를 플래티넘 슬레이어는 처음부터 끝까지 항상 공유한다. 미국에서도 일본에서도 중국에서도 유럽에서도 아랍에서도 모두가 쩔을 받고 싶어 하지만 그 쩔의 중심에는 현석이 있다.

던전을 깨면 업적 보상이 들어온다. 50퍼센트의 페널티가 있기는 하지만 그런 거쯤은 상관없다. 현석의 '불가능을 개척하는 자' 칭호는 +300퍼센트의 스탯 뻥튀기 효과를 가지고 있다.

게다가 칭호 +2 스탯도 갖고 있다. 지금이야 300퍼센트인데 나중에 이걸 업그레이드하면 어떻게 될지 모른다. 거기서 끝이 아니다.

"레이드 같은 경우는… 너 혼자 깨지?"

"어쩔 수 없이 그래야겠죠. 인명 피해가 발생하는 건 저도 원치 않아서요."

이 말도 맞다. 어쩔 수 없다. 키클롭스 같은 개체는 현석 외엔 슬레잉 불가 대상이다. 솔직히 말해 슬레잉이 가능하긴 가능하다.

하지만 누군가는 목숨을 잃을 각오를 해야만 한다. 그것도 특수 스킬 '붉은 광선'을 발사할 시간도 주면 안 된다. 일단 발사되면 누군가는 반드시 죽는다.

그런 위험을 사전에 차단하려면 현석이 적극적으로 레이드에 나서는 게 맞다. 레이드 보상은 공헌도로 분배가 되니까 레이드 보상은 현석이 가지게 될 거고 100퍼센트 공헌도에 의한 레이드 등급 및 특전이 부여될 거다.

"그래. 어쩔 수 없긴 하지……."

현석의 말이 맞긴 맞는데 성형은 약간 허탈하게 웃을 수밖에 없었다.

'아마 인하 길드도 동행할 테니… 인하 길드는 정말로 세계 최고의 길드가 되겠군.'

단순히 세계 최고가 아니다. 정확한 순위가 있는 건 아니지만 2위 길드가 있다고 한다면 2위와의 격차가 까마득하게 많이 나는, 속된 말로 '넘사벽(넘을 수 없는 사차원의 벽의 줄임말)'급이 될 거다.

물론 성형에게도 좋긴 좋다. 아주 좋은 거다. 한국 유니온의 전력이 강화되는 거니까. 성형에게도 최상의 시나리오인 것은 맞다. 현석이 씨익 웃었다.

"저한테도 좋지만 각 나라들에게도 좋은 거 아니겠어요?"

한편, 회의장 안에는 소란이 일었다.

"우리 미국이 최우선 대상이 되어야 합니다. 플래티넘 슬레이어에게도 그것이 가장 큰 이득이겠지요. 미국은 넓습니다. 던전이 많다는 소리입니다."

"영토라면 우리 중국 역시 마찬가지입니다."

"하지만 중국은 플래티넘 슬레이어의 안전을 확실히 책임지지 못한 전례가 있죠."

장위평은 잠시 말문이 막혔다. 이건 분명한 사실이다. 사실을 들고 나오는데 딱히 반박할 말이 있는 건 아니었다. 에디도 그걸 물고 넘어질 생각이 있는 건 아닌 것 같았다.

"그리고 무엇보다도 중국에는 SS 슬레이어께서 계시지 않습니까?"

이 말이 나올 줄 알았다. 장위평은 SS 슬레이어가 현재 심각한 부상을 입어 비밀리에 치료 중이라고는 둘러댔지만 모두 그걸 믿는 눈치는 아니었다. 무엇보다도 미국 유니온장쯤 되면 아마도 SS슬레이어와 플래티넘 슬레이어가 동일 인물이라는 것을 알 수도 있을 거라고 생각했다.

다만 지금 밝혀서 얻는 이득이 없어서 밝히지 않고 있을 뿐이지 만약 정확한 물증이 있고 외교적 압박을 해야만 할 때가 온다면 아마 이 패를 사용할 거다. 물론 플래티넘 슬레이어의 눈치를 보긴 하겠지만 말이다.

"SS슬레이어와 스페셜 슬레이어를 보유하고 계신 중국과 일본은 이번 우선순위에서는 좀 늦춰지는 것이 옳다고 봅니다."

"맞습니다. 플래티넘 슬레이어와 거의 비견되는 능력을 가진 분들이 있지 않습니까? 우리로서는 굉장히 부러운 일이지만…이번에는 좀 양보하시는 것이 옳다고 봅니다."

한마음 한뜻이 됐다. 중국과 일본은 우선순위에서 좀 멀어져도 된다는 것이 유니온장들의 뜻이었다. 야마모토가 반격했다.

"하지만 그런 논리라면 한국을 제외하고 슬레잉의 최강국이라 할 수 있는 미국 역시 타국에 양보해야 하는 것 아니겠습니까?"

모두들 겉으로는 태연한 척 웃고 있지만 속으로는 칼을 갈았다. 야마모토 역시 속으로는 욕했다.

'스페셜 슬레이어와 플래티넘 슬레이어가 동일 인물이라는 것을 알고 있을 텐데. 개 같은 자식.'

성형과 현석이 다시 회의장 안으로 들어 왔을 무렵, 에디에게 다급한 보고가 올라왔다.

"뭐라고?"

에디가 벌떡 일어섰다. 유니온장들이 에디를 쳐다봤다. 뭔가 엄청난 일이 벌어진 것 같다.

"처음 보는 몬스터가 필드에 나타났다고? 아, 처음 보는 건 아니고 필드에서 처음 나타난 거라고? 플래티넘 슬레이어의 보고 기록에만 있는 그 엄청 강하다는 키클롭스?"

그런데 뭔가 좀 이상했다. 에디가 여기 있는 유니온장들보고 들으라고 하는 소리 같다.

"싸이클롭스보다도 훨씬 강력한 개체라고? 균형자들도 안 나타나고 있다고?"

반면, 각국 유니온장들의 표정이 급격히 어두워지기 시작했다. 싸이클롭스보다 훨씬 강력한 개체란다. 한국 유니온으로부터 정보를 얻은 적이 있다. PRE—하드 던전의 최종 보스로 몇 번 나타났다하는 '키클롭스'. 아마 그 키클롭스가 필드에 나타난 것 같았다.

"피해가 심각하다고? 겨우 움직임을 묶어 놨다고? 슬레이어들도 안 나서고 있다고?"

자리로 돌아오던 성형은 피식 웃었다. 저러는 이유를 안다. 키클롭스는 분명 좋은(?) 몬스터다. 레드스톤을 드롭하고 경험치도 많이 준다. 문제는 플래티넘 슬레이어에게만 좋은 몬스터라는 거다. 결국 키클롭스는 상대하기가 거의 불가능에 가까운 몬스터다. 그걸 안전하게 처리하려면 플래티넘 슬레이어의 도움을 얻는 수밖에 없다. 당장은 말이다.

"위치는?"

대평원에서 나타났단다. 아무래도 플래티넘 슬레이어의 도움이 필요할 것 같다고 말했다. 각국 유니온장들은 끄응… 침음성을 삼켰다. 이거 뭔가 좀 불안하다. 이대로 플래티넘 슬레이어가 미국으로 날아가 버릴 것 같다.

반면 대적 불가능한 몬스터가 나타난 미국은 기쁜 표정을 애써 감췄다. 분명 무시무시하고 끔찍한 몬스터지만 대평원에 나타나서 민간인 피해도 없는 데다가 이 일로 인해 플래티넘 슬레이어가 미국으로 가장 먼저 간다면…….

미국 유니온장 에디는 키클롭스의 등장을 반겼다. 오늘처럼 몬스터가 반가웠던 적이 없다.

'키클롭스 나이스다!'

아무래도 미국 슬레이어들을 데리고 던전을 클리어할 확률이 훨씬 높아진다. 게다가 이럴 때를 대비해서 미국 유니온은 초음속 여객기를 인하 길드에 제공했었다. 여객기의 유지 비용은 미국에서 부담하고 있고 말이다. 서울 상공에서의 이용은 불가하지만 그래도 재빠르게 도착할 수 있다.

다른 유니온장들은 속으로 구시렁댔다.

'과거에 싸이클롭스도 재래식 무기로 잡았었는데 M—arm이 있는 지금 키클롭스를 못 잡을까……'

현석은 생각에 빠져들었다.

'필드의 키클롭스라.'

뭔가 이상했다.

'나는 한국 필드에서 키클롭스를 슬레잉한 적이 없는데?'

다들 놓치고 있지만 현석은 그걸 분명히 캐치했다. 특수 몬스터—특정 아이템을 드롭하면 더 이상 나타나지 않는 특정 몬스터—를 제외하면 몬스터의 첫 생성지는 한국이었다. 그런데 한국 필드에서 등장하지 않았던 키클롭스가 미국에 나타났단다.

'던전에서 먼저 나온 것도 치는 건가……?'

설마 자신이 아닌 누군가가 한국에서 키클롭스를 슬레잉했을 리는 없다고 생각했다. 인하 길드가 힘을 합쳐도 키클롭스 슬레잉은 힘든 판국인데 소문나지 않게 키클롭스를 잡을 방법은 없다고 해도 과언이 아니다.

인하 길드 하우스. 현석이 인하 길드원들을 전부 불러 모았다.

"미국으로 가장 먼저 출발할 거야. 지금 당장."

종원이 그럴 줄 알았다고 짐 미리 다 챙겨놨다고 말했다. 그리고 물었다.

"키클롭스 나타났다던데?"

"그래. 필드몹이야. 잘하면 필드 보스몹 첫 슬레잉 업적도 얻을 수 있겠네. 막타는 우리 길드원 중에 한 명이 먹이면 좋겠어."

현석이 막타를 때리면 몬스터스톤을 제외한 다른 아이템 드롭이 안 된다.

"네가 보호해 주면 그런 것도 가능하겠네."

상대가 키클롭스든 뭐든 상관없다. 일단 지금 가장 강한 적이라 할 수 있는 균형자들은 모습을 보이지 않고 있다.

―역시 우리 주인님은 너무 멋있는 것 같아요. 정말 너무 섹시해서 반해 버릴 것 같아요. 아니. 활이는 이미 반했답니다!

욱현이 고개를 절레절레 저었다.

"어떻게 길드장님 앞에서만 그런 모습이냐? 길장님. 속지 마세요. 쟤 저런 애 아닙니다."

다급한 목소리가 들려왔다.

―다, 닥쳐! 이 새… 상은 참 아름다워요. 그렇죠, 주인님?

"저 봐요. 쟤 욕도 엄청 잘해요. 아까 뭐라고 그랬는지 알아요? 길장님만 생각하면 질질 쌀 거 같다고 길장님이 만져주면 흥분돼서 미칠 거 같다고 그러더라고요."

다들 킥킥대고 웃었다. 활이 1.5배쯤 더 크게 불타올랐다.

―거짓말이야! 모함이에요! 주인님! 저런 못된 말은 들으면 안
돼요!

현석이 피식 웃고서 활을 살살 긁었다. 활의 크기가 조금 줄
어들었다. 꺄르르, 웃음소리가 들려왔다.

―거, 거긴 안 돼요! 하, 하웃……!

중간에 이상한 신음 소리가 살짝 나긴 했지만 활은 금세 웃
음소리로 무마했다. 자꾸만 꺄르르 하고 웃는데 그 웃음소리
가 좀 어색하긴 했다.

"다들 준비하도록 해요. 지금 당장 출발할 거니까. 공항으로
이동합니다."

앞으로 좀 바빠질 것 같다. 2년의 유예기간이 있다고는 하지
만 확실한 건 아니었다. 균형자들의 습격이 언제 시작될지 모르
는 상황이다. 모르면 모르되 알고 있다면 대비를 하는 게 맞다.

대비라고 쓰고 던전 싹쓸이라고 읽는다. 심지어 그 싹쓸이에
는 대(對) 전 세계 사기극 및 다단계 계획도 포함되어 있다. 어
쨌든 키클롭스가 나타난 미국으로 향했다.

미국. 그 강하다는 미군조차도 키클롭스를 상대로는 힘들었
다. 특제 쇠사슬로 묶는 것까진 좋은데 특수 스킬이 문제였다.
레이저빔과도 같은 그것은 엄청난 파괴력을 발휘했다. 벌써 군
사망자 수가 80명이 넘었다. 애초에 슬레이어들은 오지도 않았

다. 그들도 인간이다. 목숨을 걸면서까지 슬레잉하고 싶은 슬레이어는 없었다. 그보다 훨씬 쉬운 몬스터들도 많다. 그들은 군인들과는 달리 목숨을 걸고 슬레잉할 의무가 없다.

특제 쇠사슬로 묶인 키클롭스로부터 약 500미터 떨어진 곳에 참호를 파고 진지를 마련했다. 키클롭스는 인간이 주위에 보이지 않으면 붉은 광선을 난사하지는 않았다. 적어도 참호를 파고 숨어 있으면 특수 스킬에 당할 염려는 없었다. 참고로 참호를 만드는데 MK—82 항공 폭탄을 사용했다.

미군 대 몬스터부대 MS의 맥스 대령이 외쳤다.

"플래티넘 슬레이어가 온다. 그때까지만 정신 바짝 차려!"

"M—arm의 사용 허가는 어째서 떨어지지 않는 겁니까!"

싸이클롭스도 재래식 무기로 살상한 적이 있다. 적어도 대외적으로는 그렇게 알려졌고 군인들도 그렇게 알고 있다.

그럼 M—arm으로는 키클롭스도 죽일 수 있을 거라고 생각했다.

"M—arm으로 죽이면 시가지에서 리젠될 확률이 높다! 그렇게 되느니 여기서 상대하면서 플래티넘 슬레이어가 오길 기다리는 게 낫다!"

일리 있기는 하지만 핑계다. 키클롭스의 등장은 플래티넘 슬레이어가 이곳으로 오게 하기 위한 하나의 당근이었다. 군인들은 모르지만.

"2시간만 더 버티면 된다! 플래티넘 슬레이어가 곧장 오고 있으니 조금만 더 버텨보자."

2시간. 그전에 특제 쇠사슬은 아마 끊어질 거다. 시간이 촉박하다. 만약 쇠사슬이 다시 끊어지면 또 구속해야 하는데 그러자면 또 인명 피해가 발생한다. 그들은 명령을 수행하는 군인이지만 살고 싶은 사람이기도 했다.

"키클롭스의 움직임이 거세졌습니다! 쇠사슬이 버틸 수 있는 시간 약 40분 정도로 예상됩니다만 그보다 더 빨라질 가능성이 높습니다!"

"쇠사슬 충원은?"

"약 20분 뒤 도착합니다!"

"충원되면 플래티넘 슬레이어의 도착 시간과 쇠사슬의 내구도를 고려하여 재결박한다!"

1분 1초가 너무 느렸다. 시간이 너무 무겁고 힘들게 흘렀다. 쇠사슬의 내구도가 계속해서 낮아졌다. 그래도 재결박은 해야 했다. 인간을 발견하면 또 붉은 광선을 발사할 거고 인명 피해가 발생하겠지만 그래도 어쩔 수 없었다. 완벽하게 결박이 풀리기 전에 재결박 하는 것이 희생을 줄일 수 있는 길이다. 플래티넘 슬레이어가 도착하려면 앞으로 2시간. 그때까지는 키클롭스의 움직임을 막아야 했다.

"쇠사슬 장착 F-18 편대 출격 확인했습니다."

"약 4분뒤 타깃에 도착합니다. 드론 출격하겠습니다."

6대의 드론이 떴다. 전투기 조종사들을 보호하기 위해, 어그로를 끌어당길 뭔가가 필요했고 무인 드론은 그것에 적합한 자원이었다.

"재결박 시도합니다."

쿠우우우우—!!!

F—18 4기체로 이루어진 1편대가 출격했다. 이들은 특수 비행을 통해 쇠사슬로 키클롭스를 결박해야만 했다. 목숨을 걸어야 했다. 키클롭스의 붉은 광선에 살짝 걸리기라도 하면 전투기는 파손된다. 운이 나빠 조종석에 맞기라도 하면 즉사다.

4대의 기체가 회피 기동을 시작했다. 키클롭스를 결박해야만 했다.

붉은 광선이 하늘에 쏘아지기 시작했다. 맥스 대령이 주먹을 꾹 쥐었다.

'플래티넘 슬레이어는 도대체 언제 오는 거냐!

*   *   *

한국은 강남 스타일 길드원들을 필두로 하여 현석으로부터 '쩔'을 받았다. 14개의 던전을 클리어했고 평균 15개 정도의 스탯을 부여받아 220개가량의 스탯을 받을 수 있었다. 최상급 슬레이어들의 스탯이 이제 500쯤 된다고 보면 됐다. 키클롭스만 조심한다면 어렵지 않게 PRE—하드 던전을 클리어할 수 있게 됐다. 우스갯소리로 하는 말이지만 '플래티넘 슬레이어느님'의

은총 덕분이란 말이 강남 스타일 사이에 떠돌 정도였다.

어쨌든 그 강남 스타일이 또 인원들을 선별하여 전국의 던전들을 찾아다니고 있는 중이다. 당연히 그 선별 인원에 들어가고 싶은 슬레이어들은 널리고 널렸다. 선별 인원이 된다고 해서 무조건 좋은 건 아니었다. '쩔'을 해주는 주체인 강남 스타일에게 보상을 일정 부분을 환산하여 지급하여야 한다. 그리고 그 지급분의 일부는 또 플래티넘 슬레이어에게 들어간다.

그러나 그러한 점들을 감안한다고 하더라도 '쩔'은 슬레이어들에게 있어선 로또나 다름없는 엄청난 기회라고 할 수 있었다.

이 선별 인원에 들어가려면 실력도 실력이지만 인맥도 굉장히 중요했다. 보통은 유니온과 강남 스타일이 협의하여 결정했다. 이번에 강지영과 이주현은 그 선별 인원에 운 좋게 들어가게 됐다.

"거봐! 나만 믿으라고 했잖아! 세 명은 무리여도 두 명까지는 받아준다니까?"

그 둘은 정말로 기뻐했다. PRE—하드 던전은 물론이고 노멀 규격의 던전들도 발견 즉시 클리어하고 있다. 일반 던전도 그 보상이 결코 만만치 않다.

강지영이 말했다.

"최은영을 버린 게 신의 한 수였어."

"좀 미안한 감도 있지만……."

"미안하긴 뭐가 미안해? 능력 없는 길드장은 죄인이지."

"그래도… 좀. 엄청 신경 쓰이는 건 아니지만 그래도 약간 찔렸다고나 할까. 원래 우리 둘이 좀 따돌리기도 했었고."

"신경 쓰지 마. 그냥 버려. 우리 앞길이나 생각하자. 이제 우리도 햇빛 좀 봐야지."

강남 스타일의 길드장 김상호가 이번 선별 인원들의 명단을 확인했다.

"강지영 씨."

"예!"

기쁜 마음으로 대답을 했는데 낯익은 얼굴이 보였다. 이주현에게 속삭였다.

"저거 최은영 아니야?"

"어? 저, 정말이네?"

이주현은 눈을 비볐다. 한 번 보고 두 번 봤는데 역시 최은영이 맞았다. 강지영은 입술을 살짝 깨물었다.

'저 여시 같은 년이 어떻게……'

강지영은 처음 봤을 때부터 최은영이 마음에 안 들었다. 척 봐도 여시처럼 보이는데 여시가 아닌 척하는 게 역겨웠다. 실제로 최은영이 어떤 사람이든 그건 별로 중요하지 않았다. 강지영에게는 그렇게 느껴졌었으니까.

강지영은 강남 스타일의 근딜 이항순에게 가까이 걸어갔다. 사실 이번에 선별 인원에 포함된 것도 이항순과의 친분 덕택이었다. 이항순에게 작게 말했다.

"항순 오빠. 쟤는 도대체 어떻게 된 거야?"

"뭐가? 왜 이렇게 뿔난 표정이야?"

"쟤도 오빠랑 잤어?"

이항순이 인상을 찡그렸다.

"뭐래냐?"

이항순은 급격히 피로해짐을 느꼈다. 최은영도 이쪽을 봤다. 하기야 강지영이 대놓고 손가락질 하면서 수군거리는 게 보이는데 이쪽을 신경 안 쓸 리가 없다. 이항순이 침을 퉤! 뱉었다. 허리를 살짝 숙이고 강지영에게 속삭였다.

"너 나랑 잔건 잔건데 그거 가지고 너무 깝치는 거 아니냐?"

"무, 무슨 말을 하는 거야?"

이항순은 허리를 세웠다. 한숨을 푹 쉬었다.

"어디 가서 그딴 말, 한 번만 더 지껄여라. 그리고 이번이야 어쩔 수 없다 쳐도 다음부턴 그냥 꺼져. 재수 없을려니까."

이항순은 매몰차게 몸을 돌렸다. 강지영은 그 자리에 석고상처럼 굳어버렸다. 술집에서 이항순을 우연히 발견했고 일부러 유혹했다. 유혹에 완전히 성공했다고 생각했는데 그게 아니었나 보다.

'저 개 같은 년… 무슨 수작을 부려놓은 거야! 얼마나 가랑이를 벌렸냐고!'

역시 최은영이 문제였다. 대부분이 남자인 강남 스타일 길드원들 틈바구니에서 호호 웃고 있는―사실 별로 웃고 있지 않았다. 지영의 눈에만 그렇게 보였다—저 역시 같은 년 때문에 이렇게 모욕을 당했다는 기분이 들었다.

항순이 은영에게 가까이 걸어갔다. 은영이 물었다.

"혹시 제 얘기 했어요?"

항순은 뒷통수를 긁적거리며 멋쩍게 웃었다.

"에이. 아니요. 별말 안했어요. 그냥 은영 씨랑 아는 사이인 것 같더라구요."

그리고 어색하게나마 하하하 웃었다.

'씨팔. 좆될 뻔했네. 남자 몽둥이 함부로 쓰면 안 된다는 울 엄마 말이 맞네.'

정말 큰일 날 뻔했다. 은영은 플래티넘 슬레이어의 여자다. 사실 관계야 어찌 됐든 소문은 그렇게 나 있다.

'뭐가 어쩌고 저째? 은영 씨랑 자? 저 미친년이 진짜 돌았나. 아오 씨팔.'

남의 인생 훼방 놓는 것도 정도껏 해야지. 항순은 다시 한 번 침을 퉤! 뱉었다. 그리고 길드장인 김상호에게 가까이 걸어갔다.

"형님. 제가 이번에 추천한 애들 다음번엔 그냥 빼죠."

김상호는 고개를 갸웃했다.

"왜? 일단 한 번 받았으면 어느 정도 키워야 한다는 거 너도 알잖아. 특별한 이유라도 있냐?"

"저년들이 은영 씨 욕하던데요. 저랑 잤냐느니 어쨌냐느니."

김상호의 얼굴이 굳었다. 이건 긴급 상황이다. 이 말이 플래티넘 슬레이어에게 들어가면 뒷감당할 자신이 없다. 사실 현석이 겨우 이 정도 일로 인해 김상호를 어떻게 한다거나 하지는 않겠지만 김상호는 괜히 찔렸다. 병장을 대하는 이등병의 시선과 자세였다. 병장은 신경도 안 쓸지 모르지만 이등병은 병장의 눈치를 엄청 봐야만 한다. 이등병의 마인드로 돌아간 김상호가 말했다.

"그냥 오늘부터 취소시켜."

"그래도 돼요?"

"길드원들 간 분란 조장 및 능력 미달이라고 그래. 멀쩡하게 생겼는데 안 될 아가씨네."

이항순의 표정도 펴졌다. 술집에서 한 번 만났고 적극적으로 들이대길래 섹스 한 번 했다. 이항순의 말을 빌리자면 '떡정'이 있어 추천을 한 번 했는데 큰일 날 뻔했다. 여자를 조심해야 한다는 어머니의 말씀이 떠올랐다.

이항순이 말했다.

"야, 길드장님이 너 그냥 꺼지란다. 다시는 내 앞에 얼씬도 하지 마. 번호도 지우고."

강지영은 망연자실해서 입을 달싹였다. 그렇다고 강남 스타일 길드원들을 향해 욕설을 퍼부울 배짱도 없었다. 억울한 듯 그 자리에 주저앉아 엉엉 울었다. 강남 스타일의 길드장 김상호는 유니온에게 연락을 했고 답변을 들었다. 그가 말했다. 대단히 공적인 일인 것처럼 포장해서 말했다. 일종의 경고였다.

"슬레이어들 간 분란을 조장하는 행위는 절대로 방치하지 않습니다. 프라이버시상 말씀드리지는 않겠지만 강지영 씨, 이주현 씨는 선별 인원에서 제외되었습니다. 교통비와 시간에 대한 보상은 추후 유니온에서 지급하게 될 겁니다. 다시 한 번 정중히 말씀드리겠습니다. 분란 조장 행위는 엄금입니다. 강지영 씨와 이주현 씨에게는 죄송하게 됐습니다. 이만 돌아가시면 되겠습니다."

철퇴를 사용하는, 한국 내 톱 급에 드는 근딜 이항순은 돌아서서 심호흡했다.

'나 뒷수습 잘한 거 맞지?'

*   *   *

미국으로 가는 비행기 안. 상황이 상황인지라 BBJ를 사용하지 않고 초음속 여객기를 이용했다.

민서가 물었다.

"오빠. 무슨 생각을 그렇게 하고 있어?"

"아… 아무것도 아냐."

민서의 눈이 반달을 그렸다. 요즘 오빠는 오빠 나름대로 고민이 많은 게 보인다. 세계에서 가장 강한 슬레이어고 대체 불가능한 플래티넘 슬레이어라는 것과는 별개의 문제였다.

'오빠는 여자도 엄청 많이 만났으면서.'

현석은 물론 아닌 척하지만 민서는 안다. 지금은 아닐지 몰라도 예전엔 분명 여자를 많이 만났다.

'평화 언니랑 세영 언니는 같은 길드라서 좀 그렇고… 그럼 은영 언니 때문에 고민하고 있는 걸까?'

은영의 성격이라면 고백을 했든 뭘 했든 했을 거라고 짐작했다. 그래서 이렇게 고민하고 있는 것 같다. 지금 전 세계에서 가장 위험하기 그지없는, 미국조차도 제대로 슬레잉하지 못하고 있는 개체인 키클롭스를 슬레잉하러 가면서 여자 문제 때문에 고민하고 있다는 건 좀 어이없는 일이긴 하지만 어쨌든 민서의 짐작은 맞았다.

미국으로 오기 전에, 은영에게 고백을 들었다. 전화였다. 문자를 보내려고 했는데 문자로는 도무지 얘기가 안 될 것 같아 전화를 했단다. 10년 넘게 자기를 좋아해 왔다고 했다. 예전엔 용기가 없어서 일부러 멀어졌는데 다시 만나고 보니 그걸 참을 수가 없겠단다. 종원도 상황을 대충 안다. 종원 역시 은영과 친구이기도 하고 말이다.

'저놈은… 한 번 보고 말 여자면 그냥 섹스나 하고 말텐데 의외로 진지한 연애에는 쑥맥이란 말야. 뭐… 옛날에도 주변 여자는 잘 안 건드렸지.'

예전부터 그러긴 했다. 뭔가 접점이 있는 여자는 잘 안 건드렸다. 보통은 헌팅을 했다. 그래서 현석은 주변 여자들한테 평판이 좋았었다. 종원은 뭔가 재미있는 기분이 들어 쿡쿡 웃었다.

'그러고 보니 진짜 많이 변했네 저놈.'

지금 생각해 보면 참 인간됐다. 원 나잇을 줄기차게 해대던 저놈이 이렇게 건전한(?) 고민을 하고 있는 걸 보면 말이다. 그래도 이제 나이를 먹긴 먹은 것 같았다.

'그래도 넌 진짜 행복한 고민이다. 어째 저놈 주위엔 죄다 미인밖에 없냐?'

평화도 그렇고 세영도 그렇고 은영도 그렇고 어째 하나같이 미인들 밖에 없다. 심지어 친동생인 민서도 예쁘다. 뭔가 좀 불공평한 것 같은 느낌이 들어서 배가 아팠다. 솔로도 아닌데 그랬다. 저도 모르게 속마음이 튀어나왔다.

"부러운 새끼."

"뭐가?"

옆에서 활이 버럭 소리를 질렀다.

─우리 주인님한테 새끼라고 하지 마요! 그냥 확 마 이빨을 뽑… 응?

활이 1.5배 정도 커졌다. 더 수다스러워졌고 말이 빨라졌다.

─주인님. 많이 피곤하시죠? 얼른 주무세요. 활이가 자장가를 불러드리고 싶어요.

정욱현이 옆에서 킥킥대고 웃는 바람에 활과 한바탕 싸움이 붙었다. 진짜 물리적 싸움은 아니고 말싸움이지만 어쨌든 조용하지는 않았다. 활과 정욱현이 말싸움을 벌이고 있을 무렵 평화가 보온병을 하나 들고 다가왔다.

"오빠, 피로 회복에 좋은 오미자차를 준비해 왔어요."

"아, 응. 고마워."

평화는 현석의 칭찬에 얼굴을 붉혔다.

"아, 아니에요. 그냥 저는 이런 거 밖에 할 줄 아는 게 없으니까……."

다른 길드원들이 들으면 까무러칠 만한 소리다. 평화는 이미 세계 정상급 힐러다. 플래티넘 슬레이어 옆에 있어서 약해 보이고 할 줄 아는 게 없는 것처럼 보이는 거지, 실제로는 엄청난 자원이라 할 수 있다.

"그래도 이런 걸로라도 오빠를 도울 수 있어서 기뻐요."

'이, 이런 게 내조겠죠?' 하는 그 말은 겨우 삼켰다. 만약 그 말을 실제로 했으면 밤마다 이불에 하이킥을 했을지도 모를 일이다. 반대편 좌석에서 그 모습을 지켜보던 세영이 눈을 질끈 감았다. 오늘은 뭔가 좀 불쾌한 것 같았다. 덕분에 그 옆에 앉은 연수는 좌불안석이다.

'지, 지금 세영이 화났다!'

연수는 마누라뿐만 아니라 여자들한테도 좀 약하다. 특히 세영한테 제일 약한데 세영이 이토록 화를 내고 있으면 괜히 마음이 불안해진다. 명훈은 옆에서 코를 골며 자고 있었다.

세계 최강의 몬스터(?) 키클롭스를 슬레잉하러 가는 인하 길드원들은 오늘도 평화로웠다.

*　　　*　　　*

특제 쇠사슬을 장착한 F—18 편대와 무인드론 6기가 출격했다.

6기의 드론이 키클롭스의 어그로를 끌어당기고 그사이 F—18 편대가 재결박하는 작전이다. 아무리 드론이 어그로를 끌어온다고 해도 위험한 건 매한가지다. 아주 우연히라도 드론과 전투기가 일직선상에 놓이게 된다면 키클롭스의 붉은 광선에 타격당할 수 있다.

"키클롭스. 붉은 광선 발사 징후 포착!"

"붉은 광선 발사 징후 포착. 전기 회피 기동 실시."

파일럿들도 아무렇게나 움직이지 않는다. 애초에 미리 매뉴얼을 맞춰놓고 그에 따라 움직인다. 자기 멋대로 움직여 대다간 아군의 움직임을 방해할 수도 있고 그건 전우의 목숨을 앗아갈 수도 있다. 맥스 대령이 회피 기동을 명령했다.

"플랜 B 실시한다."

—라져.

그때, 목소리가 들려왔다.

"인간들은 정말로 재미있는 짓을 하는군."

이곳은 참호 안이다. 참호 안에 허락받지 않은 누군가가 갑자기 모습을 드러냈다.

"다, 당신은……!"

맥스 대령은 침을 꿀꺽 삼켰다. 불타오르는 듯한 붉은색 머리카락. 황금색 눈동자. 아직까지 '적'이라 공식적으로 발표되지는 않았지만 몬스터로 정의될 확률이 매우 높은 균형자다. 플래티넘 슬레이어와 한차례 싸움도 있었고 레드스톤을 드롭했다는 말을 들었다. 모르긴 몰라도 조만간 몬스터로 분류될 것 같다고 생각하는 중이었다. 바로 며칠 전, 한국 유니온에서 그 때문에 유니온들을 소집하지 않았던가.

"아, 나는 신경 쓰지 말고 열심히 발악들 해봐. 나는 너희들이 죽는 게 재미있거든."

균형자는 킥킥거리며 웃었다.

"마음 같아선 내가 모두 죽여 버리고 싶지만 그랬다간 내가 귀찮아지니까."

맥스 대령은 머리를 굴렸다. 이 균형자의 경우, 아무래도 이쪽에 위해를 가할 생각은 없어 보였다. 그리고 균형자는 싸이클롭스와 같은 개체가 나타나면 먼저 나서서 손을 썼었다. 거기까지 생각이 미친 맥스가 말했다.

"어째서 가만히 있는 겁니까?"

"뭐라고 지껄이는 거야?"

"당신들은 균형자가 아닙니까?"

"그런데?"

"키클롭스는 균형을 일그러뜨리는 강대한 힘을 가진 개체입니다. 그런데 가만히 지켜보고만 있을 겁니까?"

균형자가 피식 웃었다. 황금색 눈동자가 번뜩였다.

'어, 어느새……?'

대기 중이던 병력들이 일제히 총을 들어 올렸다.

"주, 준장님!"

"모두 총기 내렷!"

맥스의 명령에 다들 총기를 내렸다. 맥스의 목에는 한 가닥 붉은 선혈이 흘러내리고 있었다.

"건방진 놈. 내게 명령하지 마라. 내게 제안도 하지 마라. 미물과 말을 섞는 것 자체가 내게는 모욕이다."

바람이 불었다. 맥스의 군복이 세로로 쭉 갈라졌다. 맥스의 가슴팍에는 희미한 상처가 생겼다.

"다음번엔 모가지를 잘라줄 테니."

그렇게 말하고 나서 균형자는 묻지도 않은 말을 혼자서 잘도 떠들었다.

"너희들 하는 짓이 재미있어서 말이야. 그 왜. 그 뭐라더라. 플래티넘 슬레이어라도 기다리고 있는 거냐? 어째서 기를 쓰고 저 미물을 가둬두려 애를 쓰지?"

그 말이 맞다. 플래티넘 슬레이어를 기다리고 있다. 주위를 한 번 둘러본 균형자가 씨익 웃었다.

"맞나 보군. 좋아."

그때, 또 다른 목소리가 들려왔다. 앳된 목소리였다.

"파루치앙, 지루해. 얘네 그냥 죽이면 안 돼?"

앳된 여자 목소리임에도 불구하고 그 내용 자체는 살벌하기 그지없었다. 군인들은 긴장했다. 도대체 어디서 갑자기 나타난 건지 모르겠다. 투명 상태였다가 갑자기 나타난 것 같았다.

─키클롭스 재결박 완료.

─미션 컴플리트. 복귀합니다.

다행히 키클롭스의 재결박은 성공했단다. 드론은 3기가 파괴 됐지만 파일럿의 피해는 없었다. 성공적이었다. 키클롭스의 재 결박은 성공했는데 균형자들이 문제다.

"안 돼. 그럼 귀찮아져. 약한 놈들이잖아. 단장한테 깨지고 싶어?"

"그래도 죽여 버리고 싶어. 얘네 맛있을까? 아, 죽이는 건 안 되지만 조금은 잘라 먹어도 되잖아?"

"그 정도는 뭐."

그와 동시에 군인 하나의 팔에서 피분수가 쏟아졌다. 어느 새 앳된 여자아이의 목소리를 가진, 덩치 작은 균형자의 손에 는 군인의 팔이 하나 들려져 있었다. 장갑을 벗겨내고 손가락 끝부터 오독오독 씹어 먹다가 인상을 잔뜩 찡그렸다.

"우웩. 맛없어."

미군 대 몬스터 부대 MS 소속. 케일 상사가 분노에 가득 찬 일갈을 내뱉었다. 이성을 잃었다.

"이 미친 새끼들아!!!"

"케일! 그만둬!"

맥스 대령이 말리기도 전에 케일 상사가 발포했다. 총알은 한 치의 오차도 없이 균형자의 이마를 향해 날아들었다.

"뭐야? 따끔따끔하네, 이거?"

"괴, 괴물 새끼!"

케일 상사가 연달아 발포했다. 마음 같아선 수류탄이라도 던지고 싶었지만 그럴 수는 없었다. 이곳엔 동료들이 있다. 아무리 이성을 잃었어도 수류탄은 자제했다.

"죽어라 이 괴물 새끼야!"

그러나 아무리 이를 악물고 발포해도 균형자의 실드를 뚫지는 못했다. 케일 상사의 눈에 핏발이 섰다. 바로 옆에는 피를 흘리며 고통에 신음하는 동료가 쓰러져 있다. 상대가 되지 않는다는 건 안다. 그러나 못 참겠다. 죽더라도 총이라도 맘껏 쏘고 죽어야겠다.

"파루치앙. 쟤 나 공격하는 거 맞지?"

"인간들은 저걸 총이라고 부르더군."

크오오오오!

키클롭스가 괴성을 내질렀다. 자신을 결박하고 있는 쇠사슬이 마음에 들지 않는다는 듯 사방에 붉은 광선을 쏘아댔다.

"파루치앙. 저 미물새끼 일단 죽여주면 안 될까? 시끄러운데 너무."

"저 미물이 인간들을 모두 죽일 때까지 기다리자고 한 건 너야, 릴리."

"마음이 바뀌었어. 쟤부터 죽이자. 봐봐. 인간들이 우리를 먼저 공격했어. 우린 정당방위로 인간들을 죽이면 돼. 정.당.방.위.라고."

릴리라 불린 균형자가 로브의 모자를 벗었다. 붉은 머리카락. 황금색 눈동자. 인간으로 치면 10살쯤 되어 보이는 어린 여자아이의 형태였다. 릴리의 눈동자가 황금색으로 일렁이기 시작했다.

"너, 나 공격한 거 맞지? 난 착한데 네가 날 먼저 공격했어. 그렇지? 맞지? 그럼 죽어야지."

으아아아! 비명을 토해내며 발포하던 케일 상사의 목이 데굴데굴 굴러 떨어졌다. 릴리가 잘려진 머리를 들어 올렸다. 릴리의 입이 악어처럼 크게 벌려졌다. 확실히 인간이 아니었다.

"이 개, 개 같은 새끼가!!!"

이미 상황은 걷잡을 수 없이 커졌다. 공포보다도 분노가 극에 달했다. 아군을 죽인 시점에서 이미 균형자는 적이었다. 어느새 릴리를 전방으로 둔 군인들이 총을 발포했다. 맥스 대령은 이를 악물었다. 이미 통제하기엔 늦었다. 그리고 통제하고 자시고, 이미 이 균형자는 자신들을 모두 죽일 생각인 것 같았다. 그렇다면 순순히 죽어줄 수는 없었다.

'플래티넘 슬레이어의 지원은 도대체 언제냐……!'

시간을 보니 대략 10분 정도 남은 것 같다. 그러나 그 전에 모두 죽을 수도 있다.

"레드 M—arm의 사용을 허가한다! 책임은 내가 져!"

레드 등급의 M—arm이라고 해서 얼마만큼 이 균형자에게 타격을 줄 수 있을지는 모른다. 그러나 시도조차 하지 않는 것보다는 나았다.

케일 상사의 머리를 씹어 먹어 입가에 피가 줄줄 흐르고 있는 릴리의 기다란 혓바닥이 얼굴 전체를 슥 핥았다.

으악!

릴리가 처음으로 비명을 질렀다.

'효, 효과가 있다……!'

릴리라는 균형자가 약한 건지는 모르겠지만 레드 등급의 M—arm은 확실히 효과가 있었다. 릴리가 비명을 지르고 있었으니까.

"아파! 이거 아프다고!"

릴리가 쓰러졌다. 몸을 한껏 웅크렸다. 군인들이 계속해서 발포했다. 효과가 있는 줄 알았다. 그런데 비명이 멎었다. 쓰러진 릴리 앞을 아까의 남자 균형자가 막아섰다.

"뭐야, 너희들? 제법 재미있는 걸 갖고 있잖아?"

아무래도 벌써 키클롭스를 처치하고서 다시 돌아온 것 같았다. 시간이 얼마 지나지도 않았는데 말이다. 확실히 괴물은 괴물이었다. 파루치앙의 눈이 황금빛으로 빛났다.

"감히 나의 릴리를 아프게 해?"

"파루치앙!"

H/P가 그대로 남아 있다. 전혀 깎이지 않았다. 그러나 통증은 있는 듯했다. 파루치앙이 로브를 벗었다.

"너희 전원은 모두 사형이다."

그리고 그때, 목소리가 들려왔다.

"그 말, 질리지도 않나?"

군인들이 그쪽을 쳐다봤다. 익숙한 언어가 아니었다. 처음 듣는 언어인 사람도 있었다. 그러나 그들은 확실히 알 수 있었다.

'Ko… Korean……!'

한국어였다. 맥스 대령의 머릿속이, 아주 잠깐이지만 비어버렸다. 다른 건 모르겠고 딱 한 문장만 떠올랐다.

'살았… 다……'

『올 스탯 슬레이어』 7권에 계속…